赤心碧血为苍生

沈孜研诗文选编

郭从珍　沈可钦　编注

知识产权出版社
全国百佳图书出版单位
—北京—

图书在版编目（CIP）数据

赤心碧血为苍生：沈孜研诗文选编 / 郭从珍，沈可钦编注．—北京：知识产权出版社，2020.1

ISBN 978-7-5130-6572-6

Ⅰ.①赤… Ⅱ.①郭…②沈… Ⅲ.①诗集—中国—当代②散文集—中国—当代 Ⅳ.①I217.2

中国版本图书馆 CIP 数据核字（2019）第 249547 号

内容提要

本书分为“诗”“文”“编外”三个部分，“诗”“文”部分是沈孜研先生创作的部分诗作和散文，选材于沈孜研的子女在他诞辰110周年时（即2007年）印刷的《沈孜研诗文选编》，“编外”部分是其亲友及学生的回忆文章。其作品均是他有感于当时当世当地的人物或事件，兴之所至，有感而发，诗意盎然，字字珠玑，其中所反映的时代风云、社会动态，所描绘的大事小情和人物心态，堪称为史诗。沈老先生一生为国为民为教育，追求进步与光明，其诗文展现出他坦坦荡荡的胸怀和光明磊落的品格。

责任编辑：张水华　　**责任校对**：王　岩

封面设计：臧　磊　　**责任印制**：孙婷婷

赤心碧血为苍生——沈孜研诗文选编

郭从珍　沈可钦　编注

出版发行：知识产权出版社有限责任公司	**网　址**：http：//www.ipph.cn
社　址：北京市海淀区气象路50号院	**邮　编**：100081
责编电话：010-82000860 转 8389	**责编邮箱**：miss.shuihua99@163.com
发行电话：010-82000860 转 8101/8102	**发行传真**：010-82000893/82005070/82000270
印　刷：北京九州迅驰传媒文化有限公司	**经　销**：各大网上书店、新华书店及相关专业书店
开　本：720mm×1000mm　1/32	**印　张**：8.5
版　次：2020年1月第1版	**印　次**：2020年1月第1次印刷
字　数：220千字	**定　价**：59.00元

ISBN 978-7-5130-6572-6

在河南第一师范读书期间的沈孜研（1914—1919）

夫人刘淑静青年时期，大约摄于 1933 年

沈孜研，摄于 1934 年

晚年沈孜研，摄于1960年前后

沈孜研夫人刘淑静，摄于1998年

1962 年的全家照。后排右起：沈孜研儿子可均、女儿力文、长子思鲁、长媳桂芳、长孙怡曾；中排右起：沈孜研、夫人刘淑静、儿子可钦；前排右起：孙子建庄、常磊及孙女容美。

先生题诗：携儿带女复牵孙，熟料全家唯我尊。逆旅偶逢过客事，雪泥鸿爪徒留痕。

摄于 **2001** 年美国洛杉矶，沈夫人（前排右一）客居美国外孙女家

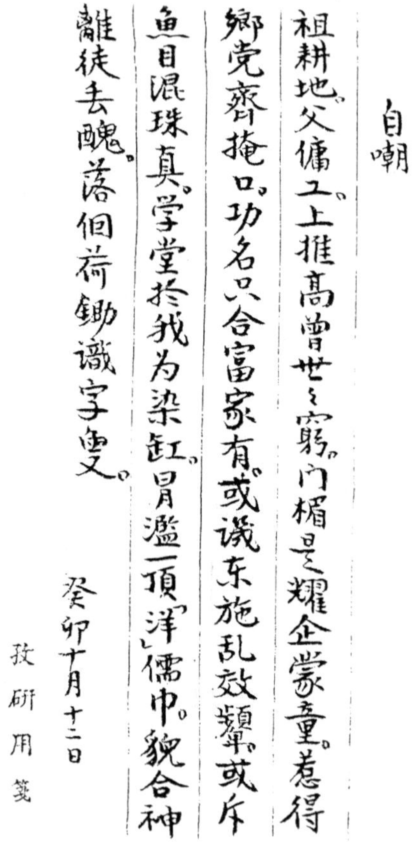

自嘲

祖耕地。父傭工。上推高曾世々窮。门楣是耀企蒙童。惹得鄉党齊掩口。功名只合富家有。或譏东施乱效顰。或斥鱼目混珠真。学堂於我为染缸。冒濫一頂「洋」儒巾。貌合神離徒去醜。落個荷鋤識字叟。

癸卯十月十二日

孜研用箋

沈孜研亲笔书写《自嘲》诗

目　录

序一 …………………………………………………… Ⅰ
序二 …………………………………………………… XIII

诗

山东教书时期 …………………………………………… 3
游岱顶感怀 …………………………………………… 3
游云步桥飞瀑岩 ……………………………………… 4
题澄湖佟公超兄漫画（两首） ……………………… 4
偶得 …………………………………………………… 5
陇海车上与某士兵谈感作两绝句（并序） ………… 6
车过归徐间望农耕 …………………………………… 6
车将抵泰安凭窗远瞩见泰山松柏森森苍翠可望口占 ……… 7
呈张润苍先生（有序） ……………………………… 7
小斋独坐 ……………………………………………… 8
山居零拾 ……………………………………………… 8
斗姥宫后山涧中卧石上口占 ………………………… 8
斗姥宫南楼远眺有感 ………………………………… 8
即兴 …………………………………………………… 9
禅房 …………………………………………………… 9
禅院日夜听泉 ………………………………………… 10
涧下仰月卧石听泉绝句（两首） …………………… 10
九一八事变后有感（两首） ………………………… 11
题照片上（两绝句） ………………………………… 11

有感 …… 12
送校长李灿辉兄游学英国（两首兼序） …… 13
憩之兄频来函言老状感赋七绝两章寄之 …… 15
热河失守中央仍无决策感怀（两首） …… 15
寄南昌张旭光兄 …… 16
九一八志感 …… 17
重阳 …… 17
登老北山口占 …… 17
蛋儿窝野餐复见海市（有序） …… 18
过君子洲口占（有序） …… 19
题戏装照片（并序） …… 20
题照片上 …… 20
抗日战争时期 …… 21
春日河滨独坐（有序跋） …… 21
读划璞参谋长兄诗有感 …… 22
夜群犬乱吠不能成寐口占七绝 …… 23
书慨七绝（三首） …… 24
与划璞兄谈在县往事有感 …… 24
连日运下伤兵甚多感赋七绝（两首） …… 25
某老翁运送伤兵乞讨而回有感 …… 25
步划璞兄《阵前寄孜研》原韵两首 …… 26
晨起河边散步得句 …… 27
风雪之夜闻前线炮声（两首） …… 27
咏雪 …… 28
抒感 …… 28
雪夜感怀 …… 29
抒怀 …… 30
雪夜狂风有感兼怀划兄 …… 30

晨起院中见乌鸦筑巢感作 …………………………… 31
孟春郊原散步得句 ………………………………… 31
除岁杂感 …………………………………………… 32
咏画梅（题天铎兄赠画） ………………………… 33
本师后调非划兄志也，整装待发因雪阻停车，原划兄之意代作三律 ………………………………………… 33
元旦抒怀并寄张希贤兄 …………………………… 34
雪霁志感 …………………………………………… 35
惊闻家乡失陷 ……………………………………… 36
咏某将军 …………………………………………… 37
解放初期 ………………………………………… 39
录旧作四首 ………………………………………… 39
书怀（嘲陶潜） …………………………………… 39
人民颂 ……………………………………………… 40
题赠魏书秀同学 …………………………………… 41
清华大学副校长刘仙洲入党有感 ………………… 41
归农以后 ………………………………………… 42
赠宋慎安医师（有序） …………………………… 42
饿乡歌（有序） …………………………………… 43
送均儿赴汴就学（有序） ………………………… 45
六十四岁初度志感（有序） ……………………… 45
咏史之一・始皇坑儒士 …………………………… 46
咏史之二・赠两汉经生儒士 ……………………… 47
咏史之三・哀廉颇 ………………………………… 48
咏史之四・咏马伏波新息侯 ……………………… 49
咏史之五・讥韩非 ………………………………… 50
咏史之六・讥赵悼襄王偃与王迁 ………………… 50
咏史之七・赞陈忠（有序） ……………………… 51

自嘲 …………………………………………………… 51
自况（四言四首） ……………………………………… 52
有悟（二首） …………………………………………… 53
六十有五初度志念（有序） …………………………… 53
喜专业（并序） ………………………………………… 54
读陶诗 …………………………………………………… 55
驱饥神 …………………………………………………… 55
劳力哀 …………………………………………………… 56
遣怀 ……………………………………………………… 57
咏史之八·秦皇汉武 …………………………………… 57
辛丑仲夏六月初一日梦见吾父 ………………………… 58
咏甘藷 …………………………………………………… 59
读东坡诗感赋（二首） ………………………………… 60
戏和东坡先生（并引） ………………………………… 64
喜得食腊八粥（并序） ………………………………… 65
内子赴集鬻兔肉独坐斗室寂对煤炉戏而作此 ………… 65
枕上得三绝句悼雇农聂全与姚长水（并序） ………… 66
辛丑腊月壬申澡塘沐浴口占（并引） ………………… 67
送均儿返汴就学 ………………………………………… 67
杂感（三首） …………………………………………… 68
有感 ……………………………………………………… 68
抒感 ……………………………………………………… 69
戏作 ……………………………………………………… 69
有闲 ……………………………………………………… 69
自适 ……………………………………………………… 70
几案苦（戏作） ………………………………………… 70
守拙 ……………………………………………………… 71
六旬有六初度（五首） ………………………………… 71

感世 …… 73
咏史之九・王莽 …… 73
有悟 …… 76
抒怀 …… 76
还我初服 …… 76
咏史之十・武三思 …… 77
有感 …… 77
先父忌辰（有序） …… 77
拟改东坡先生《山村五绝》 …… 78
题全家照片上 …… 81
雨夜枕上得句 …… 81
咏史之十一・新莽 …… 82
连接内兄由伊索匹亚来信关垂至情溢于言表 …… 82
六旬有七初度（三首） …… 83
悼念亡友薛医士鼎新 …… 84
送别内弟刘广普之渝（并序） …… 85
自责 …… 86
自嘲 …… 87
口占 …… 87
六旬有八避寿（有引） …… 88
送均儿赴汴就学走后（二首） …… 88
六十有九初度志实（有序） …… 89
致内人大姐（有序） …… 90
苦不苦歌 …… 90
后事 …… 91
人生债 …… 92
睡忘歌 …… 92
戏嘲五柳先生（有引） …… 93

咏史之十二·王景文（并序） …… 94
咏史之十三·魏玄同（并引） …… 95
咏史之十四·刘晏（有序） …… 96
咏史之十五　嘲朱温（二首并序） …… 97
七十初度杂感（五绝句并序） …… 99
书厄（引言） …… 100
七旬有一初度志感（七绝句） …… 102
寄均儿 …… 104
自述 …… 104
娄钤辖二百五十 …… 104
感赋三章 …… 105
煞尾一章 …… 105
自述二首 …… 106
随感 …… 106
读司空图诗 …… 107
吊云青 …… 108
皮日休（并序） …… 110

文

要找缝钻 …… 113
行若无事，若无事行！ …… 114
今后国民应取的步骤 …… 115
呜呼！这就是政府的袖里机关？ …… 116
“追匪失踪” …… 117
这算什么手段？ …… 121
对于时局的希望——战争？和平？ …… 122
豫民生活的一斑 …… 123
国人怎样对付胡子呢？ …… 124

军阀万岁！军阀皇恩无极！！ …………………………… 125
这就是政府的政略！ ………………………………………… 126
郭松龄还痛快！ ……………………………………………… 126
蓬莱散记 ……………………………………………………… 127
　　蓬莱城 ………………………………………………… 127
　　备倭城 ………………………………………………… 128
　　蓬莱阁 ………………………………………………… 128
　　万斛珠玑 ……………………………………………… 129
　　游羽山 ………………………………………………… 129
　　访戚墓 ………………………………………………… 130
　　谒戚祠 ………………………………………………… 131
　　万斛珠玑野餐记 ……………………………………… 133
　　赶海 …………………………………………………… 134
　　海钓 …………………………………………………… 135
　　北王赶会记 …………………………………………… 135
　　观海市记 ……………………………………………… 136
记狂人周某 …………………………………………………… 138
先考行状 ……………………………………………………… 139
拟先考墓碑 …………………………………………………… 144
极乐寺小学创办始末记 ……………………………………… 146
为李君冠英募捐启 …………………………………………… 148
代拟为煦初高中基金告吾蒙同胞书 ………………………… 149
又是一个“大喜” ……………………………………………… 152
碑林参观记 …………………………………………………… 154
雁塔游记 ……………………………………………………… 155
半坡村参观记 ………………………………………………… 158
兴庆公园游记 ………………………………………………… 159
荣辱子释名 …………………………………………………… 159

忧乐窝释居 …… 160
孝心可鉴 …… 161
西二十里铺食堂吃饭记实 …… 162
鬻书小启 …… 164
书籍散失纪实 …… 165
寓南洞记 …… 166
病中偶感 …… 167
偶读杂志 …… 167
我家简史 …… 169
独行录 …… 173
孙揆与马塈 …… 174
晨起朗背渊明《归去来兮辞》与工部《茅屋为秋风所破歌》荆妻出而止之 …… 175

编　外

我要说的话 …… 179
我的第一位文化老师 …… 182
怀念与内疚 …… 186
回忆教育家沈孜研 …… 189
迟到的遗言 …… 192
怀念恩师沈孜研 …… 196
父爱如山 …… 199
回忆父亲 …… 210
父亲的晚年及最后岁月 …… 217

沈孜研年谱 …… 229
后记 …… 235
编辑手记 …… 237

·序一·

沈孜研先生的生平与诗文创作

沈孜研无心当诗人，但从他留存下来的200多首诗和近60篇优美动人的散文来看，你无法把他排除在诗林之外。沈孜研无意诗文创作，正如他自己所说，“余于诗词素无学养，然偶有所感，辄即抒发，不计工拙”。而他有感于当时当世当地的人物或事件，兴之所至，有感而发，口占笔录，信手拈来，却诗意盎然，字字珠玑。仅就他诗文中所反映的时代风云，所记录的社会动态，所描绘的大事小情和人物心态，说他的诗文是史诗亦并不过分。

沈孜研先生，原名沈兆泰，晚年自号荣辱子。1897年（清光绪二十三年）出生于河南省荥阳县杨垌村一个“祖耕地，父佣工，上推高曾世世穷”的普通农民家里。上边有三个姐姐，他是家里唯一的男童。父母出于“门楣是耀企蒙童”的愿望，1903年，在先生刚满六岁的时候，父亲即送他入私塾读书，而且矢志即使砸锅卖铁，也不让他辍学。穷人的孩子早当家。由于先生天资聪颖，更加上他刻苦读书，1911年，十四岁的他考入了荥阳县立第一高等小学堂。因为家穷，拿不出食宿费，学堂特许他走读上学。三年之后的1914年，十七岁的沈孜研以优异的成绩考入了开封省立第一师范学校，由此他确立了教育救国的思想，并奠定了他一生从事教育之路。1919年，震惊中外的五四运动爆发，这年正赶上先生师范毕业。他抱着宣传新思想、传播新文化的满腔热情，开始了他的教书生涯。从1919年到1925年的六年，他先后在荥阳第一高等小学堂、商城县高等小学堂、正阳县高等小学堂当教员，在西华县、辉县高等小学堂任校长。1925年，五卅运动的爆发激发了先生的报国热情。他放弃了收入不菲的小学校长职务，决定投笔从戎，献身救国事业。他同挚友崔划璞先生相约投军，但由于他赶到北京后，崔划璞已先他去了张家口西北军事干校，经朋友劝说，他转入北京大学读书。在北京大学，他积极参与进步学生运动，同几个朋友一起创办了《微波》杂志，并经常为徐炳昶先生主办的《猛进》杂志撰写时事短评，抨击反动军阀和封建恶势力。一年后，奉系军阀张作霖占领了北京，并残酷镇压进步势力，闹得北京社会秩序一片混乱。加上几年来当小学教员所得积蓄已经耗费殆尽，家庭无力支付他的学费，先生便于1926年秋天离开北京大学重操旧业。辗转到塘沽久大精盐、永利制碱两公司合办的员工子弟学校、北京孔德学校、天津震中中学当教员。从1930年到1937年夏，又先后在山东泰安省立三中、济南一中和蓬莱县立中学任教务主任。这段时间是他一生中工作相对安定、生活较为舒适的几年。其间，冯玉祥将军下野后暂居泰山，办了个军官队。1933年暑假，经挚友崔划璞的推荐，先生到军官队教了一个暑假的国文，有幸结识了冯玉祥将军。1937年7月，“卢沟桥事变”爆发，全国掀起了抗日高潮。先生由鲁返豫，在故乡荥阳县以教书为职业从事抗日救亡活动。他与荥阳县文化界抗日救亡协会诸友人合作，举办了中小学教员军事训练班，他以荥阳中学校长的身份担任训练班主任。军事训练班培养造就了一批抗日先进分子，掩护了一批共产党员。为配合全国性的抗日救亡运动，先生还同荥阳县教育馆长李耀亭合办了一个抗战剧团。他亲自编写了《戚继光战倭寇》的剧本，分上下两部，上部是《战台州》，下部是《战温州》。他既是编剧，又当导演。《战台州》由后来的安阳市豫剧团团长、著名豫剧表演艺术家崔兰田主演。崔兰田当时演须生，饰演戚继光。《战台州》一经演出，就在社会上产生了剧烈反响。这期间，先生还负责为剧团演员教文化课，向演员灌输爱国主义思想。

为了实现他抗日救国的愿望，1939 年秋末，他应挚友、时任国民军六十八军参谋长的崔划璞之邀约，去该军防地泌阳县王店村，在该军政治部担任书记，襄赞军务。后又改任额外秘书，帮助军长刘汝明处理私人函件。因不满该军政治部某些所谓元老的一些作派，于第二年春请长假返乡，继续从事教育工作。相继在郑州桐萱中学、明新中学、煦初高中等学校任职。1943 年冬，二次去国民军 68 军 36 师。是时，挚友崔划璞已任 36 师师长。先生作为崔的私人秘书随军。第二年，家乡沦陷，先生随军转战。到 1945 年 8 月日寇投降后，他毅然脱离部队返回故乡，重操教书旧业，直至新中国成立。颠沛流离数十年的沈孜研满腔热忱地迎接新中国的诞生，积极参与教育事业的恢复与新建工作。1953 年春，为支援中牟县的教育事业，由荥阳县中调中牟一中担任语文教师，直至 1957 年年底。这五年是先生意气风发的五年，也是他事业辉煌的五年。这期间，他被评为模范教师，当选为镇、县两级人大代表和中牟县人民委员会委员，还积极要求加入共产党，在学校师生中有着很高的威望。1957 年是先生一生中灾难性的转折。是年底，在学校开展的反右派斗争中，他被错划为右派。翌年初，全家被遣送回原籍荥阳县杨垌村。从那时起，开始了长达十四年之久的近似囚徒的生活，这对他的身心造成了极大的伤害。1962 年，许多右派分子都先后被摘去了帽子。先生却又等来了一顶“历史反革命”的帽子。1966 年“文化大革命”中，年届七十的沈孜研又遭抄家之祸。他毕生珍藏的书籍字画被抄搜一空，全部书籍被付之一炬。这对嗜书如命的沈先生来说，无异于雪上加霜。1972 年 5 月，沈先生在贫病交加中含冤去世，享年七十五岁。

先生的诗文创作始于 1925 年在北京大学读书期间。当时，他和几位朋友创办《微波》杂志，还经常为《猛进》杂志撰稿，应该有许多诗文问世。可惜未能找到先生当年撰写的更多的诗文稿件。幸赖其外孙女孙晓萍几经周折，才在北京大学图书馆询查到先生发表在《猛进》杂志上的十余篇杂文。先生参与编发的《微波》杂志已无法找到。综观他的诗文创作，大体可以分为五个时期。

（一）北大读书时期。沈孜研先生是 1925 年夏天进京的。他在北京大学读书的一年时间里，正是由五卅运动引发的全国人民反帝爱国运动的高涨时期，也是军阀混战的动乱年代，更是沈先生爱国热情喷薄而发的时期。这期间他除了参与编发《微波》杂志之外，还经常为徐炳昶主办的《猛进》杂志撰稿。目前已经发现的先生发表在《猛进》杂志的文章共有十三篇，包括杂文十一篇，诗歌一篇，小说一篇。在这些投枪匕首般的杂文中，有揭露北洋政府向帝国主义妥协投降罪行的，如“政府历来惯用‘慎重考虑’‘镇静处理’等美妙的名词掩饰其‘优柔寡断’‘畏缩不前’的态度，以致事多弄成僵局，观其近对付沪案和陕事可知了”（《这就是政府的政略》）。“我敢说政府这种装聋作聩当重查消息传出不赶快作防微杜渐之谋，而于无可挽回时再假卖其气力的态度简直是事前已与英日……妥协默认的”（《呜呼，这就是政府的袖里机关?》）；有抨击反动军阀的，如“以前军阀之相搏斗，我们何尝不希望那带着假仁假义的面具的获得胜利，为我们造些福利！讵料此层假面具揭穿，‘黄鼠狼生了一群兔子——一窝不胜一窝’地更迭后，才知道他们完全是和我们小民作战。他们是在演戏的。谁胜了，就在台上弄一时枪，舞一时棒，翻两个筋斗，喊两声腔……”（《对于时局的希望——战争？和平?》）”；有愤怒声讨帝国主义的，如“你看着那一般碧眼赤发的英国人放过炮，杀过人，还坦然自得的在那嘴上冷笑着说：‘哼哼，看你们这般暴徒有甚法生！’”（《行若无事，若无事行!》）；也有为穷苦百姓呼吁请命的，如，“噫！吾民何辜遭此荼毒？如此情景者豫省决非仅吾荥之一隅，在中国亦非仅吾河南若是，拭目一望何处是干净土？……愿注意民生者共急起图之!”（《豫民生活的一斑》）从1925年7月至1926年1月，仅半年的时间，从沈先生十余篇文章中便不难看出他忧国忧民的爱国主义热忱和勇于同各种反动势力做直面斗争的战斗精神。

（二）山东教书时期。从1930年到1937年卢沟桥事变爆发，先生在这7年时间里，先后在泰安山东省立三中、济南一中和蓬莱县立中学教书，生活上相对安定下来，工作也有了较为舒适的环境。更加上泰山为中外名胜景区，先生有了游览山水名胜的时间，也有了游览山水名胜的心情。这期间，流传下来的30多首诗和十几篇散文中有相当一部分是记游的诗文。除了讴歌祖国河山的壮美、抒发内心的爱国情愫之外，更有蜗居山林、报国宏愿不得施展的愤懑之情。像“碌碌终年为底忙，流离困惫自堪伤。空怀救国雄心切，无术挽澜世态狂”（《游岱顶感怀》）；“半世空抛去，雄心一似初。多情念虑重，落寞知音疏。雪恨床头剑，解愁架上书。吾生终有托，畅咏乐何如”（《小斋独坐》）；“登楼凭远望，百虑苦相萦。南国烽烟起，中原伏莽萌。汹汹外患逼，喋喋阋墙争。愧煞书生见，何时赋太平”（《斗姥宫南楼远眺有感》）等，都是这种心情的流露。先生到山东的第二年，即1931年，震惊中外的九一八事变爆发，日寇的铁蹄践踏了我神圣国土。先生抑制不住对日本侵略者的仇恨和对不抵抗政策的无比义愤，写下了《九一八事变有感（两首)》：“国破依然一世雄，家亡另起阿房宫。将军的是人中杰，遗臭流芳自古同”，“堪笑时论欠的评，贪婪窃位谤干城。乃翁地下当瞑目，哲嗣荣膺大孝名”，将张学良将军的不战而走的状态写得入木三分。后来当他得知是蒋介石下令不让抵抗的真相之后，又把指责的矛头直接对准了蒋介石。在《九一八志感》中先生写道：“敬瑭甘做儿皇帝，赵宋堪羞和契丹。争颂太平三都赋，中央敢说是偏安!”

另有一类是忧国忧民、关心百姓疾苦的诗，像“深秋已届力耕田，辛苦勤劳剧可怜。只要鸣鼙声暂息，谁当不颂太平年（《车过归徐间望农耕》)”，像“人生几度过重阳，佳节哪堪话异乡。避地登高何处是，山河已改旧风光（《重阳》)”。在这一时期创作的散文中，一个很重要的内容是关于明代民族英雄戚继光的，文中寄寓了先生对奋力抵抗倭寇入侵的戚继光将军的无限敬仰之情，无疑是对当时英勇抗战将士的讴歌，对蒋介石不抵抗政策的有力鞭挞，是先生爱国热情的另一种表达方式。

（三）抗日战争时期。从 1937 年夏先生由鲁返豫，直至 1945 年 8 月抗战胜利，这 8 年留传下来的诗共有 30 多首，散文 1 篇。30 多首诗中除一首《春日河滨独坐》写于故乡之外，其余的全部写于随军期间。这段时间里，先生曾于 1939 年和 1943 年先后两度应挚友崔划璞之约，赴国民军 68 军 36 师襄赞军务。崔划璞名贡琛，荥阳崔庙人。河南第一师范毕业。1925 年考入冯玉祥主办的西北陆军干校。1928 年冯玉祥派他到北京陆军大学学习。1933 年日军攻占热河，冯玉祥在共产党的帮助下成立抗日同盟军，崔划璞出任张家口警备司令兼公安局长，后又到吉鸿昌部任参谋长，率部抗击日军，光复了察哈尔省。1935 年春崔到刘汝明部先后任 143 师少将参谋长、68 军参谋长和暂编 36 师师长，并暗中加入了共产党，积极做刘汝明的工作，使其同情帮助共产党。沈孜研先生把这段时期当作他抗战救国的大好机遇，希冀能够一展怀抱。但两度的从戎生涯并非如他想象的那样，国民军内部的腐败、相互倾轧以及嫉贤妒能的种种恶习，常常使先生进退维谷，深恶痛绝。他为之彷徨，为之愤怒，为之痛心疾首，但他对抗战的信心始终未曾动摇，他对深受战争之苦的百姓的关注、同情丝毫未减。这些在他的诗文中都有深刻的反映。其中有抒发抗敌救国抱负的，像"倭虏腥膻遍九州，那堪沉睡梦悠悠。风流自是英豪事，甘愿硁硁寡我尤（《书慨七绝（三首）》）"；"夜半隆隆重炮声，缅怀战士梦难成。晴天共拟坚吾垒，雪地齐图碎敌营。碧血凝为金字塔，赤心化作古长城。王师底定中原日，史册流芳百代荣（《风雪之夜闻前线炮声（两首）》）"。有为百姓颠沛流离歌哭的，像"大地烽烟万姓哀，救焚拯溺愧无才。年华徒呼随流水，爆竹惊心岁又来（《除岁杂感》）"，"……途遇漂泊者，蹭蹬倍辛忙。疑有我妻子，白发或吾娘。徘徊不忍去，唏嘘绕其旁。络绎相将过，熟睹若无望。谁家无夫妇，拆散不凄凉。何人无父母，远别岂能忘。念此弗成寐，中夜起彷徨。吾为苍生苦，焉用夸炎黄（《惊闻家乡失陷》）"。与杜工部的"三吏""三别"真有异曲同工之妙，读之怎不令人唏嘘流涕！也有直斥投降派消极抗战的，像"节钺建郑叶，支柱半壁国。群雄咸雌伏，万众承颜色。既娴孙吴略，复擅陶朱殖。文事不可缓，黉宇连阡陌。好整以暇时，役民如驱贼。御侮恃长城，将军殊自得。倭寇肆猖狂，蠢动声烦聒。士卒闻风逃，元戎气亦夺。人民竟我仇，怪事呼咄咄。弃甲复曳兵，袍丢鬚未割。混迹卒伍间，狼狈幸免脱。……政敕奸充斥，吾谋宁不臧。当道善驭下，胜败兵家常（《咏某将军》）"。这一时期的文章中有为阵亡将士家属呼吁的，有为创办学校募捐的，更有为减免灾区百姓赋税请命的。其中值得一提的是先生创作的戏曲脚本《戚继光战倭寇》（分上下两部，上部《战台州》已在当时搬上舞台，引起了强烈的社会反响），可惜剧本早已散失。

（四）新中国成立后。从 1949 年至 1957 年的 8 年，由于先生满腔热忱地投身于新中国的教育事业，正如先生所言，“解放后，日疲精力于工作中，甚少兴发。偶有所感，少纵旋失。空前盛世，却少歌颂（《录旧作四首》）”。但仅从现存的四首新诗中，也可看出先生热爱新中国，热爱人民，追求进步，乐于为新中国的教育事业献身的可贵精神。像“六旬年将届，时怀日暮愁。谁言吾已老，尚有刘仙洲（《清华大学副校长刘仙洲入党有感》）”。

（五）归农之后。从1958年2月返乡，到1972年5月去世，这14年是先生遭遇非人待遇的艰难岁月。而这一时期所流传下来的100余首诗和十多篇文章，也正是先生著作中思想水平和艺术价值最高的珍品。这些诗文是先生饱蘸血泪写出来的，因而也最真实，最动人，最具艺术感染力。从这些作品中，我们看到了先生矢志报国、忧国忧民、夙兴夜寐、操心国事、蒙冤受屈、不改初衷、坦荡无私、光明磊落的一生。这期间的诗文，内容上大体可以分为四类：第一类，描绘同贫穷饥饿做斗争的场景。沈先生被迫归农时已年逾六旬，又赶上了“大跃进”和接踵而来的“三年饥荒”，少壮人尚难免成为饿殍倒毙沟壑，何况这位戴“罪”返乡的垂暮老者。他蒙受饥饿熬煎的命运自是在劫难逃了。而他能够有幸躲过那场灾难，没在那场饥荒里倒下去，一赖他豁达的胸怀，二凭他同饥饿的顽强斗争。对此，他在诗中有过生动的描绘：“昔贤记饿乡，久已失其地。垂老一无成，偶逢出不意。未经寻觅艰，饱尝饿滋味。妻子亦偕来，宁肯相捐弃。每食互推让，一再至三四。妻敬夫，父爱子。女孝母，长怜季。都说‘我不饥’，强给至责备。老者日见尪，幼小渐羸瘁。……涔涔汗如浆，心旌无所系。起立两腿战，头晕神惊悸。说病也良然，饥饿实所讳。‘或系冒风寒’，诳以病相对。儿女信为真，觅药请医治。‘小病无关碍’，频频告儿辈。吁嗟乎，一家生死何足论，祝祷饿乡摈庶类（《饿乡歌》）。”让人痛心的是饿到濒死地步，还不敢说个饿字。让人钦敬的是先生不计一家之饥饿而为百姓呼吁请命的博大胸襟。面对饥神的威逼，先生发明了驱饥疗饿的妙方：“饥神如盗贼，暗地肆猖狂。凶猛来侵袭，预防少妙方。四体本康健，萧墙起祸殃。……此计诚良策，魑魅顿消亡（《驱饥神》）。”想到古稀老人不得不用朗诵来驱赶饥神的无奈情景，纵使铁石心肠，谁能不为之潸然泪下！然而当你读到“嘉肴胡萝卜，浊醪复三杯。面条尽量食，今天得不饥。同胞皆忍馁，独饱实可非（《六十四岁初度志感》）”时，又禁不住为先生那种“先天下之忧而忧，后天下之乐而乐”的古仁人之心而击节赞叹。第二类是咏史诗。这类内容的诗在先生后期的诗文中占有很大的比重。这与先生晚年的生活处境不无关联。归农后的先生除了农事劳作之外，绝少同外界接触。闭门读书成了他生活的主要内容。极度的贫困与饥饿，逼迫他不得不用读书来消磨时光，借以抵御饥神的折磨。除了《读陶诗》《读苏轼诗感赋》《戏嘲五柳先生》，仅在题目中标明咏史的诗就多达15首。范围之广，从秦皇汉武到王莽、朱温，涉及古代帝王将相的多种人物。诸如“历来成帝业，劝进赖士儒。生为五鼎食，死当斧钺诛（《咏史之二·赠两汉经生儒士》）”“堪怜他国作冯妇，无功徒劳思赵人（《咏史之三·哀廉颇》）”“出师未遂平寇志，大节忠荩贯长虹（《咏史之四·咏马伏波新息侯》）”“地下若闻博浪椎，面不含羞胆亦寒（《咏史之五·讥韩非》）”以及“社稷面临倾覆灾，支柱全仗栋梁才。天留颇牧撑危局，何期信谗犯疑猜（《咏史之六·讥赵悼襄王偃与王迁》）”等，无不倾注了先生发自内心的无限感慨。先生对历史人物的臧否既非以个人好恶为标准，更非借以抒发是古非今的牢骚之情，而是出于忧国忧民的情怀，以史为鉴，用历史上的兴衰得失儆示后人，勿蹈前人之覆辙。“位卑未敢忘忧国”，先生获罪返乡，过着囚徒不如的日子，连“人民”的资格也被剥夺了。对先生来说这是多么大的屈辱，但他不考虑自身不保的处境，思虑的却是国家兴亡、社稷安危的大局，先生之胸怀何等坦坦荡荡，先生之品格何等光明磊落！第三类是生日感怀。沈先生归农后，从1960年64岁至1967年71岁的8年间，每逢生日都有诗篇留下（以后的几年里应该也有，只是没有留下）。正如他在《六十有五初度志念》的序言中所说，“一年一度生辰瞬焉又届。时光既迟缓又迅疾。境遇诚困厄亦幸福。因有闯关之艰险，始得过关之愉快。方今正在过‘社会主义关’，而安然无恙，依然故我。不觉又增一岁。止此已大足庆幸，焉能无诗以志”。诗中既有难得一饱的喜悦，如“平时有酒难沽我，生日拙荆宴二毛。去岁窃喜蔬菜富，今春早发恃藜蒿（《六十有五初度志念》）”；又有无可奈何的旷达，如“岁月无情也有情，吾年直在损中增。彭殇自适何修短，祸福相循若影形。鲜尤寡悔无牵挂，周蝶两忘了此生（《六旬有六初度（五首）》）”；也有贫病交迫衣食无着的愤懑。像“老本堪嗟病添愁，不死不生入瓮囚。医药无关心内事。妻儿衣食费营求（《七旬有一初度志感》）。”但更多的是夫妻相濡以沫，居家得享天伦之乐的亲情体验。第四类是感事伤怀诗。这类诗多以自责、自嘲、自适、抒感、抒怀的题目出现。它以即兴的方式表达先生对人生的深刻思索，对自我的冷静剖析，字里行间闪耀着哲理的火花。像“兴亡盛衰迭更新，与世浮沉寄此身。善恶是非浑不辨，过来方为过来人（《杂感（三首）》）”“有命应苟活，不死即偷生。只求免冻饿，谁复计辱荣（《戏作》）”“清闲自适有谁如，三世曾经便不虚。岁月往还无损益，人生消息枉乘除。御寒应足衣鹑结，求饱何须食肉鱼。万绪千端浑勿挂，晚年惟知嗜诗书（《自适》）”等，都是先生当时当地内心感情的真实流露。毛泽东说过，他的一些诗词是在马背上哼出来的，而沈先生的诗则是在痛苦的挣扎中长歌当哭哭出来的，这正是沈先生诗文扣人心弦的原因所在。

沈先生的诗文在艺术表现手法上也有他的独到之处。尽管他谦虚地称“余对于诗词素无学养，然偶有所感，辄即抒发，不计工拙”，但综观先生留传下来的约200首诗及近60篇散文，可以看出先生有着扎实的艺术功底。他善于运用赋、比、兴的传统手法，将个人的遭遇与当时的重大事件结合起来，用赋的手法，铺陈叙述，如《惊闻家乡失陷》《咏某将军》《饿乡歌》等，反映的生活面宽广，剖析的社会现象也相当深刻。他还经常兼用比、兴托物取喻，寓兴于物，如《戏嘲五柳先生》《驱饥神》《劳力哀》等。赋、比、兴的熟练运用，使先生的诗文艺术技巧不求工而自工，思想水平不拔高而自高，既生动形象，又真实深刻地反映了社会现实，读来让人如身临其境，感同身受，是对我国历代现实主义诗歌传统的继承和发扬。

综观沈先生的生平和诗文创作，先生的一生是不幸的一生。他毕生从事人民教育事业，抗战军兴，又毅然投笔从戎，积极投身抗日救亡运动。一场政治运动的风暴却把他打入另类，在农村遭受了长达14年的囚徒般的厄运，以致蒙冤含垢贫病交加而逝，连平反昭雪也没能等到。当然，沈先生的遭遇不仅仅是他个人及其一家的伤痛，更是一场时代的悲剧。它告诫我们和我们的子孙后代，这样的历史悲剧再也不能重演。这正是我们纪念沈先生，编辑印刷先生的诗文选编的初衷，也是我们用以告慰先生在天之灵的一种方式。沈先生若地下有知，一定会对这迟来的告慰感到欣喜的。

郭从珍

写于2007年

·序二·

沈孜研先生的女儿沈力文是我夫人王秀燕的老同事和好朋友。一天，力文来我家串门，带来了郭从珍和沈可钦先生编注的《沈孜研诗文选编》（指2007年做的印刷品——编辑注），希望我能阅读，并为其作序。当时，我虽然原则上答应了，却颇有难意，因为我未曾同老先生谋面，也没有读过他的诗文。但当我读完全书后，我的心被震撼了。我对夫人说，这个序我一定要写。

沈孜研先生1897年出生于河南省荥阳县杨垌村。从1919年至1958年的近40年里，绝大部分时间他都是在河南和山东等地从事小学和中学教育。不论到哪个地方和哪所学校，他始终敬业敬岗，深受同事的尊重和学生的爱戴。他是一位将自己毕生精力都奉献给了祖国教育事业的教育家。在抗日战争时期，他曾两度投笔从戎，为保卫国家尽了自己的一份力量，是一位坚定的爱国者。沈先生一生追求进步和光明。自1953年担任中牟一中教师后的五年里，是他意气风发和事业辉煌的五年。这期间，他被评为模范教师，当选为镇、县两级人大代表和中牟县人民委员会委员，并积极要求加入中国共产党。

1957年，沈孜研先生被错划为右派，全家被遣返回原籍劳动。1962 年，别的右派被先后摘掉帽子，他却未被告知任何理由而被定为“历史反革命”。1966 年“文革”时，他毕生珍藏的书籍字画被抄查一空，这位嗜书如命的知识分子又一次遭受了心灵创伤。1972 年 5 月，75 岁的沈先生在贫病交加和身心遭受极大伤害中含冤而去。

沈孜研先生去世后，留下了 200 多首诗和近 60 篇散文。他原本就没有想过他的诗文要出版，而只是为了自我心灵的交流。因此，他的诗文是他内心世界志趣情怀的真实表露；是他一生所思、所想、所作、所为的真实记录。我相信，所有了解他的人，或同他不认识但读过这本诗文集的人，都会充分肯定，他的一生是爱国爱民的一生，是忧国忧民的一生，是为国为民而不懈奋斗的一生。

今天，我们可以告慰先生的是——自 1978 年开始，我们已经进入了改革开放和民族振兴的伟大新时期。在短短的 30 年里，我们创造了令世界都震惊的经济发展奇迹，也取得了举世公认的政治、文化和社会的巨大进步。他所企盼与追求的理想社会正在一步步得到实现；他的子孙后代也都同全国人民一道，正在享受着我国社会文明进步的成果，并为新时代的建设不断做出自己的贡献。

李步云

2008 年 9 月

（李步云，中国社会科学院荣誉学部委员、法学研究所研究员、研究生院博士生导师，广州大学人权研究中心主任，东南大学宪政与人权法研究所所长。兼任最高人民检察院专家咨询委员会委员，国务院特殊津贴专家。）

诗

山东教书时期

1930年，山东省立第三中学校长李泰华先生邀请沈先生到该校任教务主任，校址在泰安岱麓。先生对泰山向往已久，于是欣然前往。这是一段相对比较安适的教学生活，留下了不少游览泰山的诗文，表达了先生对祖国大好河山的无限热爱之情。

——编者注

游岱顶① 感怀

碌碌终年为底忙，流离困惫②自堪伤。
空怀救国雄心切，无术挽澜世态狂③。
趁暇读书真善策，有田力食即吾乡。
山泉适足娱情性，岱顶徜徉百虑忘。

民国十九年（1930年）四月十六日于泰安山东省立第三中学④

【注释】①岱顶：岱，泰山的别称。岱顶，泰山极顶。泰山著名的景观。 ②流离困惫：先生自1919年师范毕业，先后任荥阳、商城、正阳等县高等小学堂教员，西华、辉县高等小学堂校长。从1926年秋起，又迭任塘沽久大精盐、永利制碱两公司员工子弟小学教员，北京孔德学校教员、天津震中中学教员。1930年辗转至泰安山东省立第三中学任教务主任。 ③世态狂：指军阀混战的动乱世局。 ④原诗页眉上有先生1971年的眉批："近数年营营衣食，难得温饱。心为形役，是谁之过？有何牢骚！辛亥自批。"

游云步桥飞瀑岩[①]

平生志趣喜林泉，糊口奔波恃砚田。
已去徒呼虚岁月，而今得结畅游缘。
珠倾银洒岩飞瀑，幽壑贯虹云步悬。
但快胸襟堪已矣，欣逢盛地费流连。

民国十九年（1930）四月十八日于泰安三中[②]

【注释】①飞瀑岩、云步桥均为泰山著名景观。 ②原诗页眉上有先生1971年的眉批：“尚见真情。辛亥自批。”

题澄湖佟公超兄漫画（两首）

民国十九年（1930），余来泰安山东省立第三中学主任教务，佟公超兄襄余做教务员，甚相得。佟兄，北京在旗人，擅国绘山水，尤长漫画，为京湖社社员，得号澄湖。

（一）

论交共处已半年，意洽情投两惬然。
识浅才疏惭似我，襄赞擘划仰高贤。
清扬[①]自好原相若，蕴藉[②]温文让占先。
得与良朋常砥砺，功名利禄化云烟。

（二）

澄湖艺术妙天成，漫画声名溢旧京[③]。
着墨轻描见世态，挥毫一抹尽人情。
要知绘事丹青[④]外，不识醇香醉里明。

喜有鸿装[5]蜚令誉，惭无警句供品评。

民国十九年（1930）五月廿八日泰安三中

【注释】①清扬：眉目清秀美丽。《诗经·郑风·野有蔓草》："有一美人，清扬婉兮。"后借指风采。 ②蕴藉：含蓄而不露。 ③旧京：原句"旧京"处有旁批"时定都南京"。 ④丹青：丹即朱砂，青指石青。二者都是我国古代绘画中常用的颜色，因此，古代称绘画艺术为丹青。 ⑤鸿装：指栖隐者的衣装。清代厉颚《过苏耕余教授斋赋赠》诗："鄙性慕栖逸，未获辨鸿装。"

偶 得

傲来峰下桥边住一老人，隐于浮屠[1]者。常遍履各山采集山野为食，腿脚甚健。广其意而作此，以寓将来之归宿。斯诗佟公超兄曾为写一帧山水以志。

涉险登临笑老人，飘然世外葛天民[2]。
山幽自有桃源[3]在，偶一回头忘去津[4]。

民国十九年（1930）六月二日泰安三中

【注释】①浮屠：梵语音译，这里指僧人。 ②葛天民：葛天氏之民。葛天氏，传说中远古帝号，在伏羲氏之前，其治不言而自信，不化而自行。古人认为理想中的自然、古朴之世。 ③桃源：桃花源。晋陶潜《桃花源记》虚构的与世隔绝的乐土。言其地人人丰衣足食，怡然自乐，不知世间有祸乱忧患。后称这种理想境界为世外桃源。 ④去津：去时的路径。津，指渡口。《桃花源记》中有"遂无问津者"句。

陇海车上与某士兵谈感作两绝句（并序）

十九年（1930）秋，中原大战甫毕，由郑州搭乘陇海（路）车赴泰安。车中与四十七师某兵士同座。过归德、兰封[①]间，某兵士手点指划，为道战时情景，并云该师奋勇作战，兵士死伤甚多，彼乃万死一生之人，言下不胜庆幸。而最后言官长都得升官发财，小兵依然两手空空。不禁愤慨系之，余当劝其弃甲归农，感而赋此。

（一）

此地曾将强敌摧，冲锋陷阵歼渠魁[②]。
从军只说升官好，愧煞依然空手回。

（二）

人间惨酷数战争，何苦同根相煎烹。
解甲归田为上策，从来士卒皆牺牲。

民国十九年（1930）．一〇．二五[③]

【注释】①归德、兰封：归德，古归德府，府治在今河南商丘市。兰封，旧县名。新中国成立后其和考城县合并，改称兰考，即今兰考县。 ②渠魁：大头子。旧时统治阶级对武装反抗者或敌对方面的首脑的称呼。这里指反动军阀。 ③原诗页眉上有先生1971年的眉批：“当时情景至今如见。辛亥自识。”

车过归徐间[①] 望农耕

深秋已届力耕田，辛苦勤劳剧可怜。
只要鸣鼙[②]声暂息，谁当不颂太平年。

一九（1930）．一〇．二五

【注释】①归徐间：归，指归德，即商丘；徐，指徐州。归徐间，即商丘、徐州之间。 ②鼙（pí）：打击乐器，古代军队中用的小鼓。

车将抵泰安凭窗远瞩
见泰山松柏森森苍翠可望口占

谁言木石太无情，相隔遥遥带笑迎。
战罢苍黎[①]现菜色，秋深岱岳倍清明。

一九（1930）．一〇．二六

【注释】①苍黎：百姓，民众。

呈张润苍[①] 先生（有序）

润苍先生，吾业师也，十九年秋同教郑州市立中学。余半途回泰安三中任。别时吾师为之作序，并勖以诗相酬和，故作此。

传经救世一生勤，得侍门墙[②]自庆欣。
纵说吾师非欠债，敢呈数句乞诗文。

一九（1930）．一〇．三〇

附：张先生和诗

年届六旬当倦勤，栽花种竹乐欣欣。
只因多欠群儿债，垂老依然教国文。

【注释】①张润苍：对沈先生青年时代影响最深的一位老师。张是前清举人，后留学日本，维新派人士。他是沈先生读小学时的校长。后又在河南省立师范教政治课，当了沈先生三年多的伦理课教员。1930 年师生二人又同在郑州市立中学共事。 ②侍门墙：给老师当学生。《论语·子张》：“夫子之墙数仞，不得其门而入，不见宗庙之美，百官之富，得其门者或寡矣。”后来遂以门墙为师门之称。

小斋独坐

半世空抛去，雄心一似初。
多情念虑重，落寞[1]知音疏。
雪恨床头剑，解愁架上书。
吾生终有托，畅咏乐何如。

一九（1930）. 一二. 二〇，泰安三中

【注释】①落寞：孤独寂寞。

山居零拾

民国二十年暑假，寓泰山斗姥宫院避暑，谢人事之烦扰，享山居之幽闲，赏心快意，无以逾此。日夜与山泉为伍，遇目成趣，触耳兴感，偶有所得，辄即吟咏，乃曰零拾。

斗姥宫[1]后山涧中卧石上口占

习习云中鸟，溅溅石上泉。
深山幽寂处，仰卧望青天。

二〇（1931）. 七. 一三，泰安斗姥宫[2]

【注释】①斗姥宫：泰山著名景观。　②原诗页眉上有先生1971年的眉批：“此景岂可再得！辛亥自识。”

斗姥宫南楼远眺有感

登楼凭远望，百虑苦相萦。
南国烽烟起[1]，中原伏莽萌[2]。

汹汹外患[3]逼，喋喋阋墙[4]争。
愧煞书生见，何时赋太平。

二〇（1931）．七．廿一，泰山斗姥宫

【注释】①南国烽烟起：应指蒋介石对中央苏区的第三次围剿。②中原伏莽萌：应指蒋介石调集河南、湖北大批部队开往剿共前线。③外患：指日寇侵占东北。④阋（xī）墙：《诗经·小雅·棠棣》："兄弟阋于墙，外御其务。""兄弟虽内斗外御悔也。"后称兄弟不和为阋墙之争。这里指蒋介石挑动内战，造成国民党和共产党的兄弟之争。

即　兴

寄寓深山里，空明禅院幽。
开窗挹秀色[1]，闭户听泉流。
鸟雀惊清梦，诗书慰我愁。
无才宁守拙，不暇计沉浮。

二〇（1931）．七．廿一，泰山斗姥宫

【注释】①挹（yì）秀色：取来秀美的景色。挹，舀取。

禅　房

日暮钟磬彻九天，黎明梵呗[1]绕云烟。
禅房住久心怀寂，宿雨眠云[2]古刹前。

二〇（1931）．七．廿一，泰山斗姥宫

【注释】①梵呗：佛教经文的赞颂声。②宿雨眠云：露天过夜的意思。

禅院日夜听泉

斗姥宫中假一椽[①]，环山依翠傍深渊。
黎明激越钟磬响，夜半清澈飞瀑溅。
侧耳婉如风雨急，凝神翻疑海行船。
波涛未惯诚堪笑，古寺无人尽日眠。

二〇（1931）. 七. 廿四，泰山斗姥宫

【注释】①假一椽：借一处地方，指先生暑假期间寓斗姥宫避暑。

涧下仰月卧石听泉绝句（两首）

（一）

空朦月色夜中山，枕石眠流意自闲。
万籁无声人亦寂，星光点点水潺潺。

（二）

夜色朦胧山色融，清光万里照苍穹。
蜻蜓戏水萤映月，弱柳婆娑不禁风。

山居几将一月，心闲地僻。目所见者日光山色，耳所闻者鸟语泉声，陶性怡情，孰逾于是！而所得仅如此。不禁叹良时浪掷[①]有负胜景矣。

二〇（1931）. 七. 廿八，泰山斗姥宫[②]

【注释】①浪掷：随意抛撒。 ②原诗页眉上有先生1971年眉批：“这段生活今生之至乐也。辛亥自识。”

九一八事变后有感（两首）

（一）

国破依然一世雄，家亡另起阿房宫①。
将军的是②人中杰，遗臭流芳自古同。

（二）

堪笑时论欠的评③，贪婪窃位谤干城④。
乃翁⑤地下当瞑目，哲嗣荣膺大孝名。

二〇（1931）．一〇．五，泰安三中

【注释】①此句指东三省沦陷，某将军可谓国破家亡，而某在北京另起金屋矣。（先生原注） ②的是：确实是。这里指的应是张学良将军。 ③的评：公允的评判。 ④干城：干，盾；城，城郭。都起捍卫防御作用。也用以比喻捍卫者或御敌立功的将领。《诗·周南·兔罝》："纠纠武夫，公侯干城。" ⑤乃翁：应指张作霖。

题照片上（两绝句）

（一）

生平碌碌愧无奇，流水年华岂我欺。
眉宇轩昂非昔比，胸中磊落似儿时。

（二）

蒲柳①生来不耐寒，更堪风雪②横摧残。
经过世道方知窄，窃幸心田量尚宽。

二一（1932）．一二．二四，泰安三中

【注释】①蒲柳：植物名，又名水杨、萑苻，也叫蒲杨。生于水边，畏寒，早落叶，常用以比喻人之早衰。 ②风雪：指险恶的世道。

有 感[①]

适我心情此地[②]偏，灵山秀水任流连。
谋生不用三千顷，糊口全凭一教鞭。
鹬蚌相持[③]人所戒，鸡虫得失[④]大堪怜。
循环毁誉何须论，惜别依依泰岱前。

二一（1932）．一二．二六，泰安三中

【注释】①这是一首赠别诗。先生所供职之泰安三中，因校长李泰华将赴英国留学，教师中为校长之遗缺明争暗斗，李泰华校长意欲让先生接替，因而先生成了争夺者攻击之目标。先生不屑与之为伍，毅然离开泰安三中，此诗为留别诸同事的赠诗。 ②此地：指泰安。 ③鹬蚌相持：《战国策·燕二》：赵且伐燕。苏代为燕谓惠王曰："今者臣来，过易水，蚌方出曝而鹬啄其肉，蚌合而箝其喙。鹬曰：'今日不雨，明日不雨，即有死蚌。'蚌亦谓鹬曰：'今日不出，明日不出，即有死鹬。'两者不肯相舍，渔者得而并禽之。今赵且伐燕，燕赵久相支，以敝大众。臣恐强秦之为渔父也。"后用来比喻双方争持不下而使第三者得利。此处指泰安三中教师争夺校长遗缺一事。 ④鸡虫得失：唐杜甫诗《缚鸡行》："小奴缚鸡向市卖，鸡被缚急相喧争。家中厌鸡食虫蚁，不知鸡卖还遭烹。虫鸡于人何厚薄，我斥奴人解其缚。鸡虫得失无了时，注目寒江依山阁。"本意是说事物有得即有失，难以尽如人愿。后用来比喻细微的得失。

送校长李灿辉兄游学英国（两首兼序）

泰岱乃吾国名区，心向往者久矣，而未得其会。十九年春，山东省立第三中学李校长泰华邀余主任教务，校址适在岱麓，遂欣然允诺，窃喜夙愿得偿也。迩来学风嚣张，殆成吾国普遍现象，学生率多高谈主义，侈言革命，潜心学业，专意读书者鲜。甫入校即与校长痛论斯弊，佥为中学生方值年少，无能过问政治，允以敦品励学为第一要义。故以培养学生实学为职志，既不迎合其心理，复不束缚其思想。凡用狐媚蛊惑手段之人，皆所深恶而痛绝者也。诸同仁亦多赞同斯旨。咸循规定之方针，互鼓励而努力。三年来如一日，彻始终不少渝。幸学生尚能大体接受，学校遂渐次就轨范。暇辄流连山水，凌峻涉险，幽无不到，凡泰山胜地，足迹殆遍，临深溪而吟咏，登极峰而长啸。孔子曰：登泰山而小天下。工部诗曰：一览众山小[①]。不亲莅泰山之巅者莫能知也。二十年秋，泰华校长考取游学英国，因世局杌陧[②]，延至二十二年元月始成行。而东北沦陷，内战方酣，国难何曾少有转机。泰华兄其亦能恝然[③]而忘怀乎！然兄之此游，风帆万里，既偿小天下之志，学问上又如涉泰山而登峰造极，游目骋怀而见群山之小也。将来改造社会，造福人民，较治三中之功绩，又奚[④]可以道里计！聚首三载，志同道合，将有远行，谨赠芜词，聊申别情，是为之序。

（一）

追随左右已三年，遽赋阳关[⑤]各一天。
知遇而今感鲍子[⑥]，落拓[⑦]自古有青莲[⑧]。
鸿飞邈邈[⑨]心胸壮，龟步迟迟[⑩]志趣坚。
气节斯文将扫地，同工异曲共勉旃[⑪]。

（二）

外患方殷兼内争，嚣嚣举国几人醒。
洁身自爱空无补，浊世同流负此生。
志切三疆胥⑫陷溺，心雄万里赋长征⑬。
学成屈指归来日，把酒飞觥⑭论太平。

二一（1932）．一二．二九，岱麓，三中

【注释】①一览众山小：出自杜甫诗《望岳》："会当凌绝顶，一览众山小。" ②杌陧（wù niè）：摇摇欲坠，不稳定。③恝然：置之不理。恝（jiá），不理会。 ④奚（xī）：古代疑问词，"何"的意思。 ⑤遽（jù）赋阳关：匆忙作送别的诗词。遽，匆忙。 ⑥鲍子：鲍叔牙，春秋时齐国大夫。《史记·管晏列传》："管仲曰：'吾始困时，尝与鲍叔贾，分财利多自与，鲍叔不以我为贪，知我贫也。吾尝为鲍叔谋事而更穷困，鲍叔不以我为愚，知时有利不利也。吾尝三仕三见逐于君，鲍叔不以我为不肖，知我不遭时也。吾尝三战三走，鲍叔不以我为怯，知我有老母也。公子纠败，召忽死之，吾幽囚受辱，鲍叔不以我为无耻，知我不羞小节而耻功名不显于天下也。生我者父母，知我者鲍子也。'"后以"鲍子知我"谓彼此相互了解而情谊深切。⑦落拓：潦倒，穷困失意。 ⑧青莲：唐诗人李白，字太白，号青莲居士。 ⑨鸿飞邈邈：鸿雁飞向又高又远的空际，比喻隐者远走高飞。 ⑩龟步迟迟：比喻进步迟缓。 ⑪旃（zhān）：文言助词，等于"之焉"两字的合音。 ⑫胥：全，都。 ⑬赋长征：指出国游学。 ⑭觥（gōng）：古代用兽角做的酒器，后指酒杯。

憩之兄频来函言老状感赋七绝两章寄之

(一)

分飞劳燕[①]各西东，底事奔忙似转蓬。
学问有成君胜我[②]，困穷两地[③]差堪同。

(二)

频频相告鬓毛霜，岁月催人欲断肠。
我小阿哥三五载，凭斯意气尚飞扬。

二二（1933）. 三. 六，稷下一中

【注释】①分飞劳燕：亦作劳燕分飞。古乐府《东飞伯劳歌》："东飞伯劳西飞燕。"旧时用以比喻离别。劳，伯劳，鸟名。 ②胜我：指憩之专攻音韵学，已有著述。（先生原注） ③两地：此处指憩之蛰居旧京。（先生原注）

热河失守中央仍无决策感怀（两首）

(一)

倭寇欺凌世寡俦，铁骑踏破我神州。
议论未定惊金渡，对泣无何作楚囚[①]。
投笔从戎空有志，卧薪尝胆[②]枉怀忧。
乘时拔剑腾云起，倒覆东江洗此羞。

（二）

荏苒年华鬓发稀，蹉跎岁月惜斜晖。
书翻万卷身仍瘦，诗诵千篇国不肥。
九叹[③]何从伤屈子，说难[④]犹是痛韩非。
挥戈杀敌愁无地，苟且偷生与愿违。

二二（1933）．三．一九，稷下一中[⑤]

【注释】①西晋末，中原战乱频仍，过江人士，每至假日，相邀至新亭饮宴。元帝时，丞相王导与客宴新亭，周顗中坐而叹曰："风景不殊，举目有江河之异。"皆相视流涕。唯王导愀然变色曰："当共戮力王室，克复神州，何至作楚囚对泣邪！" ②卧薪尝胆：春秋时越王勾践战败，为吴所执。既放还，欲报吴仇，苦身焦思，置胆于座，饮食尝之，欲以不忘会稽败辱之耻。③九叹：当指屈原的作品《九章》。 ④说难：指战国思想家韩非子的作品《说难》。 ⑤原诗第一首页眉上有先生 1971 年之眉批："有何经邦济世之才？徒作夸大之言，读之自惭，留之贻羞！"第二首的眉批是："读何书？诵何诗？正因读书太少而又不能用耳！七一年自批。"

寄南昌张旭光兄

人生何倏忽，岁月似风驰。
握手言欢日，举杯话别时。
方欣逢益友，遽赋送新知。
迢递[①]山川远，关情赖有诗。

二二（1933）．三．二一，济南一中

【注释】①迢递：高峻貌。

九一八志感

敬瑭[①]甘做儿皇帝，赵宋堪羞和契丹。
争颂太平三都赋[②]，中央敢说是偏安！

二三（1934）．九．一八，济南一中

【注释】①敬瑭：指石敬瑭，五代后晋之建立者。敬塘为后唐明宗婿，官河东节度使，守太原。于清泰三年引契丹兵灭后唐。受契丹册封为晋帝，建号天福，割燕云十六州予契丹，岁贡帛三十万匹，并称契丹主为“父皇帝”，自称“儿皇帝”。 ②中央定都金陵，复以洛阳为行都，重庆为陪都，论者多颂扬不止也。（先生原注）

重　阳

人生几度过重阳，佳节哪堪话异乡。
避地登高何处是[①]，山河已改旧风光。

二三（1934）．一〇．一六，重阳节，于济南一中

【注释】①此句抒发了先生对国土沦丧的痛心，当时北京学生曾悲壮地呼喊“偌大的华北连一张书桌也放不下了”。先生的“避地登高何处是”是同样高亢的呐喊。

登老北山口占

蓬莱阁西有一峰，名老北山，本地人士谓即古之田横岛。（按：岛在胶东即墨县，今仍之者，从俗说耳。）

昔日田横[①]岛，而今老北山。
何从吊五百，不语泪潸潸。

二四（1935）．一〇．五，于蓬莱

【注释】①田横：战国时齐田氏的后代。秦末，其从兄田儋自立为齐王，不久战死。儋弟荣与荣子广相继为齐王，横为相国。韩信破齐，横自立为齐王，率领从属五百人逃往海岛。刘邦称帝，遣使者往招。横与客二人往洛阳，未至二十里，羞为汉臣，自杀。原居留岛中之徒众，闻横死，亦皆自杀。

蛋儿窝野餐复见海市① （有序）

蓬莱阁西老北山下海蚀山为一岬，土人呼为蛋儿窝。盖沿岬尽为细石，经潮水浸润摩擦，晶莹耀目，名之曰“万斛珠玑”，土人则作如上呼也。为蓬莱最优秀之区。六月十四日（夏历四月廿五日）偕诸同仁野餐，再见海市。尤可异者，余等来与去时，均为南风，惟野餐后变东北风约两小时余，而海市现，非特为吾等而现乎？乌可无诗以志！是日同游者有威海夏君岷山、夏君景玉，河北定兴王君新甫，浙江金华吴君鹤翔，河南渑池张君剑青，宁阳朱君幼青，招远陈君星甫，泰安路女士英杰，东平王君虎文（本月七日第一次见海市，此第二次也）。

（一）

蓬莱五月一如春，日丽风清不染尘。
探胜寻幽凭自我，行歌载酒共同人。
三壶②玉岛今何处，万斛珠玑散海滨。
未酌陶然浑欲醉，神游物外返本真。

（二）

来时拂拂南风急，去矣风向大小同。
酒后倏然天气变，饭前碧海益空朦。

山头疑似见汉阙，岛上依稀化楚宫。
岂有神工人可烦，诗传异事笑苏公[3]。

（三）

万斛珠玑作野餐，珊瑚石上坐垂竿。
锦云变幻铺纨素，碧海澄清似玉盘。
点点渔帆天际挂，轻轻沙鸥水中看[4]。
莫云更有蜃楼现，胜地佳景得之难。

二五（1936）．六．一四，夜草于蓬莱县中

【注释】①海市：大气因光折射而成的反映地面物体的形象，旧称蜃气。宋代沈括《梦溪笔谈·异事》："登州海中，时有云气如宫室、台观、城堞、人物、车马、冠盖，历历可见，谓之海市。" ②三壶：秦时方士称东海中仙人所居之地，或称三岛、三神山。因形状像壶，故称三壶。 ③东坡元丰八年官登州五日，祷海神见海市，作诗自谓以耳目烦神工。按夏历十月非现海市之时，特东坡自慰耳。（先生原注） ④指当时海水澄清，海鸥入水啄鱼，深数尺可见。（先生原注）

过君子洲口占（有序）

蓬城西门外，芦苇青丛，绿柳成荫，流水一湾，浣纱女群集，本地人名之曰"君子洲"。并闻骚人墨客多以诗歌之，惜未之见也。

何事锡[1]名君子洲，岂容窈窕[2]叶[3]鸾俦[4]。
清流屈曲随声转，翠柳旖旎[5]凝碧浮。
谷应山鸣砧杵[6]急，莺歌燕语韵喉柔。
丛丛荻苇身半掩，月露云间似含羞。

二五（1936）．六．二一，于蓬莱县中

【注释】①锡：同“赐”。 ②窈窕：美好的样子。 ③叶(xié)：和，合。 ④鸾俦：比喻夫妻。 ⑤旖旎（yǐ nǐ）：柔和美丽。 ⑥砧杵：这里指捶衣的声音。砧，棰、砸或切东西时垫在底下的器具。杵，舂米或捶衣的棒。

题戏装照片（并序）

余赋性优柔，遇事寡断，窃尝以陈宫自拟。廿五年夏，蓬莱县中举行恳亲游艺大会，同人合演捉放曹以娱嘉宾。余适去[①]陈宫，今生将永为陈宫矣。作芜词以志纪念。——饰曹操者为宁阳朱君幼青。饰吕伯奢者为金华吴君鹤翔。

莫言孟德是奸雄，鱼肉[②]善良自古同。
笑我生来天性拙，而今的确作陈宫。

二五（1936）. 六. 二二，于蓬中

【注释】①去：梨园俗语“饰演”之意。 ②鱼肉：比喻反动统治者用暴力欺凌、残害（人民）。这里指曹操杀吕伯奢全家事。

题照片上

大好韶光惜等闲，今非昔日少年颜。
才疏气盛空怀志，漏滴三鼓[①]夜已阑[②]。

二五（1936）. 六. 二四，于蓬中

【注释】①古代用漏壶滴漏计时，“漏滴三鼓”即时已三更之意。 ②阑：将尽之意。

抗日战争时期

春日河滨独坐（有序跋）

民国二十七年夏，以本县人士之推举，出长县立中学。时豫东沦陷，人心惶惶不可终日。受命于危难之际，竭全力以赴之。数月来，国军驻校，络绎不绝，扰攘莫定。学舍破敝，教具缺乏，内无以整顿，外苦于应付。至于经费奇绌，待遇苛薄，尤其余事。幸于此恶劣环境之中，尚能勉维现状，安定秩序，俾①学子安心向学，无负地方付托。而寒假资格问题发生（余大学未毕业，本县在教育厅做主任科员之张廉午从中作祟也）。余即坚辞。汪前县长、姚局长勉留之。今春逐鹿校长者更大肆活动。余再辞，又不获允。未几陈君济美②以党务专员张雨生之一言而继任，余始得摆脱。轻松愉快，无与伦比，翌晨往河边，感而作此。

偶至河滨坐，安闲且小休。
蒙茸③疑绿毯，柳絮似雪球。
好鸟枝头转④，锦鱼水底游。
吾当急国难，何暇为身谋。

二八（1939）. 四. 一二，于故乡索河之滨

数年来家愁国难萃于一身，更加奔走衣食，未尝得一日闲。心为形役，性灵汩没，文思滞塞，久不事笔墨矣。今幸得蝉蜕桎梏⑤之中，窃欲浮游尘嚣之外。每晨早起，围城散步，沿河小游，心至闲，意至乐也。偶有所触，即有所感，环境依然，感发却如

此不同。非道外人，乃人自外，岂欺我哉！

抗战第三年（1939）四月十四日[6]

【注释】①俾：使。 ②陈君济美，即陈济美，荥阳柏营人，原在荥阳县中教英语。 ③蒙茸：草木葱茏。 ④转：通“啭”，鸟鸣叫。 ⑤桎梏：这里指脚镣和手铐，比喻束缚人的东西。 ⑥原诗页眉有先生1971年之眉批：“情景重现。辛亥自识。”

读划璞[1]参谋长兄诗有感

同窗共业事斯文，分道扬镳[2]半途分。
投笔君堪继定远[3]，悬锥[4]我惭对苏秦[5]。
以身许国英雄色，一意为家燕雀[6]群。
读罢佳诗深愧悔，彷徨夜漏五中[7]焚。

抗战第三年（1939）十二月七日，于泌阳刘沟

【注释】①划璞：名崔贡琛，字划璞，荥阳县崔庙村人，系沈先生的少年同学，生于1889年，毕业于河南第一师范，曾在荥阳任高等小学堂校长和县教育局长。1925年考入冯玉祥主办的西北陆军干部学校，毕业后在部队做政治工作。1928年冯玉祥又派他到北京陆军大学学习，因其有共产党嫌疑而被捕，后经营救获释。1933年日军侵入热河，冯玉祥在共产党帮助下成立察哈尔民众抗日同盟军，崔划璞出任张家口警备司令兼公安局长。后又到吉鸿昌部任参谋长，率部抗日，光复了察哈尔省。1935年春，崔划璞到刘汝明部先后任143师少将参谋长、68军参谋长、暂编36师师长，并加入共产党。和中共统战委员会秘书长方中锋积极做68军军长刘汝明的工作，使刘汝明思想有所转变，以弹药支援共产党。1945年日本投降后，任143师师长。1946年冬进驻开封，兼任警备司令。1947年春任联勤总部重庆补给区司令。6月去南京述职，遇车祸身亡。终年58岁。先生曾两次应邀入崔划

璞幕参赞军务。②分道扬镳（biāo）：也作“分路扬镳”。原指分路而行，后多比喻因目标不同而各走各的路，扬镳驱马前进。镳，马嚼子。这里指当年先生与崔划璞相约同去报考张家口西北军事干校，到北京后，先生入北京大学读书，崔进了中国陆军军官学校一事。③定远：指班超。班超，汉扶风安陵人，字仲升，班彪少子。父卒，家贫，为官府抄书以养母。曾投笔叹曰：“大丈夫无它志略，当效傅介子张骞立功异域以取封侯，安能久事笔砚间乎！”明帝永平十六年，率三十六人出使西域，使西域五十余城国获得安宁。超在西域三十一年，官至西域都护，封定远侯。④悬锥：指苏秦当年头悬梁锥刺股刻苦读书一事。⑤苏秦：战国时代的纵横家。字季子，东周洛阳（今河南洛阳东）人。曾说服六国联合抗秦。他的策略号称合纵，使秦国几十年不敢向函谷关以东用兵。⑥燕雀：燕和雀皆为小鸟，比喻无足轻重的小人物。《史记·陈涉世家》：“嗟乎，燕雀安知鸿鹄之志哉！”也比喻卑微的地位。⑦五中：也称“五内”，指人的心、肝、脾、肺、肾五种器官。

夜群犬乱吠不能成寐口占七绝

底事狺狺[①]势若狂，家愁国难动离肠。
随声吠影[②]何须问，暮鼓晨钟谢未遑[③]。

抗战第三年（1939）十二月八日，于泌阳刘沟

【注释】①狺狺：狗叫声。②随声吠影：本为吠影吠声或吠形吠声。一条狗看见人影叫起来，许多狗也随声跟着叫。比喻不明真相，跟在人后随声附和。③遑：空闲、闲暇。

书慨七绝（三首）

夜与划璞兄畅谈，归，辗转床第不能成寐，感而作此。

（一）

倭虏腥膻[①]遍九州，哪堪沉睡梦悠悠。
风流自是英豪事，甘愿硁硁[②]寡我尤。

（二）

国步艰难重我忧，奇耻难雪实堪羞。
书生纵乏救亡策，不愿合污共浊流。

（三）

靖节[③]清风举世鲜，欣然向往慕前贤。
逢人折腰[④]宁贫死，终老园田不乞怜。

抗战第三年（1939）十二月十一日，于确山石滚河[⑤]

【注释】①腥膻：腥气和膻气，指倭寇屠杀的血腥罪行，也指把倭寇比作野兽。 ②硁硁：浅薄固执的样子。 ③靖节：即陶潜，东晋大诗人。 ④折腰：陶潜不为五斗米折腰向乡里小人，毅然挂冠归田。 ⑤原诗页眉处有先生1971年之眉批：“言虽矜夸，情则真实。辛亥自识。”

与划璞兄谈在县往事有感

民国十一年划璞兄长在县立第一小学，余与诸同志共襄赞提倡新文化。民国十二年余等被土霸排挤以去。

围炉娓娓话当年，往事依稀似淡烟。
恩怨齐随流水逝，是非共逐行云迁。
乡愁莫使伤怀抱，国难何容息仔肩[①]。
岁月蹉跎堪自愧，功名甘让着先鞭。

二八（1939）十二月十三日，于石滚河

【注释】①仔肩：担任，负责。

连日运下伤兵甚多感赋七绝（两首）

（一）

冲锋陷阵矢忠贞，断臂洞胸[①]奚足惊。
救国当流壮士血，英雄自古属无名。

（二）

从军卫国应牺牲，何惜创伤死也荣。
愧煞空言夸大客[②]，儿人听得敌枪声[③]。

二八（1939）十二月二十七日，于石滚河

【注释】①断臂洞胸：指将士战场流血牺牲。 ②空言夸大客：指空喊抗日口号而无实际行动的人。 ③政治部名为部队之灵魂，为指导作战者，而一有战争，辄先退大后方，殊足怪也。（沈先生注）

某老翁运送伤兵乞讨而回有感

孙小斋君遇一老翁运送伤兵，两三月既无盘费，又缺行粮，沿路乞讨。孙君怜而予洋二角，乃广老者之意作此。

军民合作理该当，底事[①]惊慌故躲藏。[②]

幸得伤兵归宿地[3]，甘心乞讨饿还乡。

二八（1939）十二月二十七日于石滚河

【注释】①底事：什么事。底，何，什么。 ②此句指时多抓丁拉夫，故人民躲避之。（先生原注） ③归宿地：这里指后方伤兵养伤的地方。

步划璞兄《阵前寄孜研》原韵两首

（一）

情重故交应倍亲，翻云覆雨信无因。
广培桃李[1]溢千顷，主持兵戎[2]系万钧。
决策运谋操胜算，追奔逐北[3]忍艰辛。
寇平立待归来日，唱咏相随溱水[4]滨。

（二）

离乱相逢倍觉亲，穷通自是有前因。
回头已往恨千斛[5]，转念将来任万钧[6]。
忧国伤时空洒泪，谋衣求食备含辛。
功名学问两无就，守拙潜修溱水滨。

二八（1939）十二月二十八日于石滚河

【注释】①广培桃李：先生自指。 ②主持兵戎：指崔划璞。 ③追奔逐北：追击败逃的敌兵。亦作“追亡逐北”。《史记·田单列传》：“燕军扰乱奔走，齐人追亡逐北。”亡、北：战败时的逃兵。 ④溱水：流经荥阳境内，今河南省溱河的古称。 ⑤斛：量器名，古时以十斗为斛，后来又以五斗为斛。⑥钧：古代重量单位，一钧是三十斤。

附：划璞兄原诗

平生心迹最相亲，久别欣逢自有因。
忆昔县中教小学，恨今身外系万钧。
光明冲淡君怀浩，疲劳奔驰我徒辛。
洗涤腥膻狂澜挽，愿同卜居溹川滨。

晨起河边散步得句

早起河边望，无为信步行。
风清山色远，日丽水痕明。
疾逝游鱼戏，奋飞野鸟惊。
何时驱倭虏①，与物共升平②。

抗战第四年（1940）一月十日于确山胡寨③

【注释】①倭虏：指日寇。 ②与物共升平：同鱼鸟等外物一起共度太平世界。 ③原诗页眉上有先生1971年之眉批：“情景重现。辛亥自识。”

风雪之夜闻前线炮声（两首）

（一）

夜半隆隆重炮声，缅怀战士梦难成。
晴天共拟坚吾垒①，雪地齐图碎敌营②。
碧血凝为金字塔，赤心化作古长城。
王师底定③中原日，史册流芳百代荣。

（二）

更深夜静梦难成，吠雪群尨[4]共炮鸣。
草榻衾[5]寒浑似铁，蓬窗[6]纸破疑悬旌[7]。
家愁不致坦怀怯，国艰应劳志士惊。
伏处荒村空念虑，从军无补笑书生。

二九（1940）一月二十日于确山胡寨

【注释】①共拟坚吾垒：共同拟定巩固我方阵地的方案。②齐图碎敌营：一起谋划粉碎敌巢的策略。 ③底定：达到平定。 ④尨（máng）：长毛狗，泛指狗。 ⑤衾：被子。 ⑥蓬窗：简陋的窗。 ⑦悬旌：悬挂的旗子。

咏　雪

应有补天[1]谋，先来肃地策。
君当拭目[2]看，举世变清白。

二九（1940）一月二十四日于胡寨

【注释】①补天：女娲炼五彩石补天的故事。 ②拭目：擦亮眼睛。拭，擦，抹。

抒　感

余与划兄（划兄：即崔划璞，先生称其为“划兄”是儿时的习惯称呼，后文亦是——编者注）为总角交[1]，荐予军部作食客[2]耳，不意竟遭政治部主任耿长江与所谓元老二郭（天民、绍恒）之忌。百方中伤陷害，划兄因而大受其累。

国破虽然家尚在，吾身有托念流亡。
厦广方足怡工部[3]，客愚何能答孟尝[4]。

绛灌[5]胸襟堪贻笑，长沙运蹇[6]欠谋臧。
回头浩劫千年恨，守正弗阿行与藏[7]。

二九（1940）一月廿八日于胡寨

【注释】①总角交：幼年时的朋友。总角，古代原指未成年人把头发扎成髻，后借指幼年。 ②食客：古代寄食于贵族官僚家并为他们效劳的人。 ③工部：指唐代诗人杜甫。因杜曾任工部侍郎，人称杜工部。 ④孟尝：即孟尝君，战国时齐贵族，姓田名文，继承其父靖郭君田婴的封爵，为薛公。以好客著称，门下食客至数千人。齐泯王使孟尝君入秦，被扣留，孟尝君靠门客中鸡鸣狗盗之徒的帮助，逃出秦国，归为齐相。这句的意思是，先生自谦因能力有限，不能报答朋友对自己的赏识和荐举。 ⑤绛灌：汉绛侯周勃与颍阳侯灌婴。两人皆佐汉高祖刘邦，累立战功，为一时名将。《史记·淮阴侯传》："（韩）信由此日夜怨望，居常怏怏，羞与绛灌同列。"《晋书刘元海载记》："尝谓同门生朱记、范隆曰：'吾每观书传，常鄙随（何）陆（贾）无武，绛灌无文，道由人弘，一物之不知者，固君子之所耻也。'"这里指嫉贤妒能的耿、郭之流。 ⑥长沙运蹇：长沙，指汉代贾谊，因事被贬为长沙王太傅，后世称其为贾长沙。运蹇，命运不好。 ⑦行与藏：指出处或行止。行藏，指对有关名节的事情有所为有所不为的态度。

雪夜感怀

忽忽寒风急，萧萧疏雪飘。
劳魂难入梦，孤志尚矜骄。
有意来弹铗[1]，无心去弄箫[2]。
中华何日靖[3]，大地乐逍遥。

二九（1940）二月二日于确山胡寨

【注释】①弹铗：弹击剑把。铗，剑把。战国齐孟尝君食客冯谖弹铗而歌："长铗归来乎！食无鱼。"后来用于有所求于人。 ②弄箫：相传春秋时秦穆公的女儿弄玉，嫁善吹箫之萧史，日就萧史学箫作凤鸣，穆公为作凤台以居之，后来夫妻乘凤仙去。 ③靖：旧指平定，使秩序安定。这里指抗战胜利。

抒 怀

余去意早决，因某种关系，未便即发。夏历正月元旦划兄赴重庆开会。待其归即去。不料二郭排挤之心愈险，诬陷之术愈鄙，亦足哂[1]也。

生平事业误因循[2]，汩没[3]尘寰四十春。
宦海无心惊浪险，桃源[4]有路就醪醇。
人情变幻看云诡[5]，世道崎岖问去津[6]。
且喜此身仍属我，归来犹得乐清贫。

二九（1940）三月四日于泌阳夏庄

【注释】①哂：讥笑。 ②因循：守旧不变。 ③汩没：埋没。唐杜甫诗《赠陈二补阙》："世儒多汩没，夫子独声名。" ④桃源：即桃花源。 ⑤云诡：像云一样变化多端。 ⑥去津：即去路。津，原意指渡口，这里指路。

雪夜狂风有感兼怀划兄

春寒更复雪花飘，影伴孤灯慰寂寥。
知己远离[1]谁共语，家书频转客魂销[2]。
星辉匿迹风云急，物议[3]喧腾涌暗潮。
五内[4]纷纭难入梦，浇愁畅咏度清宵。

夏历正月廿六日（1940. 3. 4）于泌阳夏庄

【注释】①知己远离：指崔划璞外出开会未归。 ②魂销：即销魂。形容人极度兴奋、欢乐或极度悲伤烦恼时情绪难以控制的状态。 ③物议：众人的议论。 ④五内：即心、肝、脾、肺、肾五脏。

晨起院中见乌鸦筑巢感作[①]

早起牙牙如告语，分飞急急不惮[②]疲。
雄从垄畔衔枯草，雌向林梢啄废枝。
纵横编排留户牖[③]，周围砥柱奠根基。
群鸦集贺怜鸠拙，弗虑狂风暴雨欺。

夏历正月廿九日（1940. 3. 7）草，二月十七日改正，夏庄[③]

【注释】①全诗表现了先生对日寇侵我国土、毁我家园的愤慨和对同胞无家可归的慨叹。 ②惮：畏惧。 ③户牖：门窗。牖，窗户。

孟春郊原散步得句

枝头的有[①]几分春，陌上蒙茸似绿茵。
渡口苍茫归路远，异乡落寞[②]客愁新。
清流[③]岂为浮尘污，芳节[④]原因季候[⑤]申。
杨柳含情浑欲语[⑥]，临风旖旎媚离人。

夏历正月廿九日草，二月十七日改正于夏庄

【注释】①的（dí）有：的确有。的，真实，实在。 ②落寞：冷落寂寞。 ③清流：旧时用以指负有声望的清高的士大夫。 ④芳节：阳春时节，亦指佳节。 ⑤季候：季节，气候。 ⑥浑欲语：简直要说话。浑，简直，几乎。

除岁杂感

民国三十二年（1943 年）划璞兄调升 36 师师长，数邀余来襄理文墨，弗敢再作攘臂[①]之举，以至交难辞，故耳。而才短学疏，愧无益于挚友也，时逢夏历年关，不禁百感系之。

（一）

大地烽烟万姓哀，救焚拯溺[②]愧无才。
年华徒呼随流水，爆竹惊心岁又来。

（二）

半生草草一劳人[③]，乱世流离只应贫。
且幸此身犹健在，愁来益觉国家亲。

（三）

两年过渡片时辰，一到明朝隔岁身。
回首前尘如昨梦，静观万物俱更新。

（四）

华夏且被蛮夷[④]侵，大好河山半陆沉[⑤]。
戮力[⑥]神州光复事，男儿岂宜苦呻吟。

（五）

莽莽乾坤岁又除，蹉跎可惜此生虚。
从戎倚马文思拙，起舞闻鸡[⑦]剑术疏。
愧对慈亲甘菽水，生憎蠢子厌诗书。
惊心爆竹为吞恨，断续声声低诉如。

抗战第七年（1943）旧历除夕于罗桥

【注释】①攘臂：捋袖伸臂，表示振奋或发怒的样子，这里意为推辞。 ②救焚拯溺：救人于水火。 ③劳人：辛苦劳碌无所成就的人。 ④蛮夷：古代泛指华夏中原民族以外的少数民族。此处指日寇。 ⑤陆沉：比喻国土被侵略者占领。 ⑥戮力：同心协力。 ⑦起舞闻鸡：亦作闻鸡起舞。东晋时，祖逖和刘琨同为司州主簿，常互相勉励振作。半夜听到鸡鸣，立即起来舞剑。后以“闻鸡起舞”比喻及时奋发。

咏画梅（题天铎兄赠画）

师部参谋处长王天铎兄擅绘事，为余画蜡梅一株。题七绝一首以志。

数点疏梅逞腊残，孤枝矫劲[①]耐风寒。
羞同桃李[②]争颜色，赢得清操[③]另眼看[④]。

三二年（1943）中历腊月泌阳罗桥

【注释】①矫劲：强壮有力。 ②桃李：这里暗喻部队中那些嫉贤妒能的人。 ③清操：高尚的品德。 ④另眼看：用另一种眼光看待，多指看重一个人不同于一般。

本师后调非划兄志也，整装待发因雪阻停车，原划兄之意代作三律

（一）

禹域[①]而今半劫灰[②]，生民荼毒[③]重吾哀。
收京只合先头进，驱虏何期后调回。
十万横磨[④]须养士，六千君子在储才[⑤]。
纵云报国心无二，仍要功从百战来。

（二）

平生志切复神州，羞向新亭泣楚囚。
胜利已知归掌握，功名宁复挂心头。
疆场驰骋期来日，鞭弭[6]周旋忆去秋。
成事在人天不负，何时奏凯告同俦[7]。

（三）

狂鲸[8]鼓浪溅神州，黯淡乾坤已七秋。
大好庭园惊破碎，孑遗[9]老弱苦虔刘[10]。
风号怒吐男儿恨，雪舞思湔[11]上国羞。
自贴鄂王词[12]在壁，山河收拾待从头。

三三（1944）元旦草，十日修正于罗桥

【注释】①禹域：传说禹治洪水，走遍全国。因而旧时把禹域作为中国的代称。②劫灰：劫火的余灰。③荼毒：荼是一种苦菜。毒是毒虫，指蛇蝎之类。比喻毒害。④横磨：比喻精锐善战的士卒。⑤储才：集聚人才。⑥鞭弭：借指戎马生活。⑦同俦：同伴，伴侣。⑧狂鲸：借指日本侵略者。⑨孑遗：残存，剩余。⑩虔刘：劫掠，杀害。《左传·成公十三年》："利吾有狄难，入我河县，焚我箕、郜，芟夷我农功，虔刘我边陲。"⑪湔(jiān)：洗涤。此处是洗雪的意思。⑫鄂王词：鄂王，指岳飞。宋宁宗时追封岳飞为鄂王。鄂王词指岳飞的词《满江红》。词中有"待从头收拾旧山河，朝天阙"句。

元旦抒怀并寄张希贤兄

（一）

岁月蹉跎又一春，飘零沦落寄风尘。

生年有限难弥补，德业无成徒苦辛。
捐弃此身何足惜，空余遗憾最伤神。
中原俶扰[1]金瓯[2]缺，惆怅[3]踟蹰[4]泪满巾。

（二）

愧负昂藏[5]七尺身，年华虚度又逢春。
忧时泪应残更碎，报国心随晓日新。
感我殊知蒙北渭[6]，生民有托望西秦[7]。
关中劲旅申天讨[8]，执辔欣看靖胡尘[9]。

1944 元旦草，十日修正于罗桥

【注释】①俶（chù）扰：开始扰乱。后多用来泛指骚动。唐杜甫《大历三年春白帝城放船出瞿塘峡》诗："旄头初俶扰，鹑首丽泥涂。" ②金瓯：金盆。《南史·朱异传》："我国家犹若金瓯，无一伤缺。"后来就用金瓯比喻祖国完整的大好河山。 ③惆怅：愁闷、伤感。 ④踟蹰：徘徊不前。 ⑤昂藏：形容人精神饱满有气概的样子。 ⑥北渭：此处指关中一带。 ⑦西秦：当指陕北一带，当时的敌后抗日根据地。 ⑧天讨：上天的惩治。后以王师征伐为天讨，意为禀承天意而行。 ⑨胡尘：胡人兵马扬起的沙尘，喻胡兵的凶焰。此处指日寇。

雪霁[1]志感

风吹雪止逐云开，一派清光[2]普照来。
陇亩同深沦溺[3]恨，山河共洗劫余灰。
混同宇宙称天德[4]，化被[5]人寰盖世才。
虎豹豺狼齐匿迹，鸿钧[6]威力不须雷。

三三年（1944）元旦草，十日修改于罗桥

【注释】①霁：雨雪后天气转晴。 ②清光：明亮的光。

③沦溺：陷入不良的境地或痛苦的境界难以自拔。 ④天德：天的德性。汉董仲舒《春秋繁露·人副天数》：“天德施，地德化，人德义。” ⑤被（pī）：覆盖。 ⑥鸿钧：鸿，大。钧，陶钧，制陶用的转轮。常用以比喻上天的造化，引申为掌国柄的大臣。这里指上天的造化。

惊闻家乡失陷

频传家失陷，胆裂神惨伤。
老母何所托，童稚谁相将①。
弱妻复多病，遭此更张皇②。
留则虑危险，逃则惧流亡。
离乱已足苦，尤难少食粮。
千里相遥隔，为之结愁肠。
途遇漂泊者，蹭蹬③倍辛忙。
疑有我妻子，白发或吾娘。
徘徊不忍去，唏嘘④绕其旁。
络绎相将过，熟睹若无望。
谁家无夫妇，拆散不凄凉。
何人无父母，远别岂能忘。
念此弗成寐，中夜起彷徨。
吾为苍生⑤苦，焉用夸炎黄。

三三年（1944）前四月南阳中起营

【注释】①相将：相共，相随。唐李贺歌诗《官街鼓》：“几回天上葬神仙，漏声相将无断绝。” ②张皇：惊慌，慌张。③蹭蹬：路途险阻难行，比喻遭遇挫折。 ④唏嘘：哭泣后不自主地抽搭。 ⑤苍生：指老百姓。

咏某将军①

节钺②建郑叶③，支柱半壁国④。
群雄咸雌伏，⑤万众承颜色⑥。
既娴孙吴略⑦，复擅陶朱殖⑧。
文事不可缓，黉宇连阡陌。⑨
好整以暇时，役民⑩如驱贼。
御侮恃长城，将军殊自得。
倭寇肆猖狂，蠢动声烦聒⑪。
士卒闻风逃，元戎⑫气亦夺。
人民竟我仇⑬，怪事呼咄咄。⑭
弃甲复曳兵⑮，袍丢须未割⑯。
混迹卒伍间，狼狈幸免脱。⑰
大将讳⑱地名，下汤改大汤。⑲
地灵即人杰，于此呈嘉祥。
致败究何由？思之实堪伤。
资亏威名扫，⑳诽笑中外扬。㉑
政敎㉒奸充斥，㉓吾谋宁不臧㉔。
当道善驭下㉕，胜败兵家常。㉖

三三年（1944）又四月于南召

【注释】①某将军：指国民党将领汤恩伯。汤恩伯原名克勤，国民军陆军中将，1942年任第一战区副司令长官兼苏鲁豫皖地区总司令。豫中会战中率数十万军队不战自溃。汤化妆成伙夫逃跑。后受撤职留任处分。河南人将其同水（黄河泛滥）、旱、蝗（虫灾）一起斥为四大灾害。 ②节钺：符节与斧钺。三国魏曹爽拜大将军，假节钺都督中外诸军事，历代因之，有假节钺之称。③郑叶：指郑州、叶县。（先生原注）④半壁国：指国家领土沦陷大半的残局。⑤此句指与将军邻防咸受钳制。（先生原注）⑥颜色：面容，脸色。⑦孙吴略：孙子、吴起的谋略。孙子，战国孙武，著《孙子兵法》。吴起，战国时卫国人，曾从学于曾参，初仕鲁，后仕魏，魏文侯用为将，著兵书《吴子》四十八篇。⑧陶朱殖：借用春秋时范蠡事。范既佐越王勾践灭吴，以越王为人不可共安乐，弃官远去，至陶，称朱公。以经商致富，十九年中三致千金。子孙经营繁息，遂至巨万。后因以陶朱公称富者，此处指汤恩伯既为高级将领，又从事商业致富。⑨此句指在叶县大兴土木，征发数十县办学院。（先生原注）⑩役民：驱使老百姓。⑪烦聒：声音杂乱。⑫元戎：主将，元帅。⑬竟我仇：竟然以我为仇敌。⑭此句指将军师溃，豫西民众多奋起缴其械，戕其官以泄恨，将军犹不自悟。（先生原注）⑮弃甲复曳兵：丢下盔甲拉着兵器。兵，指武器。⑯须未割：指尚未蓄须。此句用曹操割须换袍典故。当年曹操同马超打仗，操败。马超在后追赶，说抓住那个长胡须的。曹操用剑割下了自己的胡须。后边又喊，那个穿红袍的就是曹操。操又换下了身上的战袍。此处指汤恩伯仓皇败逃的狼狈相。⑰此句指将军易士兵服幸免人民戕害。（先生原注）⑱讳：忌讳。⑲鲁山有上汤、中汤、下汤三地，将军汤姓，以下汤不详改之，通令全省地图上一并改正。（先生原注）⑳将军多年经营之资本尽蚀。（先生原注）㉑闻外国报纸多绘漫画以讥将军之败。（先生原注）㉒政斁（dù）：政治败坏。斁，败坏。㉓将军愤甚，告河南主席李培基于中央，诋其政治腐败，斥人民尽汉奸。（先生原注）㉔臧：善，好。㉕当道善驭下：此为对蒋介石的讥讽。当道，指蒋介石。㉖将军之败舆论之哗然，极峰不加罪也。（先生原注）

解放初期

录旧作四首

余对于诗词，素无学养。然偶有所感，辄即抒发，不计工拙。新中国成立后，日疲精力于工作中，甚少兴发。即有所感，少纵旋失。空前盛世，却少歌颂。顷翻书箧，于故纸堆中捡得遗稿数首，姑录存之，以志鸿爪云尔。庚子年（1960 年）夏历正月重录附识。

书　怀（嘲陶潜）

青山绿水尽天颜，遍地桃源，
何必踏破铁鞋武陵溪[1]边。
笑陶唐[2]、有虞[3]，
疑无怀[4]、葛天，
说什么纷纷扰扰的三代秦汉！
竞劳动，为的大家生活日改善；
反战争，为的人类持久太平年。
这已不是理想，
鲜花灿烂，朵朵照耀在眼前。
争取我们的明天：
一腔心愿，热烘烘烈火一团，
有谁肯懒懒散散，
孤零零一个陶潜。

一九五三年三月十五日于中牟一中[5]

【注释】①武陵溪：即武陵源。晋陶潜撰《桃花源记》，晋太元中武陵郡渔人入桃花源，所见洞中居民及生活情景俨然另一世界，故桃花源又称武陵源。此处武陵溪边即指武陵源。 ②陶唐：帝尧。尧初居于陶，后封于唐，为唐侯，故称陶唐。 ③有虞：即有虞氏古部落名。古史传说，部落联盟的首领舜受尧禅，都蒲阪（今山西永济县东南）。 ④无怀：即无怀氏，传说古帝名。 ⑤原诗页眉上有先生1971年的眉批：“不意此诗竟成谶语(预言)！辛亥自识。”

人民颂

天下是我们打，江山是我们开；
攘①功夺权：
奴才变为主人，
主人变为奴才。
时代车轮辚辚前进，
汉高②、魏武③，
草莽权奸，
窃幸黄泉九原得躲灾；
希特④、墨索⑤，混世恶魔，
只有坟墓之中抱余哀。
千秋万古的历史渣滓，
一概是不足道的浮土尘埃。
从今后这个世界，
将永永远远是人民的舞台。

一九五四年五月廿五于中年一中

【注释】①攘：夺取。 ②汉高：汉高族刘邦，起于草莽。 ③魏武：三国魏武帝曹操，人称权奸。 ④希特：指第二次世界大战中的德国法西斯头目、战争罪犯希特勒。 ⑤墨索：指“二战”

战犯，当时意大利法西斯罪魁墨索里尼。希特勒、墨索里尼二人被称为“混世魔王”。

题赠魏书秀同学

中七班魏书秀[1]同学初看《钢铁是怎样炼成的》，特征余言，题是以赠。

你不要问：
是保尔·柯察金抑或是奥斯特洛夫斯基，
他们都能给你以力量，
只要你常和他们在一起。
到头来，
我分不清：
是奥斯特洛夫斯基，
是保尔·柯察金，
抑或是你。

一九五四年五月三十日于中牟中学

【注释】①魏书秀：男，家住中牟县刘集乡，后一直担任教师。

清华大学副校长刘仙洲入党有感

六旬年将届，时怀日暮愁。
谁言吾已老，尚有刘仙洲。

一九五五年十一月十八日于中牟中学[1]

【注释】①刘仙洲当时已六十五岁。沈先生当时已五十八岁，对前途充满憧憬，对共产党充满信任，以刘仙洲晚年加入共产党来鞭策自己。

归农以后

归农后，决计束书不观，抛置笔墨，专心从事劳动。奈心未死，情感仍在，兴会所至，难免发抒，一鳞一爪，以见兴趣而已。庚子重录附识。

赠宋慎安医师（有序）

宋医师慎安（字钦甫，荥阳西岗人，移居西安），多年旧友也。别来逾十载矣。戊戌（1958）冬，就医西安，邂逅于市。事出意外，惊喜交集。翌日造访，宋夫人孙韵琴（光凤）款[①]我盛馔[②]，情谊殷挚。自此走访，既疗宿疾，复慰阔怀[③]，古道[④]再见于今世，拳拳[⑤]难忘，缀拾芜句[⑥]，聊志感忱。思滞笔钝，意且不达，遑论[⑦]声韵。

（一）

暌违[⑧]已十载，劳燕各西东。
消息既阻隔，存亡亦不明。
朋情虽尚在，尔我徒萦萦[⑨]。
邂逅非始料，心喜魂魄惊。
无言紧握手，互讶髟斑蓬[⑩]。
荣悴[⑪]瞬间事，欣然乐此生。

（二）

慎安交最久，道义称知音。

情投复意恰，内子与韵琴⑫。
十年契阔别，乍逢倍相亲。
疗病兼心疾，治馔备佳酿。
谆谆询家事，絮絮话衷肠。
古人今世见，恩谊永不忘。

戊戌年（1958）夏历十一月初一日草于西安

【注释】①款：殷勤热情的招待称款待。②馔：饭、食。③阔怀：久别的胸怀。④古道：古代学术、政治、道理、方法等的通称。这里指古人交友之道，古道热肠之意。⑤拳拳：恳切诚挚。⑥缀拾芜句：就是组合成诗句。缀拾：组结的意思。芜句，杂乱无章的诗句，作者的谦辞。⑦遑论：不用说。⑧暌违：指差错、违背，也指分隔、分离、离别。此句是分离之意。⑨萦萦：牵挂萦绕。⑩斑蓬：斑，白；蓬，杂乱。指胡须斑白杂乱。⑪荣悴：荣，兴旺。悴，憔悴。⑫指沈先生之妻与宋夫人韵琴俱系山东人，素相亲。

饿乡歌（有序）

年余以来，备尝饥饿滋味，始知昔贤记饥饿之真也。然疑其情况或有不同者，歌此以志实况耳。

昔贤记饿乡，久已失其地。
垂老一无成，偶逢出不意。
未经寻觅艰，饱尝饿滋味。
妻子亦偕来，宁肯相捐弃。
每食互推让，一再至三四。
妻敬夫，父爱子。
女孝母，长怜季①。
都说"我不饥"，强给致责备②。

老者日见尪[③]，幼小渐羸瘁[④]。
幼小尚贪嬉，老者惟酣睡。
嬉乐饿乃忘，嬉倦索饼饵。
爷娘不忍听，眼光更畏避。
抚爱赖空言，饥肠何用慰。
日久天也长，此情难为继。
儿女爷娘看，容颜与昔异。
惊骇询殷勤："爷娘好些未?"
无病我自知，不言心已碎。
涔涔[⑤]汗如浆，心旌[⑥]无所系。
起立两腿战，头晕神惊悸。
说病也良然，饥饿实所讳。
"或系冒风寒"，诓以病相对。
儿女信为真，觅药请医治。
"小病无关碍"，频频告儿辈。
吁嗟乎，一家生死何足论，祝祷饿乡摈庶类[⑦]。

己亥年（1959）夏历六月初九日草

【注释】①季：古代兄弟排行，以伯、仲、叔、季为次序。季是最小的。 ②两个稍大的儿女因推食致受大人责嚷。(先生原注) ③尪（wāng）：瘦弱。 ④羸瘁：羸，瘦弱。瘁，劳累，疾病。 ⑤涔涔：形容雨、汗、泪不断地流。 ⑥心旌：《战国策·楚策一》："楚王曰：'……寡人卧不安席，食不甘味，心摇摇如悬旌，而无所终薄。'"意谓心中不安如旌旗摇曳。后遂以"心旌"指心情、心意。 ⑦摈庶类：摈，排除。庶，民众。此句意谓"我一家的生死不值一说，但愿饿乡把普通老百姓排除在外"。先生忧国忧民的宽阔胸襟于此可见。

送均儿赴汴就学（有序）

今日天未明，均儿动身赴汴。乌鸟私情①未能自已，因忆起幼时赴汴求学，先父送余情景，往事历历如在目前。而今余重演送儿行矣。抚今追昔，情何能堪，因吟咏数句以抒感。

均儿赴汴学，舐犊②依依情。
忆昔游兹土，先君送我行：
“火车多危险，上下要从容；
到达来信告”，谆谆致叮咛。
仅此无他语，屈指数归程③。
当时不解事，意气夸豪雄：
“朝发瞬息至，无庸惮远征。
四方男儿志，应效万里鹏。”
有似出巢燕，翩翩任西东。
曩④者父年迈，今日我龙钟⑤。
位殊势亦异，悠悠此心同。

庚子年（1960）夏历正月初九日草

【注释】①乌鸟私情：谓乌鸦反哺之私情，比喻人子的孝思。李密《陈情表》：“乌鸟私情，愿乞终养。” ②舐（shì）犊：舐，舔。老牛舐犊，旧时比喻父母对子女的爱。 ③送行时已计何时归也。（先生原注） ④曩（nǎng）：从前。 ⑤龙钟：衰老。行动不灵便的样子。

六十四岁初度志感（有序）

自归农后，始有度生辰之举。二三年来，虽未有若何举动，然未尝空过也。今年内人于事前张罗营谋，另文评记。此略志感而已。

渊明羡菽麦，不敢慕甘肥。
余希餍[①]粟粥，菽麦岂所期。
适值生辰至，拙妻为我谋：
嘉肴胡萝卜，浊醪[②]复三杯。
面条尽量食，今天得不饥。
同胞皆忍馁[③]，独饱实可非。

庚子（1960）夏历二月十二日草

【注释】①餍（yàn）：吃饱，满足。这里是满足意。 ②浊醪：浊酒。晋左思《魏都赋》：“清酤如济，浊醪如河。”济水清，河水浊，故以济、河比酒之清浊。南朝江淹《恨赋》：“浊醪夕引，素琴晨张。” ③忍馁：挨饿。馁，饥饿。此句犹见先生仁人之心，与杜工部之“穷年忧黎元，叹息肠内热”有异曲同工之妙。

咏史之一·始皇坑儒[①]士

识时仆射周青臣[②]，歌颂始皇立县郡。
迂阔博士淳于越[③]，忠言师古[④]而非今。
游学倡行黔首[⑤]惑[⑥]，不力农工鼓舌唇。
入则心非[⑦]出巷议[⑧]，党与成下足祸秦。
转相告引御士按，诸生四百余亡身。
诵法孔子若屈枉[⑨]，侯卢逃匿事[⑩]何因！

庚子（1960）夏历五月十日草

【注释】①坑儒：秦始皇“坑儒”事件发生在“焚书”事件的第二年（公元前212年）。起因是方士侯生、卢生无法为秦始皇寻觅仙药，以始皇贪于权势、专用刑罚为由，相约逃亡。秦始皇闻讯，下令穷究。受到株连的儒士四百余人皆被活埋于咸阳。始皇长子扶苏劝谏，亦被遣至上郡监军。“坑儒”激起广大儒生的不满和反抗。陈胜、吴广起义时，孔子的后裔孔鲋即抱礼器投奔义军。

“焚书坑儒”体现了秦王的暴虐，严重摧残了思想文化的发展。②周青臣：秦人，曾任仆射（官名，始于秦。原是宫廷掌事的武臣。东汉后职权渐重，分左、右仆射。魏晋后相当于宰相职位）。秦始皇三十四年（前213年）置酒咸阳宫，周极力称颂秦之功德，博士淳于越斥其面谀，“非忠臣”。以此引起李斯焚书之议。 ③淳于越：秦时齐人，曾任博士。他建议实行分封，以为“不师古而能长久者非所闻也”，遭到丞相李斯的驳斥。 ④师古：效法古人。⑤黔首：秦代对平民的称谓。 ⑥李斯之言。(先生原注) ⑦心非：口虽不言，而内心非之。李斯：战国末楚上蔡人。从荀卿学。以六国皆弱不足有为，乃入秦。为秦相吕不韦舍人。因说秦王并六国，拜为客卿。时议逐诸侯客，斯亦在逐中，乃上书谏，复官，二十余年卒灭六国。始皇称帝统一六国，斯为丞相。定郡县制，下禁书令，变籀文为小篆。始皇死，与赵高定谋，矫诏杀长子扶苏，立少子胡亥为帝。后赵高欲专朝政，诬斯谋反，腰斩咸阳市中。 ⑧李斯之言。(先生原注) ⑨扶苏尝为始皇言诸生皆诵法孔子不当诛。(先生原注) ⑩指侯生、卢生畏罪逃匿事。

咏史之二·赠两汉经生儒士

（一）

入圈击豕辕固生[①]，赭衣[②]操舂鲁申公[③]。
历代独尊称儒者，汉时早已播先声。

（二）

哀章献铜匮，疆华奉赤符。
历来成帝业，劝进赖士儒。
生为五鼎食，死当斧钺诛[④]。

帮闲攀附者，今古有何殊。
面谀[5]与谗谄[6]，焉用非吾徒！

庚子（1960）夏历五月廿五日草[7]

【注释】①辕固生：汉代齐人。治诗，景帝时为博士。尝与黄生争论于景帝前。时窦太后好老子书，固曰："此家人言耳。"为太后所怒，使固入圈刺猪，赖帝援之得免。以廉直为清河王太傅，病免。武帝时，以贤良征固，罢归。公孙弘亦征。固谓曰："公孙子，务正学以言，无曲学以阿世。"齐言诗皆本辕固生。②赭衣：囚徒的衣服。　③鲁申公：汉代鲁人。吕太后时，游学长安，与刘郢同师，后郢为楚王，令公傅其太子戊。戊不好学，疾申公。及刘郢卒，戊立为楚王，降罪申公。　④指汉代儒臣主父偃《史记·平津侯主父列传第五十二》："大臣皆畏其口，赂遗累千金。人或说偃曰：'太横矣。'主父曰：'臣结发游学四十余年，身不得遂，亲不以为子，昆弟不收，宾客欺我，我厄日久矣。且丈夫生不五鼎食，死即五鼎烹耳。吾日暮途远，故倒行暴施之。'"　⑤面谀：当面奉承。　⑥谗谄：在上司面前花言巧语地说别人的坏话，以谄媚上司。　⑦原诗页眉上有先生之眉批："哀章献铜匮于王莽劝进；彊华奉赤符于刘秀劝进；汉儒主父偃曾言：生不五鼎食，死当五鼎烹。"

咏史之三·哀廉颇[1]

一饭斗米肉十斤[2]，披甲上马气超群。
此身虽老仍可用，异日若起旧将军。
何期还报三遗矢[3]，仇雠赂使陷忠勤。
堪怜他国作冯妇[4]，无功徒劳思赵人[5]。

庚子（1960）夏历六月十日草

【注释】①廉颇：战国时赵国名将。　②赵王想起用廉颇，派使臣去看望廉颇，颇为表示年纪不老，尚能为国效力，对使者说能顿餐斗米，食肉十斤。 ③赵王思复用颇，遣使视颇可用否，颇之仇人郭开多与使者金令毁之，使者还报曰：廉将军尚善饭，然与臣坐，三遗矢矣。王以为老，遂不召用。（先生原注） ④冯妇：人名。《孟子·尽心下》：“晋人有冯妇者，善搏虎，卒为善士；则之野，有众逐虎，虎负嵎，莫之敢撄；望见冯妇，趋而迎之，冯妇攘臂下车，众皆悦之，其为士者笑之。”后以冯妇指重操旧业者。 ⑤楚聘颇为将，无功，颇曰：“吾思用赵人。”

咏史之四·咏马伏波[1] 新息侯

据鞍顾盼气豪雄，果然矍铄[2]称是翁。
常恐不得死国事，一旦恩许获寸衷[3]。
披甲亲征五溪蛮，壶头不利卒军中。
出师未遂平寇志，大节忠荩贯长虹。
细人构陷[4]收印绶[5]，新息千秋德望隆。

庚子（1960）夏历六月十八日草[6]

【注释】①马伏波：即马援，东汉扶风茂陵人，字文渊。新莽末为新成大尹，后依附隗嚣，复归刘秀（汉光武）。隗嚣叛据陇西，援于帝前聚米为山谷，指画形势，因以破嚣。建武十一年任陇西太守，建武十七年任伏波将军，南征，立铜柱以表功。尝为宾客曰：“丈夫为志，穷当益坚，老当益壮。”又言：“男儿要当死于边野，以马革裹尸还。”卒于军。 ②矍铄：形容老年人精神好的样子。 ③寸衷：微小的心意。 ④构陷：耍弄阴谋诡计陷害别人。 ⑤先生原注：马伏波殁后，为梁松所构陷，光武收新息侯印绶。 ⑥原诗页眉上有先生之眉批：“武溪蛮寇临沅，马成讨之不克，马援请行，光武愍其老，未许。援披甲上马。据鞍顾盼，以示可用。光武笑曰：“矍铄哉是翁。”遂遣援行。初到临乡，击破蛮兵。继至壶头，不利，卒于军中。

咏史之五·讥韩非[1]

毋庸絮絮作说难[2]，孤愤五蠹只无官。[3]
出使秦庭献奇计[4]，一举从破先亡韩。
为敌效忠诚堪许，宗邦[5]颠覆岂心安！
名裂身诛奚[6]足惜，祸来莫怨同类残。
地下若闻博浪椎，面不含羞胆亦寒[7]。

庚子年（1960）夏历六月廿日

【注释】①韩非：战国末期韩国人，法家思想集大成者，与李斯同为荀子的学生。提出了中央集权的主张，认为应该根据不同形势，采取不同的方法。韩非鄙视劳动人民，主张对劳动人民实行高压政策。他曾被秦始皇招到秦国，因受李斯陷害，被毒杀。 ②说难：韩非的文章名。 ③先生原注：非作《孤愤》言孤直不容于世。作《五蠹》言蠹政之事有五。 ④先生原注：非以韩之公子聘于秦，竟为秦王献灭六国之策。 ⑤宗邦：祖宗所在的国家。 ⑥奚：古疑问词，何。 ⑦先生原注：非与李斯俱学于荀卿，李斯谮非于秦王，因被害。张良亦韩之诸公子，韩亡常欲报秦，曾椎始皇于博浪沙。

咏史之六·讥赵悼襄王[1]偃与王迁

社稷面临倾覆灾，支柱全仗栋梁材；
天留颇牧[2]撑危局，何期信谗犯疑猜；
一窜一诛[3]长城毁，王翦[4]大军压境来；
山河破碎身亦虏，万死难补国亡哀。
强秦贪残君莫怨，应问何人嬖[5]郭开！

【注释】①赵悼襄王：名偃，孝成王之子。孝成王二十一年，孝成王卒，偃立为悼襄王。九年悼襄王卒，子幽缪王迁立。沈先生在诗题下标记有“亡赵者实二君之罪也”。 ②颇牧：颇，指大将廉颇；牧，指赵国大将李牧。 ③一窜一诛：由于悼襄王和王迁听信谗言，逼得廉颇出奔魏国，李牧被诛杀而死。 ④王翦：秦国大将，带兵灭赵国者。 ⑤嬖（bì）：宠幸。被朝廷宠幸之臣叫嬖臣。《史记·赵世家第十三》：“赵王迁，其母倡也，嬖于悼襄王，悼襄王废嫡子嘉而立迁。迁素无行，信谗，故诛其良将李牧，用郭开。‘岂不谬哉！’”

咏史之七·赞陈忠（有序）

东汉安帝建光元年下诏求直言。尚书陈忠以诏书既开谏诤，虑言事者必多激切，致不能容，乃上书预广帝意。忠可谓先得帝心矣。既致君上获纳谏之盛名，复保群下得全身之幸免，宜颂之也。

诏求直言开谏诤[①]，吾皇大圣示谦崇[②]。
陈忠智虑超同僚，帝意预广[③]务优容[④]。

庚子年（1960）夏历又六月十二日草

【注释】①谏诤：直言规劝，止人之失。汉刘向《说苑臣术》：“有能尽言于君，用则留之，不用则去之，谓之谏；用则可生，不用则死，谓之诤。” ②谦崇：亦称谦冲、谦虚意。③预广：广，宽心，宽慰。 ④优容：宽容，宽假。

自　嘲

何必攘臂作冯妇[①]，只因智勇善搏虎[②]。
纵然夕阳近黄昏，犹能光芒万丈吐[③]。

庚子（1960）国庆前夕于故居[④]

【注释】①先生以重操旧业的冯妇自喻、自嘲，迫切要求恢复工作，重新走上教育工作岗位。 ②搏虎：用冯妇善长搏虎比喻自己有多年从事教育工作的能力和经验。 ③此句指对恢复工作能力的自信。 ④原诗页眉上有先生眉批："此真谓不自知也，有何才能乎？自批。"

自况（四言四首）

（一）

竹头木屑。拾遗补阙[①]。
废物利用。其功如铁。

（二）

竹头木屑。拾遗补阙。
抛撒弃置。烟消灰灭。

（三）

竹头木屑。拾遗补阙。
形骸枯槁[②]。内含炽热。

（四）

竹头木屑。拾遗补阙。
与其偾事[③]。宁如守拙。

庚子（1960）腊月十五日于忧乐窝[④]

【注释】①拾遗补阙：拾取别人丢失的，弥补缺漏的。 ②形骸枯槁：形骸，身体躯体。枯槁，草木干枯。也指人面色憔悴。 ③偾（fèn）事：败坏，搞糟。 ④忧乐窝：先生晚年为自己的居所所起的名号。先生自号荣辱子，名其室曰忧乐窝。

有悟（二首）

（一）

年华疾逝岁云暮，白发青春两相妒。
误我儒冠[1]了残生，人间添得一禄蠹[2]。

（二）

得遂初服[3]行我素，抱残守缺[4]称独步。
闲来体会味斯生，勘破[5]人情真妙悟。

辛丑（1961）夏历正月朔（正月初一）

【注释】①儒冠：原指儒生戴的帽子，后用来代指读书人。②禄蠹：窃食奉禄的蛀虫。比喻贪求官位奉禄的人。这里是指先生叹息自己不能重返工作岗位，身心无所寄托的无奈。 ③初服：屈原《离骚》："退将复修吾初服。"意指辞去官职，重新穿上入仕前的衣服。古时官吏退职称复返初服。 ④抱残守缺：抱住残缺的东西，不肯放弃。这里意为坚持自己的信念，不随波逐流。《汉书·楚元王传》："犹欲保残守缺，挟恐见破之私意，而无从善服义之公心。" ⑤勘破：即看破。

六十有五初度志念（有序）

一年一度生辰瞬焉又届，时光既迟缓又迅疾，境遇诚困厄亦幸福，因有闯关之艰险，始得过关之愉快。方今正在过"社会主义关"，而安然无恙，依然故我。不觉又增一岁。至此已大足庆幸，焉能无诗以志。惜去年犹有红薯浊酒酣饮，今并此亦无之，未免美中不足耳。

不是诗仙非酒豪，狂饮浪吟岂为高。
晚年耽贪杯中物，好歹哪管新旧糟。
兴致偶来欣得句，抽闲斟酌忘神劳。
平时有酒难沽我，生日拙荆譙[①]二毛[②]。
去岁窃喜蔬菜富，今春早发恃藜蒿[③]。
珍宝谷物初榷酤[④]，佳醇禁绝断浊醪。
酒肴两缺深慊慊[⑤]，蓬发无奈徒自搔。
奉劝内人莫懊恼，幸有面饭餍老饕[⑥]。

辛丑（1961）夏历二月十二日

【注释】①譙：即“宴”，宴会，宴饮。 ②二毛：人老头发斑白，故以此称老人。 ③藜蒿：藜，也叫灰条菜，一年生草本植物，开黄绿色花。茎直立，叶背面有粉状物，嫩茎叶可做蔬菜。蒿，多年生或二年生草本植物。有青蒿、白蒿等，可做菜，也可入药。 ④榷（què）酤：官府专利卖酒。 ⑤慊慊：不满，恨。 ⑥饕（tāo）：贪吃的人。

喜专业（并序）

队内一猪委我养，而无饲料，全仗拾大粪维持。余家有小兔数只，喂养亦由我任之。于是拾粪薅草为我之专责矣。活儿虽不重，然以若斯年龄，若斯饮食——每日不足半斤粮，饥疲不堪，下肢浮肿，幸领导上不以他事相督责，非所谓“四体诚乃疲，庶无异患干”欤！乐而忘疲，聊以志喜云尔。

勿庸尊优夸贤豪，养猪喂兔不辞劳。
清晨挑担人粪拾，傍晚挎篮野草薅。
筋疲力殚[①]心逸豫[②]，茹糠咽粃胜豚羔[③]。
力能自食不依赖，强似干禄[④]去折腰。

辛丑（1961）夏历三月十九日

【注释】①殚：用尽，竭尽。 ②逸豫：安闲快乐。 ③豚羔：豚，小猪。羔，羊羔。 ④干禄：旧社会中称经营当官，追名逐利为干禄。

读陶诗

饿读陶渊明，诗中每说饥。
千年遥阻隔，不禁费驰思。
岁歉应饥饿，年丰饿可疑。
乱离饥不免，盛世饿谁欺？
天灾犹悲悯，人为德政施。
靖节甘寒素[①]，蚩蚩[②]蒙圣慈。
佳诗耐咀嚼，忍饥是吾师。
饿味同今古，时宜[③]奚足辞。
持诗读莫懈，尔饿疗余饥。

辛丑（1961）三月廿四日

【注释】①寒素：清贫。 ②蚩蚩：敦厚的样子。 ③时宜：当时的需要或当时风俗习惯认为合宜的。

驱饥神

饥神如盗贼，暗地肆猖狂。
凶猛来侵袭，预防少妙方。
四体本康健，萧墙[①]起祸殃。
眼花心摇曳，满面汗倾浆。
两股竟危栗[②]，中肠[③]亦彷徨。
千斤在肩担，万仞[④]半登岗，
吾退尔攻急，和谈谢未遑。

精钢需百炼，松柏傲风霜。
酒兵难调动，粮将更张惶。
藜藿[5]干戈钝，菲葑[6]旗帜荒。
空城宁坐守[7]，朗诵御跳梁[8]。
此计诚良策，魑魅[9]顿消亡。

辛丑（1961）三月廿九日

【注释】①萧墙：喻内部潜在的祸害。出自《论语·季氏》："吾恐季孙之忧，不在颛臾而在萧墙之内也。" ②危栗：恐惧战栗。 ③中肠：犹内心。唐元稹《春月》诗："四邻非旧识，无以话中肠。" ④仞：古时八尺叫一仞。 ⑤藿：豆叶，嫩时可食。 ⑥菲葑：蔓青类植物。 ⑦原诗在"空城宁坐守"的页眉上有先生1971年的眉批："此确系当时御饥之法也。自批七一年。" ⑧跳梁：蹦蹦跳跳。《庄子·逍遥游》："子独不见狸狌乎，卑身而伏，以侯敖者，东西跳梁，不避高下。"这里是指肚里饿得蹦蹦跳跳，用朗诵来抵挡它。 ⑨魑魅（chī mèi）：古代传说躲在深山密林里能害人的妖怪。

劳力哀

东户[1]去我远，传说未可望。
尧舜称盛世，累累记灾荒。
三季[2]信可考，黎民饱祸殃。
下降秦汉后，患难更无疆。
自有史记载，何时得安康。
食人劳力者，农民益堪伤。
辛勤倍牛马，未能充饥肠。
"翻身"非昔比，定量有保障。
"奴隶"徽号摘，"主人"美名扬。

幸福无前例，全民尽国殇[③]。
称王或道霸，傀儡[④]乃愚氓。

辛丑（1961）春三月三十日

【注释】①东户：东户季子，古之人君，亦省称东户。《淮南子·缪徐训》："昔东户季子之世，道路不拾遗，耒耜、余粮宿诸田每首。" ②三季：夏、商、周三代的末年，即夏桀、殷纣、周幽王三个时期。 ③国殇：旧指在保卫国家的战争中牺牲的人。这里是指因饥荒而死的百姓。 ④傀儡：木偶戏里用的木头人，比喻自己不能做主，受别人操纵的人或集团。这里是指拿老百姓当傀儡。

遣　怀

漫漫悠长夜，迟迟日如年。
瓶罍[①]无储粟，釜钵[②]常空悬。
倾盆绝余粒，冷灶始冒烟。
晨炊不遑[③]息，日仄[④]得一餐。
丰润不歉灾，应思愠[⑤]见言。
聊以慰情愫[⑥]，端赖诗书篇。

辛丑（1961年）四月初十

【注释】①瓶罍：这里指瓶、罐。 ②釜钵：指锅和盆。 ③不遑：没空闲，没工夫。 ④日仄：日头错午。仄，倾斜。 ⑤愠：含怒、怨恨。 ⑥愫：情意，真情。

咏史之八·秦皇汉武

汉家庶事[①]赖草创，四夷[②]侵陵势披猖。
制度创就后取法，征伐是用图永康。

黎民劳劳原如此，过今则是效始皇。
始皇泉下颔首哂[③]：“巩固政权谢不敏[④]。
四海一家基始奠，规模未立无绳准。
万世相传心心印，责朕遗害岂公允。
易地而处君言当，反唇相讥[⑤]太愚蠢。
君不见秦字改为汉，兴亡既殊顺逆判。
从来桀纣[⑥]被咒诅，成汤[⑦]周武人颂赞。
极口称扬犹不及，奚容夷齐[⑧]独扼腕[⑨]。”

辛丑（1961）五月十三日

【注释】①庶事：众事、诸事、各种事务。 ②四夷：四方极远的地方。 ③颔首哂：颔首，点头。哂，笑。 ④不敏：不才，自谦之词。 ⑤反唇相讥：不服气，反过来讥讽对方。⑥桀纣：桀，夏朝的皇帝桀。纣，殷代帝王纣。历史上有名的暴君。 ⑦成汤：商代的贤明君主，又称商汤。周武，即周武王，文王之子，带领诸侯讨伐殷纣，建立西周，历史上的贤君。⑧夷齐：伯夷、叔齐，商代孤竹君的两个儿子。相传其父遗命要立次子叔齐为继承人。孤竹君死后，叔齐让位给伯夷，伯夷不受，叔齐也不愿登位，他们俩先后都逃到周国。周武王伐纣，两个人曾叩马谏阻。武王灭商后，他们耻食周粟，逃到首阳山，采薇而食，后饿死在山里。 ⑨扼腕：握住自己的手腕表示失意、愤怒、兴奋、惋惜等情绪。

辛丑仲夏六月初一日梦见吾父

不梦吾父久矣。昨夜梦吾父归来，面容如昔，只须鬓多而长，且皓白，慈祥对余，默无一言。忆昔余每有过失，先父常不加责，更以慈恩相加。余蒙感召，益自改悔。又常言：“忍忍忍，饶饶饶，忍字没有饶字高。”终身以忍让二字诲[①]余。近与内人言多龃龉[2]，情感失睦，吾父又来施不言之教欤！

慈颜[3]如往昔，唯须长且白。
蔼然[4]默不语，仍施无言责。
自从放逐[5]后，饥寒交逼迫。
儿性复偏躁，室家情阻隔。
“须忍更须让，共渡此困厄。
形骸同草木，情谊似松柏。”
而今愧且恨，多负父恩泽。
庭训[6]当记取，时时作鞭策。

辛丑（1961）六月初二日

【注释】①诲：教导、诱导。 ②龃龉（jǔ yǔ）：上下牙齿对不齐。比喻双方意见不合。 ③慈颜：慈祥的面容。 ④蔼然：和蔼的样子。 ⑤放逐：这里指被错划为右派分子遣送返乡。 ⑥庭训：《论语·季氏》记孔子在庭，其子伯鱼趋而过之，孔子教以学诗礼。后称父教为庭训。

咏甘藷[1]

高产作物称甘藷，良田植满遍丘墟[2]。
往日储存当副食，而今宝藏作粮糈[3]。
奚止荒年充枵腹[4]，哪堪流芳诱朵颐[5]。
生吃鲜嫩甘且脆，熟食肥美蜜凝脂。
蒸煮包炒任尔便，甜咸酸辣总相宜。
晨炊疗饥胜珍错[6]，晚餐果腹逾肉糜[7]。
何况加工多制造，变化百端味新奇。
每天三顿常食用，一顿不见动思维。
儿童贪嗜喜不厌，老者垂涎颊含饴[8]。

嘻嘻！贵种佳品来何自，远自交趾[9]移岭南。
边陲遍栽渐及北，风闻声播到中原。
无产先锋夺天工，思想解放诸产丰[10]。
饮水若思谁打井，家家都应祀林公[11]。

辛丑（1961）冬月二十日[12]

【注释】①甘藷：即红薯，也叫白薯。 ②丘墟：丘，小土堆。墟，原来许多人家居住过而现已荒废的地方。 ③糈（xǔ）：精细的米。 ④枵腹：枵（xiāo），空虚。枵腹，饿着肚子。 ⑤朵颐：面颊动，咬嚼的样子。也指吃东西。朵，动。颐，面颊，腮。 ⑥珍错：山珍海错的省称。泛指珍异食品。清代纳兰性德《谢康乐游山》诗："云霞烂锦纤委，薇蕨傲珍错。" ⑦肉糜：即肉粥。《晋书·惠帝纪》："及天下荒乱，百姓饿死。帝曰：'何不食肉糜?'其蒙蔽皆类此也。" ⑧饴：糖浆。 ⑨交趾：古地名。原指五岭以南一带地方，汉置交趾郡。古代相传，其地人卧时头向外，足在内而相交，古称交趾。 ⑩解放后植法改革，比以往年产多多。（先生原注） ⑪初由交趾移藷于华土者林怀兰也。时人建祀享之，额曰甘薯林公祠。（先生原注） ⑫原诗页眉上有先生1971年的眉批："近年甘藷作食方法花样翻新，变化多端，真苏子瞻（苏轼）所谓：'古来百巧出穷人'。辛亥年自志。"

读东坡诗感赋（二首）

（一）读《到颍未久 公帑已竭 斋厨索然 戏作数句》

东坡先生到颍追念在密州时采杞菊以食，诗曰："采杞聊自诓，食菊不敢余。……梦饮本来空，真饱竟亦虚。"我今则常梦食。

东坡梦饮我梦餐，真实空虚无二般。
画饼[①]纵然系自诓，黄粱[②]博得一时欢。
况复昼夜各参半，觉寤梦寐[③]难遽判。
箪瓢[④]屡空朝至暮，杯盘狼藉宵达旦。
醉饱本来旋泡影，饥饿几曾不虚幻！
梦饮可醉餐亦饱，虚实何必太分晓。
凡事应从辩证看，胶柱[⑤]难免庸人扰。
醉也好、饱也好、渴也好、饥也好，觉梦虚实无不好。
请君开怀且达观，万物得所心愿了。
若把慈悲作佛眼[⑥]，六亿人民一饿殍[⑦]。

（二）读《闻子由瘦》[⑧]

东坡谪儋耳，至难得肉食。闻子由瘦，以诗寄之，然犹“五日一见花猪肉，十日一遇黄鸡粥。”乃知食藷芋者土人。公虽间亦食之，然非常也。今吾则顿顿食矣。

无鱼难一饱，无肉不免饥。
闻得子由瘦，致斯奚足疑。
五日花猪肉，十日黄鸡粥。
顿顿藷芋者，见之羡多福。
何曾[⑨]食万钱，犹云无下箸。
将彼来拟此，先生诚可恕。
况亲种菜食，不必餍鸡豚。
为求饱有味[⑩]，菔儿与芥孙[⑪]。
扪心无内愧，食力戒养尊。
锦绣膏粱辈[⑫]，斗富夸豪雄。
人瘦我独肥，可耻非荣崇。
民胞共甘苦，宁自守贫穷。

悠悠千载后，念念仰苏公。

辛丑（1961）冬月廿五日[13]

【注释】①画饼：用画的饼解饿，叫画饼充饥。《三国志·魏书·卢毓传》："选举莫取有名，名如画地作饼，不可啖也。"后用画饼充饥比喻以空想安慰自己。 ②黄粱：语出"黄粱一梦"。唐人小说《枕中记》叙述卢生在旅店里遇一道士，卢生自叹贫困，道士便拿出一个瓷枕头让他枕上。当时，店主人刚做上一锅黄米饭。卢生睡熟后在梦中享尽了荣华富贵，一觉醒来黄米饭还未熟。后用黄粱梦比喻虚幻的梦想。 ③觉寤梦寐：寤，睡醒。寐，睡着。 ④箪瓢：箪，古代用竹子等编成的盛饭用的器具。瓢，舀水或其他东西的一种用具，多用对半剖开的葫芦做成。 ⑤胶柱：语出典故"胶柱鼓瑟"。《史记·廉颇蔺相如列传》："蔺相如曰：'王以名使括，若胶柱而鼓瑟耳。括徒能读其父书传，不知合变也'。"柱，瑟上调弦的短木，柱被胶粘住，音调就不能变换。后用来比喻拘泥，不能变通。庸人扰，即庸人自扰。形容本来没有事而自找麻烦。《新唐书·陆象先传》："天下本无事，庸人自扰之为烦耳。"庸人，目光短浅无所作为的人。 ⑥佛眼：佛教用语。认为修道成佛就具有超凡的眼力，能洞察一切。苏轼诗《赠杜介》："何人说此志，佛眼独照潦目。" ⑦殍：饿死的人。 ⑧闻子由瘦：子由，名苏辙，苏轼胞弟，字子由。《闻子由瘦》是苏轼写的一首诗。绍圣四年在儋耳作。作者在儋耳生活极为艰苦，吃不到肉。但他能入乡随俗，尝试吃薯芋、熏鼠、蝙蝠、蜜唧、蛤蟆。诗以谐谑语气出之，风趣横生。 ⑨何曾：晋阳夏人，字颖考。三国魏时官至司徒。曾参与司马懿与曹爽争权及司马炎代魏建立晋朝的活动。晋朝初，任丞相、太傅等职。为人外宽内忌，谄事贾充。生活奢侈。"享用过于王者"，日食万钱，还说无下箸（筷子）处。 ⑩公诗有云：不缘耕樵得，饱食殊无味。（先生原注） ⑪此句中的"蔍"指萝卜，“芥”指芥菜。 ⑫膏粱辈：膏，肥肉。粱，细粮。膏粱辈，犹膏粱子弟。旧指吃肥美食物的富家子弟。 ⑬原诗第一首页眉处有先生 1971 年之眉批：“以此唯心的虚无主义，确属自诓。然的系实情，精神亦得麻醉矣。辛亥年自批。”第二首之眉批为：“甚羡公之得谪儋耳，虽不能食鱼肉，窃幸得游南国也。辛亥自识。”

附：苏轼诗《闻子由瘦》

五日一见花猪肉[1]，十日一遇黄鸡粥。
土人顿顿食薯芋[2]，荐以熏鼠烧蝙蝠。
旧闻蜜唧[3]尝呕吐，稍近蛤蟆[4]缘习俗。
十年京国[5]厌肥羜[6]，日日烝[7]花压红玉[8]。
从来此腹负将军，今者固宜安脱粟[9]。
人言天下无正味，蝍蛆未遽贤麋鹿[10]。
海康别驾[11]复何为？帽宽带落惊童仆。
相看会作两臞仙[12]，还乡定可骑黄鹄。

【注】①花猪肉：猪生岭南者白而肥。又云花猪不可食。②薯芋：白薯。 ③蜜唧：岭南的少数民族群众爱吃蜜唧。用蜜渍刚生下来的幼鼠，用箸夹取而食，咬之唧唧作响，故曰蜜唧。④蛤蟆：蛙类。 ⑤京国：指汴京。 ⑥肥羜（zhù）：出生五月的羊羔。 ⑦烝：同“蒸”。 ⑧红玉：比喻肥羟。 ⑨俗谚云：大将军食饱扪腹而叹曰：“我不负汝。”左右曰：“将军固不负此腹，此腹负将军，未尝少出智虑也。”（苏轼自注） ⑩《庄子·齐物论》：“民食刍豢，麋鹿食荐，蝍蛆甘带，鸱鸦嗜鼠，四者孰知正味？这句翻用其意。 ⑪海康别驾：指子由。 ⑫臞：瘦。两臞仙：指子由和自己。

戏和东坡先生（并引）

东坡先生题云："客俎经旬无肉，又子由劝不读书。萧然清座，乃无一事。"想见其敛裾危坐，思念无肉之情，戏而作此。

经旬无肉腹便虚，怎奈多时不买鱼。
免去腥咸因病怯，①萧然②客室独敛裾③。

辛丑（1961）腊八日

【注释】①东坡先生诗云："病怯腥咸不买鱼，尔来心腹一时虚。"②萧然：冷落的样子。(先生原注) ③敛裾：提起衣襟夹于带间，表示郑重。裾，衣襟。

附苏轼原诗：《客俎经旬无肉 又子由劝不读书 萧然清坐 乃无一事》：

病怯腥咸不买鱼①，尔来心腹一时虚。
使君不复怜乌攫，属国方将掘鼠余②。
老去独收人所弃③，游哉时到物之初④。
从今免被孙郎笑，绛帕蒙头读道书⑤。

【注】①白乐天诗：下饭腥咸小白鱼。 ②《汉书》：苏武至匈奴，单于欲降之，乃徙武北海上无人处，使牧羝。廪食不至，掘野鼠去草而食之。鼠余，《汉书张汤传》：掘熏得鼠及余肉也。③《史记》：白圭人弃我取，人取我与。 ④老子曰：吾游于物之初。 ⑤《江表传》：道士琅邪于吉，往来吴会，立精舍，读道书，制作符以治病，人多事之。策（孙策）于郡城门楼会诸将宾客。吉趋度门下，诸将宾客三分之二下楼迎之。策怒，收吉。诸将联名陈乞。策曰："昔南阳张津为交州刺史舍前圣典训，废汉家法律，常著绛帕头，鼓琴烧香，读道书，云以助化，卒为南夷所杀。此甚无益，诸君但未悟耳，今此子已在鬼录，勿费纸笔也。"即命斩之。

喜得食腊八粥（并序）

余乡俗“腊八粥”主要食料为小米杂以甘薯、柿饼、干枣、胡桃等。幼时甚贪嗜。不食此味已数十年矣。近食堂散伙，各家分爨，队内配给谷粱，碾成小米，户户又做“腊八粥”。然余久不见谷物，今幸得此，果腹已足，不复辨其味如何矣。

累日兼旬[①]食无谷，三天九负[②]将军腹。
肉鱼佳节不敢望，乐岁但期饱蔬菽。
冬来我辈蒙皇恩，意外新尝腊八粥。
慢说七宝[③]和五香[④]，只此珠米已撑肠。
兹饭儿时贪弗厌，风情岁暮素心偿。
追念曩[⑤]昔恍如昨，齿颊犹自散遗芳。

辛丑（1961）腊八后一日[⑥]

【注释】①累日兼旬：好多天。兼旬，二十天。 ②负：对不起，亏负。 ③七宝：用多种宝物装饰的器物。 ④五香：茴香、花椒、大料、桂皮、丁香五种调味香料。 ⑤曩：以前，过去。 ⑥原诗页眉处有先生1971年之眉批：“当时真山珍海错无以过之。而今读之十年如昨，末句意味犹在也。辛亥自志。”

内子赴集鬻兔肉独坐斗室寂对煤炉戏而作此

昔日强颜滥充儒，而今识字一田夫。
农民骇怪为身拙，资产鸣攻非吾徒。[①]
力不缚鸡无活理，才雄搏兔[②]谋生途。
屠龙[③]屠狗[④]都难说，哪管上屠与下屠。
一半沉沦犹自喜，只为屠户非为沽。[⑤]

辛丑（1961）腊月十三日[⑥]

【注释】①先生原注：农民悯我不明哲，资产阶级不以我为同类。②搏兔：搏击兔子。这里有调侃的意味。③屠龙：《庄子·列御寇》："朱平漫学屠龙于支离益，单千金之家，三年技成，而无所用其巧。后因称高超的技艺为屠龙之技。④屠狗：宰狗。旧时又指以屠狗为职业的人，喻从事卑贱职业者。⑤此句中的"屠""沽"指屠户和卖酒者，也用以指出身寒微的人。先生原注：屠沽业之至贱者也，余幸只屠不沽，亦以无酒可沽耳。⑥原诗页眉处有先生1971年之眉批："犹以屠沽为贱思想活现，一笑！辛亥自志。"

枕上得三绝句悼雇农聂全与姚长水（并序）

解放前余家只薄田二十余亩，然以劳力缺乏需雇工耕稼。乡亲聂全、姚长水俱曾雇余家。而聂乃吾姑母之子（姑母婆家侄子——编者注），余呼之为兄。姚按乡亲列孙辈，融融如家人，未尝分宾主也。解放后，我们间也无间言。二君以阶级觉悟提高，均成本村骨干。不幸于今春相继饿毙。而积极性未或少减，余念念不能忘怀。尤以姚正在壮年，更可怜念，聊赋数句以抒吾怀。

（一）

昔时地狱苦沉沦[①]，今日天堂庆翻身。
不愿饱暖做奴隶，宁甘冻馁[②]做主人[③]。

（二）

飞来佛旨与纶音[④]，疗我贫穷且挖根。
等是[⑤]艰难非昔比，纵然饿死也怀恩[⑥]。

（三）

剥削凭人怎不贫，当家做主仍赤身。

惟斯劳力今吾属，幸福将来有子孙。

辛丑（1961）腊月廿五

【注释】①沉沦：陷入（不好的境地）。 ②馁：饥饿。③姚长水生前常说旧社会我被人使，现在我却使人了。（先生原注） ④佛旨与纶音：佛祖和皇帝的圣旨。纶音，指皇帝的指示。 ⑤等是：同样是，都是。 ⑥聂全生前常说现在困难是暂时的，我纵然饿死也无怨言。（先生原注）

辛丑腊月壬申澡塘沐浴口占（并引）

赴澡塘浴，以值年关，人甚拥挤，衣冠楚楚[1]者干部也，粗衣大布者，农民也。贵贱显然。及入浴，赤裸裸无所辨别矣。感而赋此。

天地生人纵不齐，哪分贵贱与贤愚[2]。
池中洗沐真形露，只有肥高与瘦低。

辛丑（1961）腊月廿九

【注释】①衣冠楚楚：形容衣帽穿戴得整齐漂亮。楚楚，鲜明整齐的样子。 ②贤愚：贤，有道德有才能的，也指有德才的人。愚，愚蠢，这里指愚笨的人。

送均儿返汴就学

依稀[1]父母送我情，转眼我老送儿行。
曩时送我情难禁，今日送儿不胜情[2]。
但愿父母常送我，那堪数数[3]送儿行。
人生岁月才多少，值得几度将送迎。

壬寅（1962）正月十一均儿走后

【注释】①依稀：仿佛、模糊。 ②不胜情：禁不住动情。

③数数：屡屡。

杂感（三首）

（一）

荣华零落[①]几番新，七尺昂藏愧此身。
草草劳生谋饱暖，个中滋味个中人[②]。

（二）

雨云翻覆样翻新，一步登天庆此身。
贵贱富贫原有命，下层终是下层人。

（三）

兴亡盛衰迭[③]更新，与世浮沉寄此身。
善恶是非浑不辨，过来方为过来人[④]。

壬寅（1962）正月十三日

【注释】①零落：植物凋谢，也指事物衰败。 ②个中人：意即此中人。指曾经亲历其境或深知其中道理的人。 ③迭：重复，一层一层，一次一次。 ④过来人：对某事有所经历的人。

有　感

月缺撑肠饭，日常照面汤[①]。
今年实可喜，惠施保命粮[②]。
吾民命可保，泥首[③]矢无忘[④]。

壬寅（1962）正月十五日

【注释】①照面汤：稀得能照出人影的汤。 ②每日定量半斤保命粮。(先生原注)　③泥首：以泥涂首，表示自辱服罪。犹言囚首。　④矢无忘：誓不忘。

抒　感

此生已觉[①]复何憾，今后惟希大有年[②]。
负耒[③]归来余一饱，无忧便是地行仙[④]。

壬寅(1962)正月十六日

【注释】①已觉：觉，省悟，明白。　②大有：易经卦名，大丰收之意。“大有年”即大丰收之年。　③负耒(lěi)：背着犁。耒：古代犁上的木把，这里代指犁。　④地行仙：神仙的一种。《楞严经·八》：“有十种仙，阿难，彼诸众生，坚固服饵，而不休息，食道圆成，名地行仙。”也用以比喻闲散享乐无所事事的人。这里用此意。

戏　作

有命应苟活[①]，不死即偷生[②]。
只求免冻饿，谁复计辱荣！

壬寅(1962)正月十八日[③]

【注释】①苟活：姑且、暂且，勉强活下去。　②偷生：得过且过地活着。　③原诗页眉上有先生1971年之眉批：“此虽戏作，亦写实也。辛亥年自批。”

有　闲

冬来喜得一身闲[①]，尽日陶然[②]小洞天。
世事与闻听广播，先贤晤对[③]展简编[④]。
卧游南北名胜地，通览古今百万年。

诗意浓时吟且诵，昏然欲睡倒头眠。

壬寅（1962）正月廿四日

【注释】①去岁政府提倡劳逸结合，入冬后不再逼迫出勤。（先生原注） ②陶然：舒畅快乐的样子。 ③晤对：即面对。 ④简编：内容比较简要的著作，也指同一种书籍的内容比较简略的本子，如《中国通史简编》。

自　适[1]

清闲自适有谁如，三世[2]曾经便不虚。
岁月往还无损益，[3]人生消息[4]枉乘除[5]。
御寒应足衣鹑结[6]，求饱何须食肉鱼。
万绪千端浑勿挂，晚年唯知嗜诗书。

壬寅（1962）正月廿七日[7]

【注释】①自适：自感舒适。 ②三世：指封建社会、资本主义社会、社会主义社会。 ③此句意为岁月来来去去无什么变化。 ④消息：一消一长，互为更替。《易丰》："日中则昃，月盈则食。天地盈虚，与时消息。 ⑤乘除：计算，算计。全句的意思是人生的更替不必枉费心机地去算计。 ⑥衣鹑结：鹌鹑的羽毛又短又花，鹑结形容衣服的破烂。 ⑦原诗页眉处有先生1971年之眉批："近年无书可读，此所以常烦闷也。辛亥自志。"

几案[1] 苦（戏作）

鞋袜诗书结比邻[2]，针锥笔墨杂然陈[3]。
案头莫说清贫好，巾栉[4]也成入幕宾。

壬寅（1962）二月初五

【注释】①几案：这里指书桌。几，小桌子。案，长条的桌子。 ②比邻：近邻。 ③杂然陈：胡乱地摆放。 ④巾栉：手巾、梳子之类。全句意为手巾梳子一类的东西也成了宝贝。

守 拙

困顿[①]方知世道艰，畏途[②]老骥幸投闲[③]。
欣然一饱无余事，守拙安心自闭关。

壬寅（1962）二月初九

【注释】①困顿：处境非常困难。 ②畏途：比喻不敢做的事情。 ③投闲：乘隙。元代方回《憩老》诗：“憩老千山里，投闲五年余。”

六旬有六初度（五首）

（一）

去年无酒又无肴，一度良辰等闲抛。
喜得葵蒿[①]春早发，烹煎百巧愧珍庖。
刁开[②]束手无所用，素爱长斋自解嘲。[③]

（二）

今年有酒且有鱼，此度生辰殊不虚。
破戒词穷堪贻笑，张罗力竭岂要誉。[④]
蒲柳欲将生意[⑤]动，全凭及早春风嘘。

（三）

一年一度过生辰，差幸此身仍此身。
世事无补迂且拙[⑥]，旺相[⑦]当得四时春。

搜罗百方杯盘置，犹是齐眉举案[8]人。[9]

（四）

岁月无情也有情，吾年直在损中增。
彭殇[10]自适何修短，祸福相循若影形[11]。
鲜尤寡悔[12]无牵挂，周蝶[13]两忘了此生。

（五）

朱砂缺少红土贵，蹩跛将军可拔萃[14]。
素琴[15]无弦挥手弹，金樽酌水痴心醉。
醉翁之意弦外音，频将此语告儿辈。

壬寅（1962）二月十二日草，十三日改正

【注释】①葵蒿：野菜。 ②刁开：古代著名烹调家。 ③先生注：见鱼也不言长斋矣。 ④内人百方张罗。（先生原注） ⑤生意：生的意念，愿望。 ⑥迂且拙：迂，拘泥，保守，不切实际。拙，笨。 ⑦旺相：得时，运气好。汉王充《论衡·命禄》："春夏囚死，秋冬旺相。" ⑧齐眉举案：也作"举案齐眉"。《后汉书·梁鸿传》："（鸿）为人赁舂，每归，妻为具食，不敢于鸿前仰视，举案齐眉。"案，有脚的托盘。后因此称夫妇相敬相爱。 ⑨先生原注：内人托族侄林山买到红薯酒一斤，昨日又买到鲤鱼一条。 ⑩彭殇：犹言寿夭。彭，彭祖，古之长寿者。殇，未成年而死。《晋书·王羲之传·兰亭序》："固知一死生为虚诞，齐彭殇为妄作。" ⑪此句指祸福在相互循环变化，如影随形一样相互关联。 ⑫鲜尤寡悔：尤，怨。悔，后悔。意为少抱怨，少后悔。 ⑬周蝶：出自庄周梦蝶事。《庄子·齐物论》："昔者庄周梦为蝴蝶，栩栩然蝴蝶也。自喻适志与，不知周也。俄然觉，则蘧蘧然周也。不知周之梦为蝴蝶与，蝴蝶之梦为周与？周与蝴蝶，则必有分矣。"庄子认为：生与死，祸与福，物

与影，梦与觉等等，都是自然变化的现象，圣人任其自然，随之变化。后亦比喻虚幻的事物。⑭本地有俗语“本地无朱砂，红土就为贵。”“瘸子里头挑将军”就是这句诗的意思。躄跛：瘸腿。⑮素琴：不加装饰的琴。《晋书·陶潜传》：“性不解音，而畜素琴一张。”

感 世

欣逢盛世古风淳，遍地桃源①孰问津。
鸡鸣犬吠声不再②，隔壁婚丧靡与闻③。
闾里相见惊远客，渔樵绝迹帝乡④邻。

壬寅（1962）二月二十日⑤

【注释】①桃源：桃花源。这里指当时农村社会的萧条冷落。②狗在1945年前已消灭，1958年又将鸡收尽。（先生原注）③靡与闻：不相问闻。靡，无，没有。 ④帝乡，神话中天帝住的地方。 ⑤全诗是对当时所谓的提前进入共产主义社会的极左思潮和谎祸的辛辣讽刺。

咏史之九·王莽①

大诈似信奸似忠，尊贤下士饰谦恭②。
分明有意效汤武，怎说无心作周公③。
铜匮④金縢⑤循旧辙，丹书⑥白雉⑦将无同。
宰衡安汉晋摄假⑧，妙夺鬼斧与神工。
水到渠成应即真，兴邦多助得天人。
罪秦非汉思摹古⑨，舜受尧禅命革新⑩。
不合楚弓亦楚得⑪，只希求仁而得仁⑫。

加封晋爵仰群僚，颂德歌功托庶民。
关心民命更王田，奴婢私属重人权。
开口惑众投四裔[13]，摇手触禁获重愆[14]。
胼胝[15]耕稼朘削[16]尽，应征苦役性命捐。
诡言冻饿为饱暖，强指鬼录[17]即登仙[18]。
下得大网钓大鱼，小恩小惠沽声誉。
以诈术取以诈守，蚩蚩者氓实可愚。
欺人终于到自欺，途穷日暮一黔驴。
眼前只有渐台[19]上，犹是“天生德于予[20]。”

壬寅（1962）二月二十二日

【注释】①王莽：公元前45—公元23年。汉元城人，字巨君。元帝皇后之侄。父曼早死，叔伯皆封侯，莽独孤贫，折节读书，敬事诸父，结交名士，声誉甚盛。平帝立，年九岁，以莽为大司马，元后以太皇太后临朝称制，委政于莽，号安国公。平帝死，立孺子婴为帝，自称摄皇帝，三年即真，改国号新。纷事改革，土地皆称王田，禁民买卖，盐酒铁钱皆由官营。法令苛细，犯轻罪者，亦罪至死；又连年征战，劳役频繁，民不聊生，各地农民纷纷起义。莽地皇四年刘玄（更始帝）率新市、平林、赤眉、下江等地农民军入长安，杀莽。 ②王莽篡位之前礼贤下士，待人十分谦恭，深得百官和百姓敬重。 ③汉平帝即位只有九岁，皇太后委政于莽，他再三推让说自己无心作周公。周公，周初政治家。姓姬名旦。周文王子，武王弟，曾助武王灭商。武王死后，成王年幼，由他摄政。曾平定纣王子武庚等发动的武装叛乱，继续分封诸侯，不断扩大疆土，为周朝建立了一套典章制度，叫“周礼”。成王长大后，还政于成王。 ④铜匮：《汉书·王莽传》：“见莽居摄，即作铜匮，为两检。其一署曰：‘天帝行玺金匮图；’其一署曰：‘赤帝行玺某传予黄帝策书。’” ⑤金縢（téng）：即金匮，铜制的柜。古时用以收藏文献或文物。《汉书·晁错传》：“陛下之德厚而得贤位，皆有司之所览，刻于玉版，藏于金匮，历之春秋，纪之后世，为帝者祖宗。” ⑥丹书：丹书铁券。古代帝王赐给功臣以世代保持优遇或免罪的凭证。 ⑦白雉，白色羽毛的野鸡，古时以为瑞鸟。《尚书大传》卷四：“周公居摄六年，制礼作乐，天下太平。越裳以三象重译而献白雉。” ⑧王莽由宰衡，安汉公，摄皇帝，直到称假皇帝，最后篡汉自立，改国号为“新”。 ⑨王莽处处仿照商汤、周武、周公、伊尹等古先贤，而以秦汉为非。 ⑩王莽亲自搀着小皇帝孺子的手，唏嘘流泪，说周公辅政，最终把天子的权力归还给成王，自己却迫于天命，不敢不登皇帝大位。 ⑪楚弓亦楚得：传说春秋楚共王出猎，遗失宝弓，左右请求之。共王曰：“止。楚人遗弓，楚人得之，又何求焉？”后因称虽有所失而利不外溢为楚弓楚得。 ⑫求仁得仁：《论语述而》：“求仁而得仁，又何怨？”原指伯夷叔齐让国远去，后因耻食周粟，终于饿死。孔子谓其求仁而得仁，无所怨。后泛指适如其愿。这里是指篡位称王正适合王莽的心愿。 ⑬四裔：四方很远的地方。 ⑭重愆：重罪。 ⑮胼胝（pián zhī）：俗叫“膙（jiǎng）子”，手掌或足底等处因长期劳动，摩擦而变硬的皮肤。 ⑯朘（juān）削：剥削。全句的意思是老百姓手足磨出老膙耕种所得被剥削殆尽。 ⑰鬼录：死者的名册。 ⑱登仙：成仙。这句话的意思是王莽颠倒黑白，残害人致死，反说成仙。 ⑲渐台：汉武帝作建章宫，太液池中有渐台，高二十余丈，台址在水中，故名。汉末刘玄兵从宣平门入，王莽逃至渐台上，为众兵所杀。 ⑳意为“上天给我的恩德”，是当初王莽自夸的话语。

有　悟

炼丹辟谷①俱希仙，曾有几人活百年。
我与麻姑②同阅历，三见沧海变桑田。
非甘诓诞夸高寿，大化③奋飞瞬息迁。

壬寅（1962）三月廿日

【注释】①辟谷：不吃饭。　②麻姑：传说中的女仙。东汉桓帝时，仙人王远降于蔡经家，召麻姑至，年十八九，甚美，自云："接侍以来，已见东海三为桑田，向到蓬莱，水又浅于往者会时时略半也，岂将复还为陵陆乎？"　③大化：人生的重要变化。《天子·天瑞》："人自生至终，大化有四：婴孩也，少壮也，老耄也，死亡也。"因亦以大化为生命的代称。陶渊明《还旧居》诗："常恐大化尽，气力不及衰。"

抒　怀

吾生垂暮合①归休，行乐田园志已酬。
食力②欣然无内愧，居仁由义③他何求！

壬寅（1962）四月初二日

【注释】①合：应该。　②食力：自食其力。　③居仁由义：内心存仁，行为循义。《孟子·尽心上》："居仁由义，大人之事备矣。"

还我初服

而今的确还初服，百结悬鹑身瑟缩①。
好在儿时褴褛②惯，何需锦绣③才为福。④

壬寅（1962）四月七日

【注释】①先生原注：今春每人发布证二尺，一双袜子即需布证一尺八寸，补衣服亦难。 ②褴褛：衣服破烂。 ③锦绣：精美鲜艳的丝织品。④先生原注：衣服补，鞋亦补，儿时景象重现。

咏史之十·武三思[①]

畅言坦率武三思，善恶权衡[②]自操持。
万世奸雄心腹语，阿谁[③]直爽说如斯[④]！

壬寅（1962）四月十日

【注释】①武三思：唐并州文水人，武则天之侄。则天临朝时任夏官尚书、春官尚书等职，封梁王，专擅威福。中宗复位，以三思为司空，与韦后通。景龙元年太子重俊起兵谋废韦后，率羽林兵杀武三思及其子崇训。太子兵败脱走，亦为追军所杀。②权衡：秤锤和秤杆，比喻衡量估计，斟酌。先生原注：三思常言："我不知世间何者谓之善人，何者为之恶人。但与我善者则为善人耳。"天真可嘉！ ③阿谁：哪个。 ④如斯：像这样。

有　感

狐媚自来能蛊惑[①]，惯于暗地送秋波[②]。
无如[③]尾巴终难掩，徒在人前出丑何！

壬寅（1962）四月十八

【注释】①蛊惑：使之迷惑。 ②秋波：比喻美女的眼睛像秋天的水波一样清澈明亮。 ③无如：无奈。

先父忌辰[①]（有序）

夏历五月十三日，吾父辞世之日也。屈指计已三十三年矣。

适为吾岁之半。光阴荏苒[2]，何若是迅速？所谓“逝者如斯夫，不舍昼夜”[3]。有矣也夫。

吾父辞尘世，吾年三十三。
而今离忌日，又历卅三年。
混迹人间六十六，依违膝下两判然[4]。
吾生有尽天恒久，泉下继承菽水欢[5]。

壬寅（1962）五月十三日

【注释】①忌辰：旧俗父母死亡之日禁饮酒作乐，叫忌日，亦叫忌辰。 ②荏苒：时间渐渐地过去。 ③语出《论语·子罕》：“子在川上曰：‘逝者如斯夫，不舍昼夜。’”慨叹光阴的流失。 ④此句意为依偎膝下和离开膝下两种截然不同的心境。 ⑤菽水欢：菽水，豆和水，指粗茶淡饭，生活清苦，孔子曰：“啜菽饮水，尽其欢，斯之谓孝。”后常用来称晚辈对长辈的供养。

拟改东坡先生《山村五绝》

颓垣破屋纵横斜，春入农村少有花[1]。
无象太平会有象，炊烟绝处是人家[2]。

日后难闻鸡犬声[3]，有生何处可安生。
但令黄犊得人叱[4]，布谷从来不劝耕[5]。

翁婆八十各腰镰[6]，喜得田间茅草甜。
岂是闻韶解忘味，迩来太平食无盐[7]。

拉犁曳耙去匆匆[8]，徒说工资过耳空[9]。

赢得黎民劳动好，一年四季住田中⑩。

我窃尔偷都不羞⑪，丰年底事锁眉头⑫。
何须更待灾荒到，方识饥寒大可忧。

壬寅（1962）五月十六

【注释】①农村树木几被伐绝。（先生原注） ②戊戌年成立人民公社，处处吃大锅饭。家家不准炊，违者当从申斥或处罚。（先生原注） ③世间狗早被消灭，戊戌年鸡亦收尽。（先生原注） ④牛几死尽，能使牲口的老农亦将死绝。（先生原注） ⑤近两年布谷鸟亦绝少。（先生原注） ⑥姚天一与沈石头之母俱八十以上，犹自挎篮刈草。（先生原注） ⑦盐亦定量分配，大多不够吃。（先生原注） ⑧三年困难时期，牲畜几乎死亡殆尽，不得不靠人力拉犁拉耙。当时有名民谣："劳动力，吃牛肉，拉犁拉耙靠媳（xiù）都（dōu）（媳妇的方言）。" ⑨1958年"大跃进"时期，极"左"思潮扬言我国已提前进入共产主义。全民吃食堂饭，还宣传"吃饭不要钱，干活发工资"。其实全是吹大话（当年，我这个年方二十岁的棒劳力，就曾领过四个月的"工资"，总共两块二角钱）。先生原注：农民亦发工资，只是虚名，社员总是欠债。 ⑩"大跃进"期间，强令实施军事化，搞大兵团作战，把社员都赶到田间集体住宿。当时曾有"小雨不停，大雨搭棚"的口号，让社员们"日夜干，连轴转"地干活。⑪当时因为生活极度困难，偷地里能吃的东西，已经和"偷"的本义不同了，所以偷已不再是让人羞耻的行为。 ⑫"大跃进"时期，并非年景歉收，而是由"一平二调"的共产风造成了丰产不能丰收，大量的粮食谷物抛撒殆尽。当时的灾荒，一半是天灾，一半是人祸，所以即是丰年，人们照样不能舒展眉头。

附：苏轼《山村五绝》

竹篱茅屋趁溪斜，春入山村处处花。
无象太平还有象①，孤烟起处是人家。

烟雨蒙蒙鸡犬声，有生何处不安生。
但令黄犊无人佩，布谷何劳也劝耕②。

老翁七十自腰镰，惭愧春山笋蕨甜③。
岂是闻韶解忘味，迩来三月食无盐④。

杖藜裹饭去匆匆，过眼青钱⑤转手空。
赢得儿童语音好，一年强半在城中⑥。

窃禄忘归我自羞，丰年底事⑦汝忧愁。
不须更待飞鸢堕，方念平生马少游⑧。

【注释】这组诗用讽刺手法揭露了王安石变法的阴暗面：第一首讽刺说太平景象就是山村冷寂，农民贫困；第二、三首指责盐法峻急；第四首讽刺青苗法事实上并不利于发展农业生产；第五首说自己不忍心看这种连丰年都让农民发愁的景象，想抽身引退。 ①唐代牛僧儒说过“太平无象”的话，这句说现在是有太平的具体征象的。 ②《汉书龚遂传》载：龚遂为渤海太守，那里人民好带剑，龚遂劝他们卖剑买牛，说：“为什么要带牛佩犊呢?”这两句说，只要政府放宽盐禁，使人民生活好些，不致佩带刀剑去贩卖私盐。人民有牛，自会辛勤耕种，用不着官吏劝农了。 ③这两句说人民生活困苦，七十岁老人还要腰插镰刀，到山里去割笋蕨充饥。 ④《论语·述而》记孔子在齐国闻韶乐，三月不知肉味。这里讽刺盐法太峻，老百姓三月食不到盐，却并非是听到韶乐，忘了盐味。 ⑤青钱：当时行青苗法，放“助役钱”“预买钱”等。 ⑥这两句是说农民老老小小争着跑到城里去借青苗钱，却在城里胡乱花掉，结果只是使孩子们学会了一些城里的口音，生产反而荒废了。强（qiǎng）半：大半。 ⑦底事：何事。 ⑧《后汉书·马援传》：马援从弟马少游曾劝马援不要追求高官厚禄，自讨辛苦。马援后来说，当他在边疆战地看到飞鸢堕水，环境险恶，就想起马少游的话来。这里借用此典，表明自己早想抽身引退。

题全家照片上

携儿带女复牵孙，孰料全家唯我尊。
逆旅[1]偶逢过客[2]事，雪泥鸿爪[3]徒留痕。

壬寅（1962）七月廿五日

【注释】①逆旅：客舍，止客迎宾的处所。 ②过客：来往的客人。“逆旅”“过客”，这是把人生当作宇宙的过客，来去短暂。唐李白《春夜宴桃李园序》：“夫天地者，万物之逆旅。光阴者，百代之过客。” ③雪泥鸿爪：比喻往事留下的痕迹。苏东坡诗《和子由渑池怀旧》：“人生到处知何似，应似飞鸿踏雪泥。泥上偶然留指爪，鸿飞那复计东西。”

雨夜枕上得句

秋雨凄零[1]断续日，老农忙里卸肩时。
讵[2]料得歇翻嫌累，只有闲来不耐饥。

壬寅（1962）九月廿日

【注释】①凄零：凄冷飘零。 ②讵：何，岂。

咏史之十一·新莽

摄假名虚应即真，王田六莞岂殃民[①]？
公论漫道[②]心思汉，史笔特书僭号[③]新。

壬寅（1962）十月二日

【注释】①六莞：西汉末，王莽设六莞令，对赊贷、酒、盐、铁等六个方面的物资由国家控制，加重了对人民的剥削。②漫道：莫说。③僭号：僭，超越本分的称号。旧时指地位在下的冒用地位在上的名义或礼仪器物。

连接内兄由伊索匹亚来信关垂至情溢于言表

内兄出国十余年，联系断绝已久。追溯分别将三十年。近连接三信，得知余等生活困难，汇钱与布匹，谨志接信时余与淑静之心情。

骨肉违离久，分飞似断蓬[①]。
惠书天外至，一线系征鸿[②]。
开函血欲沸，展读泪相从。
句句出肺腑，字字激寸衷[③]。
迢迢山海阻，念念梦魂通。
阿哥重手足，情谊实高崇。
三复不忍释，言尽意无穷。
挑灯话往事，夜半犹喁喁。[④]

癸卯（1963）夏历正月十五日[⑤]

【注释】①此句指亲人分离像割断的蓬草一样随风飘零。②征鸿：远飞的大雁。南朝梁江淹《赤亭诸》诗："远心何所类，云边有征鸿。"③寸衷：寸心。④喁喁：低语声。⑤原诗页眉上有先生 1971 年之眉批："当此敌我分明之世，而一片痴情，全无阶级立场，余之得罪宜也。有何怨乎！有何怨乎！辛亥自批。"（因此次书信和所寄物品，被作为里通外国的凭证，又给先生加了一项罪名。）

六旬有七初度（三首）

（一）

遁迹[①]田园已五秋，回首岁月逝如流。
每逢诞日增枨触[②]，堪笑盛世抱杞忧[③]。
岂只悯人招怨讟[④]，更因逆耳致愆尤[⑤]。
取容无计空惭怍，贻误生平到白头。

（二）

潦倒乡园数度秋，浮沉随俗竞同流。
惭无俊逸[⑥]垂青眼，喜有糟糠[⑦]慰白头。
共与甘苦遂卿愿，分荷辱荣解我忧。
每值生辰辄相祝，张肴设馔费营谋。

（三）

长男备酒肉，大女馈裹蒸。
及早荆妻起，东方日未升。
蹀躞[⑧]炉爨[⑨]间，殷勤治割烹。
青菘[⑩]炒肉片，豆腐调玉羹。
菠菜烩莱菔，脯鱼杂荤鲭[⑪]。
碗盘齐罗列，杯箸相陈横。

四座无来客，夫妻母子并。
鲜嫩择所嗜，杯至壶自倾。
醉饱颓然⑫卧，毋庸解宿酲⑬。
可贵天伦乐，于此露真情。

癸卯（1963）二月十二日

【注释】①遁迹：躲避起来，不让人找到踪迹。 ②枨（chéng）触：感触。枨，拨动，触动。 ③杞忧：语出“杞人忧天”掌故。《列子·天瑞》：杞国有个人担心天会塌下来，自己无处安身，以致吃不下饭，睡不好觉。后用“杞人忧天”比喻毫无必要的担心。 ④怨讟（dù）：诽谤，怨言。 ⑤愆尤：过失。李白诗《古风》之十八：“功成身不退，自古多愆尤。” ⑥俊逸：俊美洒脱，不同凡俗。杜甫诗《春日忆李白》：“清新庾开府，俊逸鲍参军。”垂青：古人把黑眼球叫青眼。青眼相看，比喻受到重视、优待，元耶律楚材《蒲华城楚万松老人》诗：“曾参活句垂青眼，未得生侯已白头。”这句诗的意思是惭愧没有名人和有地位的人看得起自己。 ⑦糟糠：原指酒糟和糠皮，是旧社会贫苦人常用来充饥的粗劣食物。后来把曾经在贫穷时共过患难的妻子叫作糟糠之妻，有时也简称糟糠。 ⑧蹀躞（dié xiè）：往来小步走。 ⑨爨（cuàn）：灶。 ⑩菘：白菜。 ⑪鲭（qīng）：也叫“鲐（tái）”，油筒鱼或青花鱼，体纺锤形。 ⑫颓然：精神萎靡的样子。 ⑬宿酲（chéng）：酒醉后经夜未醒。酲酒后神志不清。

悼念亡友薛医士鼎新①

（一）

昔日朋侪②多作鬼，半因时代半因人。
无端③最是偶然遭，至今人都念鼎新。

（二）

生平事业在活人，医活多人丧己身。
操术谁言曾慎择，未知和缓也缙绅[④]。

（三）

世态炎凉自古闻，人情反复似风云。
有谁论交凭肝胆，道义尚存独念君。

癸卯（1963）二月十二日酒后草，翌日修正[⑤]

【注释】①薛鼎新：荥阳人，医生。先在郑州开诊所，后回荥阳开诊所，同沈先生是朋友。后因给一位从县医院被推往郑州的伤兵治病，薛坚持说治不了，病人家属强行要求先行救治，去郑州太远。结果病人死去，薛因之入狱。 ②侪（chái）：同辈或同类的人。 ③无端：无缘无故。 ④缙绅：指士大夫中有官位的人。 ⑤原诗页眉上有先生1971年之眉批："鼎新原判徒刑三年，未满遽罹大戮之厄。人莫知其罪状，但见其在大会上行刑时，虽执行者也未免泪落也。"

送别内弟刘广普之渝（并序）

广谱内弟自一九四三年入川，迄今整二十年，已在重庆安家矣。近因公赴安阳，便道寻访。夏历二月十七日到来，十九日即匆匆作别，念念不止，赋此以志。

来临何突兀，去也太匆匆。
二十年暌索[①]，三日欢未终。
闻讯惊望外，乍见疑梦中。
相视如痴騃[②]，无言意已通。
察颜论肥瘠，咨嗟[③]叹死生。

健在即堪喜，哪还计辱荣。
绵绵日继夜，絮絮话离情。
转眼时间促，难将肺腑倾。
阳关遽尔[4]赋[5]，忽忽骤虚空。
一念隐隐系，何时得再逢。
粗疏贻后悔，轻重欠权衡[6]。
搔首无可奈，频频计旅程。

癸卯（1963）二月廿二日

【注释】①睽（kuí）索：即睽违，阻隔分离。②騃（ái）：傻，不灵活。③咨嗟：哀叹的声音。④遽尔：忽然。⑤阳关遽尔赋：突然要唱送别的阳关曲。⑥先生原注：重要的却遗忘了，无关紧要的，却絮絮不休。

自　责[1]

书生苦憨直[2]，凡事凭臆度[3]。
堪笑不自量，狂妄论台阁[4]。
只图一快意，口诛又笔削。
乳犊不畏虎，驯羊猛狮搏。[5]
批鳞[6]罹凶险，人民名籍落[7]。
天覆地载大，无处可立脚[8]。
收尽九州铁，铸成此大错。
鸣呼，旷古一良冶[9]，气力云霄薄[10]。

癸卯（1963）六月五日

【注释】①这首诗是先生对当年那场反右扩大化的反思，与其说是自责，毋宁说是一大批因言获罪受到不公平待遇的知识分子的申诉。②憨直：朴实直爽。③臆度：主观揣度，猜测。④台阁：指朝廷。这里指国家大事。⑤此句意思是自不量力，初生牛犊不怕虎。 ⑥批鳞：即批逆鳞。传说龙喉下有逆鳞径尺，有触之者必遭龙杀死，因以喻触怒帝王。 ⑦名籍落：失去了人民的资格。 ⑧此句意为天地广阔却无处立脚。 ⑨良冶：铸造金属器物的工匠。 ⑩云霄薄：即薄云霄。薄，逼近、靠近。

自　嘲[1]

祖耕地，父佣工。
上推高曾世世穷，门楣[2]是耀[3]企蒙童[4]。
惹得乡党齐掩口，功名只合富家有。
或讥东施乱效颦[5]，或斥鱼目混珠[6]真。
学堂于我为染缸，冒滥一顶“洋”儒巾。
貌合神离徒丢丑，落个荷锄[7]识字叟。

癸卯（1963）十月十二日

【注释】①本诗字里行间渗透着先生的辛酸和无奈。 ②门楣：门庭。楣，门框上边的横木。 ③是耀：门庭的光耀。是，助词。 ④企蒙童：寄希望于蒙童。 ⑤东施乱效颦：颦，皱眉。古越国美女西施因患心病而捧心皱眉，同村丑女以为美，亦捧心效颦，而丑益增。后人指丑女为东施，用东施效颦比喻以丑拙强学美好。 ⑥鱼目混珠：拿鱼眼睛冒充珍珠，比喻以假乱真。 ⑦荷锄：扛锄。荷，背，扛。

口　占

朝诵陶苏[1]诗，暮读庄列[2]文。
文意不甚解[3]，诗情似酒醺[4]。
视听且为累，诗文何足云！

癸卯（1963）冬月十五日

【注释】①陶苏：陶潜、苏轼。 ②庄列：庄子（庄周）、列子（列御寇），道家代表人物。 ③不甚解：出自陶潜《五柳先生传》：“好读书，不求甚解。”原来有不咬文嚼字的意思，现多指满足于一知半解。这里是不咬文嚼字意。 ④醺：酒醉的样子。

六旬有八避寿（有引）

年来逢生辰渐有铺张之势，今年决计一革世俗积习，不作任何表示。借改行西历为名，校对余生之年（丁酉）二月十二日为西历三月十四日，讵料内人生年（甲寅）二月十八日亦恰为西历三月十四日也，可谓巧合。今后将于是日纪念矣。

不期果有三生石①，今世恰真同日生。
偶合或然焉足异，苦甘与共斯为荣。
匹夫愚妇敢言寿，于于②自喜相举觥③。

甲辰二月初一日
一九六四年三月十四日草

【注释】①三生石：传说唐代李源与僧圆观友好，圆观同李约定，待他自死后，十二年在杭州天竺寺相见。十二年后李到寺前，有一牧童唱道：“三生石上旧精魂，赏月吟风不要论。惭愧情人远相访，此身虽异性长存。”牧童就是圆观的托身。诗文中常把“三生石”作为姻缘前定的典故。 ②于于：悠然自得的样子。 ③觥：酒杯。

送均儿赴汴就学走后（二首）

甲辰岁末，均儿归来，时内人晋京力文处未回，余父子三人过春节。节后九日均儿即匆匆返校，钦儿送往车站，余不禁怅然兴空寂之感。

（一）

归来未两旬，遽赋别意新。
聚散寻常事，惘然[1]乃何因？

（二）

少小离家未识苦，慈亲常怨岁月侵。[2]
老来方晓念儿女，感悟曩时父母心。

乙巳（1965）正月初九日

【注释】①惘然：失意，不知如何才好。 ②先生原注：远行归来，临走父母常怨光阴匆促逼人。

六十有九初度志实（有序）

今年夏历二月十二日恰为西历三月十四日，是日正值余与内人之生辰也。惜内人留京未归，个人亦略无过寿兴趣。况政府号召移风易俗，批判封建旧习，更不宜有累人之举。遂坚嘱大女金陵长男思鲁禁作馈送庆祝举动。是日特负甘薯往井里堡出售，一如平日过去。甚称心如意也。

于人无损亦无益，弗使吾心为形役[1]。
堪喜尚非社会蠹[2]，躬耕自食乐并力[3]。
谷物天然知谁属，虽老不图仔肩[4]息。
亲负山芋城市卖，只因多欠口腹债。
笔砚丢弃营柴米，为已生存奚足怪。
泰山鸿毛等轻重，松蓬[5]到头俱草芥。
虽云草木皆可敬，尊卑由人我持正。
除却三餐无他事，何必动心复忍性[6]。

世态冷暖应随它，吾行吾素⑦即荣庆。

乙巳二月十二日

一九六五年三月十四日草

【注释】①心为形役：心灵为形体所驱使。②蠹：蛀虫。③并力：合力。④仔肩：担任，负责。⑤松蓬：松，松柏。蓬，蓬蒿。⑥动心复忍性：触动心思，使性格坚强。《孟子·告子下》："动心忍性，增益其所不能。"后来多用于不受外界压力坚持下去的意思。⑦吾行吾素：不管人家怎么说，仍旧按照自己平素的一套去做。

致内人大姐（有序）

夏历三月十七日，内人自京归来，均儿由汴到郑迎接，余与钦儿赴火车站相迎。午刻车到，一家四口会聚，小别重逢，意兴颇高。内人言："大姐亲手做有鲜鱼带回，嘱即赴饭馆一尝。"遂置酒一瓶，赴食堂大嚼，味甚鲜嫩，更感其情意重也。

嘉肴馈自千里外，未卸行装趣食堂。

阿姐难为亲炮炙①，恩情更比鲜鱼香。

乙巳（1965）三月十七日车站食堂口占

【注释】①炮炙：也称炮制。原以加工中草药为炮制。这里是饭菜加工。

苦不苦歌

内人于上月底复进京，力文来信言见到母亲后，得知余在家棒子面馍馍也吃不到，甚为难过，将厉行节约，为余节省大米带回，故作此歌以遗之。

吃糠咽菜不为苦，苦在无人共肺腑。
饮食粗劣苦躯壳，志意委屈苦灵府[①]。
灵府躯壳两相较，不苦而苦苦不苦。
况复食欲无底壑，要在胸怀有所托。
日食万钱无下箸，箪食瓢饮不改乐。
可喜寂途[②]逢朋侣[③]，开卷欣同古人语。
良师益友臭味投[④]，险佞偏僻不我与。[⑤]
奚恤[⑥]口腹少肥甘，且喜灵明[⑦]富粮糈。
躯体心神都健康，频将此意告儿女。

乙巳（1965）十一月十日草

【注释】①灵府：精神之宅，指心。 ②寂途：寂寞的生活中。③朋侣：这里指以诗书为友。 ④臭味投：即气味相投。指思想情趣相同的人彼此合得来。这里指同古人思想情趣相同。 ⑤此句意为：邪恶奸巧偏狭之事与我不相关。 ⑥恤：可怜。 ⑦灵明：犹灵府，指心灵。

后　事

渊明喜裸葬[①]，黎洲[②]践其言。
德操旷千古，高名何敢攀。
惟兹[③]尚可学，窃愿比先贤。

乙巳（1965）十一月十七日

【注释】①裸葬：裸体而葬，谓不用衣衾棺椁。 ②黎洲：名黄宗羲，字太冲，号南雷，又号黎洲。明末清初浙江余姚人。与顾炎武、王夫之同称为明末清初三大思想家。明亡后坚持抗清，事败后，毕力著述。自天文、地志、九流百家无不精研，尤留心当代文献，长于史学。著有《明儒学案》《明夷待访录》《易学名胜数论》《授书随笔》等。 ③兹：这个，此。

人生债[1]

坠落红尘[2]数十年，满身债务急须还。
前生拖欠今生了，现世累累新债鲜。
果因还债才生我，世世生生相牵连。
精卫纵然志坚决，无如力薄海难填。[3]

乙巳（1965）十一月廿日

【注释】①人生债：这里应指人情债和罪孽债。　②红尘：旧指人世间。　③该句由古代神话《精卫填海》引申而来。南朝梁任旷《述异记》载："上古炎帝的女儿在东海淹死，变为精卫鸟，每天衔西山的木石来填东海，想把东海填平。"旧时用以比喻有深仇大恨，积极设法报复。后来也比喻不畏艰难，不达目的誓不罢休。

睡忘歌

我之一生有二长，一则善睡一健忘。
善睡追希夷[1]，健忘似华阳[2]。
二长更互用，相得复益彰[3]。
两亡慎警诫[4]，奚问彀与臧。
呜呼！醉里短暂梦幻妄，唯有此境真帝乡。

乙巳（1965）十一月廿五灯下

【注释】①希夷：无声曰希，无色曰夷，形容虚寂微妙。唐柳宗元《愚溪诗序》："起鸿蒙，混希夷，寂寥而莫我知也。"　②先生原注：华阳里有人健忘，见《列子》。　③相得复益彰：两者相互配合或映衬，双方的长处和作用更能显示出来。益，更加。彰，明显。④警诫：使人注意改正错误。

戏嘲五柳先生（有引）

十数年前，余曾有《嘲渊明》一首①，实感也。而今又有《戏嘲渊明》之作，亦实感也。时移境迁，心情也随之而异。要之俱直抒胸臆，且皆有触于社会民俗之现实，姑且录之，弗问功罪与毁誉也。

渊明虽饥寒，尚可常置酒。
门前车马稀②，邻里多宾友③。
晨夕肆微勤，岁功庶无咎。④
四体疲农忙⑤，宁神散林薮⑥。
吾则敝四时，休闲何日有！
田中把犁锄，家下操井臼。
胼胝穷终年，糟糠难糊口。
一言提温饱，是为求享受。
劳累念微萌，思想即腐朽。
绳纠⑦时来干，声名总蒙垢⑧。
以彼拟诸斯，天壤不相偶。⑨
公未脱士林⑩，逍遥称五柳⑪。
我乃真农夫，块然匏瓜叟⑫。

乙巳（1965）腊月十三灯下

【注释】①指 1953 年 3 月 15 日，在中牟一中所写之《书怀·嘲陶潜》。两诗写作时间不同，心境不同，诗意也截然两样。 ②引自陶潜诗《饮酒》十二首之一。这两句是说，虽居住在人世间，但无世俗的交往，因而无车马喧闹之声。陶渊明诗句“结庐在人境，而无车马喧”。 ③陶渊明诗“斗酒聚比邻”句出自《杂诗八首》之一。原句为“得欢当作乐，斗酒聚比邻。”先生这两句诗谓：有欢乐的事情就应当作乐，少量的酒也可以招聚近邻同饮同乐。④这句诗出自《庚戌岁九月中于西田获早稻》。“开春理常业，岁功聊可观。”意思是开春就动手治理日常的农田耕作，一年到头农田收获勉强说得过去；“晨出肆微勤，日入负耒还”，意思是早上起来从事轻微的田间劳作，傍晚才背着农具回家。⑤出自：《庚戌岁九月中于西田获早稻》“四体诚乃疲，庶无异患干”，意思是四肢确实感到疲劳，但也许由此可以免去意外祸患的侵扰。庶：庶几，也许可以。⑥林薮：山林水泽之间，借指隐居的地方。⑦绳纠：纠举别人过失。⑧蒙垢：蒙受耻辱。意思是时常有人来揭发检举，使人无辜蒙受屈辱。⑨拿陶渊明同自己相比，有着天地的差别。相偶，相配。⑩出自《归去来辞》：“僮仆欢迎，稚子候门。”公士大夫之穷者耳，尚用僮仆也。（先生原注）⑪晚年陶渊明自号五柳先生。⑫匏（páo）瓜叟：种瓜的老头儿。匏瓜，葫芦的一种，果实老熟后对半剖开，可做瓢。

咏史之十二·王景文（并序）

读史至南朝刘宋时代，所谓明帝刘彧，忽疑忌江州刺史王景文将来或有异图，乃手敕曰：“朕不谓卿有罪，然吾何能独死，请汝先之。”景文正与客奕。叩函看已，复置局下，神色不变，局竟，敛子纳奁内毕，徐曰：“奉敕见赐以死。”方以敕示客。乃作墨启致谢，饮药而卒。景文如此镇静，如此从容，涵养有素，德性深沉，实所罕见。然当南朝篡乱之世，所谓“太祖”“太宗”者多无赖轻狡之徒，为暴虐昏庸之主尽忠，奴性而已，亦曰不当仕进耳。

江州刺史王景文，处死从容实绝群。

“请汝先之”何比暱[1]，当私庆幸遇圣君[2]。

丙午（1966）夏历正月十二日

【注释】①比暱：同“比昵”，亲近的意思。 ②此句含调侃意味，意谓应当私下里庆幸你遇到了圣明的君主。亦可理解为同王景文相比，我当私下庆幸遇到了圣明的君主，未能获“请汝先之”的恩赐。

咏史之十三·魏玄同[①]（并引）

周武则天既杀侍中裴炎[②]，其友同平章事魏玄同与炎情谊弥笃[③]，时人以其始终不渝[④]，称之为“耐久”。武后怒，赐玄同死。以周兴[⑤]谮[⑥]玄同为不若奉嗣君为“耐久”也，此特浅见之言耳。武后岂不知周兴之妄，特以玄同之友裴即为不附己，不附己即政敌，故杀之耳。此意惟玄同知之甚悉，故不作告密自陈也。

不渝终始“耐久朋”，时人交颂共服膺[⑦]。
忠信获誉罪万死，漫道诬罔[⑧]怨周兴。
玄同冷眼[⑨]独识破，人杀鬼杀自甘承。

丙午（1966）正月十六日

【注释】①魏玄同：唐定州鼓城（今河北晋州）人，字和初。进士出身。调长安令，累官司列大夫。麟德元年坐与上官仪善，流放岭外，上元初赦还。刘审礼荐其有时务之才，除岐州长史，再迁吏部侍郎。永淳元年，与中书、门下同承受进止平章事。上疏言专委吏部选士之弊，不纳。武后临朝，进地官尚书，检校纳言。素与裴炎结交，始终不渝，时人呼为“耐久朋”。永昌初，为周兴所构，被杀。 ②裴炎：唐闻喜人，字子隆。举明经及第。进拜侍中，受遗诏辅太子中宗，调露中为中书令。中宗立，欲以后父韦玄贞为侍中、炎不从，帝怒炎与武后谋废帝，立豫王。武后临朝，炎屡以事忤后意。徐敬业兵兴，炎又谏请还政。武后遂诬炎谋反，斩于都亭驿。 ③弥笃：更加真诚。 ④渝：

改变。 ⑤周兴：武后时任秋官侍郎，掌管刑狱，与来俊臣同为酷吏。后被控谋反下狱，流放岭南，途中被仇人所杀。 ⑥谮(zèn)：说坏话诬陷别人。 ⑦服膺：牢牢记在心里，比喻非常佩服。 ⑧诬罔：被诬陷。 ⑨冷眼：严峻而冷静的眼光。

咏史之十四·刘晏（有序）

唐自安史之乱天下户口十亡八九，府库耗竭。德宗时以刘晏判度支，掌理天下财赋。晏立平准法、增盐法、造漕运，预察州县之丰歉，先应民间之急需，谓理财以养民为先，故不数年而户口蕃息，国库充裕。至其用人委士类，裁官吏，甚得其选，唐室赖以中兴。世人多以兴利非之。陋[①]矣。

刘晏理财得真诠[②]，食货[③]养民最为先。
府库充盈济耗竭，人烟蕃息[④]免颠连。
扶危定乱中兴赖，政举人存积弊蠲[⑤]。
抚字[⑥]征科[⑦]并不悖，[⑧]民生国计两无偏。
堪笑侏儒[⑨]多迂腐[⑩]，竟以兴利诬高贤。

丙午（1966）正月廿

【注释】①陋：浅陋，见识短浅。 ②诠：真理。 ③食货：《尚书·洪范》："八政：一曰食，二曰货，三曰杞，四曰司空，五曰司徒，六曰司寇，七曰宾，八曰师。"后以"食货"为国家经济财政的统称。 ④蕃息：繁衍生息。 ⑤蠲(juān)：免除。 ⑥抚字：抚养爱护。 ⑦征科：征收赋税。 ⑧这整句诗的意思是抚养爱护百姓同征收赋税并不是互相抵触的事。 ⑨侏儒：小矮人。这里是指见识短浅的人。 ⑩迂腐：（言行，见解）拘泥，古老的一套，不切实际。

咏史之十五·嘲朱温[①]（二首并序）

朱温以黄巢旧部降唐，寖至[②]封王而篡唐室。于是一跃为神文圣武之梁天子“更名晃而即帝位”。晃从日从光，以太阳光喻圣德也。而后汉刘智远更名暠，北汉刘崇更名旻，宋太宗匡义更名炅，英宗宗实更名曙，哲宗庸更名煦，南宋理宗更名昀。封建专制人君即位更名，隐以太阳自诩之例史不胜书，虽唐武则天更名曌为开先例，然武氏意欲与高宗并肩，所谓“二圣”者也。故余以为始作俑者其朱三乎！

（一）

何物朱三起芒砀，夤缘[③]时会逞颠狂。
“诸公推戴”妄尊大，[④]“受禅”[⑤]“应天”[⑥]自代唐。
“全忠”更“晃”称皇帝，神文圣武媲太阳。
“万岁”呼声犹未绝，“老贼万段”即下场[⑦]。
毕竟夏桀乃始祖，“时日曷丧”[⑧]甘偕亡[⑨]。

（二）

荒唐旷古希闻事，屠杀缙绅塞灾异。
“怨望腹非”[⑩]莫须有，“素所弗快”[⑪]柳璨忮[⑫]。
李振不第泄私愤，清流投浊近儿戏。[⑬]
虽云柳李甘伥鬼[⑭]，朝廷难制逢其意[⑮]。
从来士类倡优蓄[⑯]，喜则侮弄怒唾弃。

丙午（1966）正月廿四

【注释】①朱温：唐末宋州砀山人。乾符四年参加黄巢起义军，任同州防御使，中和二年叛变降唐，赐名全忠。先后任河中行营招讨使，宣武节度使。天复三年，入长安，尽杀诸宦官，封梁王。次年杀唐昭宗，立太子柷，并于天佑四年废帝自立，改名晃，都汴（今河南开封），建号梁，旋迁都洛阳。乾化二年，为其子朱友珪所杀。追尊为梁太祖。 ②寝至：最终到。 ③夤缘：旧时比喻依附、巴结有权势的人向上爬。 ④先生原注：唐臣张文蔚、薛贻矩、苏循等奉册禅位，温漫劳之曰："此皆诸公推戴之力也。" ⑤受禅：接受禅让。禅让，传说我国古代帝王，尧让位给舜，舜让位给禹，传贤不传子，史称禅让。 ⑥应天：《易草》："天地革而四时成，汤武革命，顺乎天而应乎人，革之时大矣哉。"后来封建王朝更迭，自称适应天命，顺从人心，习用应天顺人之语。这里是说朱温篡唐打着接受禅让、应天顺人的旗号。 ⑦先生原注：温子友珪知温淫其妻，怒曰："老贼万段。"遣冯廷谔刺杀之。 ⑧时日曷丧：好的时辰和日子怎么会丧失。时日，时辰和日子。古人迷信，做事先要占卜吉凶时日。曷，怎么。 ⑨甘偕亡：甘愿一同灭亡。 ⑩怨望腹非：怨望，心怀不满。腹非，同"腹诽"，口虽不言而内心非之。 ⑪素所弗快：平时不喜欢的人。 ⑫忮（zhì），嫉妒。先生原注：柳璨疏其素所弗快者于全忠，曰：此曹怨望腹非，宜诛杀之以塞灾异。 ⑬先生原注：李振深疾扑晋绅，因曰："王欲图大事，此曹皆天下之难制者，不若尽杀之，又此辈常自谓清流，宜投之黄河使为浊流。" ⑭甘伥鬼：伥鬼，古时传说被虎吃掉的人变成的鬼。它常给老虎作帮凶，为虎作伥，比喻帮助坏人作恶。这里指柳李二人甘愿为虎作伥，帮助朱温干坏事。 ⑮指全忠聚裴枢独孤损等三十余人尽杀之投入黄河。 ⑯倡优蓄：当倡优养着。倡优，歌舞杂技艺人。这两句的意思是说，自古以来读书人都是被统治者当倡优养着，高兴时就拿来玩弄，生气了就抛弃掉。

七十初度杂感（五绝句并序）

兹值七十初度，掩门独坐，神宁思静，萦回往昔，自幼而壮而老，展幕重演，诚省察之良机，亦纪念之妙法也。慨自放归田里，开出人民行列，将十年矣。虽安分守己，踏实劳动，而罪戾[①]未能少减，愆尤[②]乃益丛集者，以农民之阶级觉悟日高也。自反余半生挣扎，渐脱困苦，微免饥寒，于是而资产阶级矣，而右派矣，而反革命矣，而贫下中农之敌人矣。扪心抚膺，吾何负于国家民族哉！吾何负于劳苦大众哉！然非吾之困苦不足以显贫农翻身之幸福，思及此，释然矣。

（一）

生日每思父母劳，昊天罔极[③]痛难消。
何曾得有肥甘奉，为免饥寒罪业遭[④]。

（二）

几度诞辰已古稀，不夷不惠[⑤]失其依。
醉生如梦忍回首，荣辱哪关是和非！

（三）

倥偬[⑥]暮年岁月稀，生平窃赧[⑦]昧[⑧]投机。
只求俯仰[⑨]两无憾，哪管闲人论是非。

（四）

年老背时免罪稀，余生但愿得无饥。
置身世外安愚拙，祸福由天掩柴扉。

（五）

七十从心念虑稀，吉凶悔吝[10]贵知几。[11]
周流[12]万变综其妙，惕厉[13]虚明[14]是所依。

丙午（1966）二月十二日

【注释】①罪戾：罪过。《左传·庄公》："羁旅之臣，幸若获宥及宽于政，赦其不闲于教训，而免于罪戾，弛于负担，君之惠也。" ②愆尤：过失。张衡《东京赋》："卒无补于风规，祁氏以昭其愆尤。" ③昊天罔极：天大无边。 ④1930年先父去世之前，尚未能终年以白面奉口腹也。（先生原注） ⑤不夷不惠：谓折中而不偏激。殷末伯夷坚持不仕周朝；春秋鲁国柳下惠三次被罢官而去。⑥倥偬：匆忙紧张。 ⑦赧：因羞愧而脸红。 ⑧昧：糊涂，不懂得。这句诗的意思是自己羞于投机，也不懂得投机。⑨俯仰：泛指一举一动，这里指上下。 ⑩悔吝：犹言悔恨。吝，恨惜。《三国志·魏王昶传》诫子书："患人知进而不知退，知欲而不知足，故有困辱之累，悔吝之咎。" ⑪知几：预知事之几微。 ⑫周流：周转流行。 ⑬惕厉：心存戒慎。《后汉书·明德马皇后纪》："今虽已老，而后戒之在得，故日夜惕厉，思自降损，居不求安，食不念饱。" ⑭虚明：心怀。这句的意思是常存戒慎的心怀才是所能依从的。

书　厄（引言）

农历七月半（公历八月底）余竟遭抄家之祸。事先生产队长曾有缴"黄色小说"之命，余两次将说部、传奇及词章之类交出。讵意月之望，工作员侯某率领男女青年十余来家以检查为名，将所有书籍——除毛选、郭沫若著作数册而外，即字典、辞源、音韵、地图亦全被搜去，存于姚家台。斯时也，余病危，且生命不保，安用书为！决意谢绝翰墨，略无吝惜。未几，闻书尽遭焚如，而余竟未死，不能无憾，聊以志之。

（一）

寒士哪得福五车，[1]毕生搜集数箧书。
寇损鼠劫更秦火[2]，临了终无片纸余[3]。

（二）

头脑未成花岗石[4]，胸中早植秦皇碑！[5]
精神形骸双缺粮，尸“位”“素”餐[6]尚可畏[7]？

丙午（1966）立冬日

【注释】①此句意为哪有五车书的福气。　②秦火：指秦始皇焚书之火。这里将焚书比作秦始皇毁灭文化。　③先生原注：泰安、郑州沦于日寇时沈先生已失两箱书，其余书籍又遭鼠蠹蚀啮毁坏。　④先生原注：治安上常骂五类分子头脑为花岗岩而难改变。　⑤先生原注：胸无点墨真成泰山巅上之没字碑矣！　⑥尚占人生一空间，真谓“尸位”，医生禁肉食，不愧为素餐矣，可发一笑！（先生原注）　⑦先生原注：所谓五类分子者共谥之为社会渣滓。忽又目之为蜂虿蛇蝎［蜂虿（chài）：虿，古书上指蝎一类的毒虫］，甚而为洪水猛兽。其实，渣滓只有日趋腐朽消亡，有何可畏？何自扰而伯有相惊哉！（伯有，春秋郑国大夫良宵的字。他主持国政时，和贵族驷带发生争执，被杀。传说他死后变为厉鬼，迷信的人因而常常捕风捉影，相互惊扰。后来谓虚相惊恐曰“相惊伯有”。——编者注）

七旬有一初度志感（七绝句）

自家被抄搜，誓不再接触书籍，更与笔墨绝缘，终作一体力劳动人民。乃去冬旧疾复发，迄今未痊，病躯恹恹，百无聊赖，心神之枯寂有甚于口腹之饥饿。时逢生辰，益难禁身世往返之思维，而悲喜无端，枨触自失，聊成绝句七章，亦以记斯时之心境耳。然又破往日之戒矣。自前年起，逢生日决不再作纪念，即生活上亦不作改善，可谓破四旧之一。

（一）

放逐归田恰十春，教书争[①]似做官人。
匹夫无罪乃怀璧[②]，谩道儿时亦赤贫。

（二）

七尺昂藏待罪身，扪心[③]何事负人民。
补过宁缺自新路，力食耕耘四体勤。

（三）

年逾古稀称上寿，素志已遂复何求[④]。
齿冷[⑤]哪怕腾蜚语[⑥]，乐道安贫胜处优。

（四）

病骨支离[⑦]余一死，流芳遗臭各千秋。
园田晚节得全保，管他清流[⑧]与浊流[⑨]。

（五）

莫待盖棺论已定⑩，国人皆杀异口同。
堪笑书生成壮士，傲然博得大英名⑪。

（六）

老本堪嗟病添愁，不死不生入瓮囚。
医药无关心内事，妻儿衣食费营求⑫。

（七）

家抄幸而未灭门，燹余⑬笔砚共此身。
仲游昔作诤友诫，畏口莫如更畏文⑭。

丁未（1967）二月十二日草

【注释】①争：怎。 ②古语云：“匹夫无罪，怀璧其罪。”先生说自己虽未怀璧，而列入资产阶级，等于怀璧。（先生原注） ③扪心：扪心自问。摸着胸口自己问自己怎么样。表示自我反省。 ④先生原注：余自幼无大富大贵之心，不陷于冻馁足矣。 ⑤齿冷：耻笑。 ⑥蜚语：没有根据的话，流言蜚语。 ⑦支离：分散，残缺。 ⑧清流：旧时用以指负有时望的清高的士大夫。 ⑨浊流：浑浊的水流，比喻品格卑污。 ⑩盖棺论已定：谓人死后，一生是非功过始有公正的结论。 ⑪先生原注：政府日日宣扬五类分子时图复辟，无异赐以英雄豪杰之名。 ⑫先生原注：三基本政策一劳力缺勤扣全家粮食，去岁我家即以现钱高价买粮。今余又不能劳动，麦季粮食实大堪忧。 ⑬燹（xiǎn）余：火烧留下的。燹，火。 ⑭先生原注：宋时东坡之友毕仲游曾贻东坡书：“今知畏于口而未畏于文……危身触讳以游其间，殆犹抱石救溺……”

寄均儿

六七年夏均儿由汴赴京串连，时汴武斗方殷[1]，伤亡惨重，中央未明白表态，均儿甚以河南形势为忧，以此寄之。

呼天唤地是庸流[2]，不作新亭对泣囚。
舵手方向勤掌握，贻笑杞人枉抱忧。

丁未（1967）夏历五月十五夏至日

【注释】①方殷：正盛。　②庸流：平庸之辈。

自　述

仙乡[1]非可期，醉乡[2]须钱买。
果不沉梦中，饿乡[3]吾常在。

1970年9月27日

【注释】①仙乡：神仙居住的地方。　②醉乡：指醉中的境界。杜牧《华清宫三十韵》诗：“雨露偏金穴，乾坤入醉乡。”③饿乡：指饥饿的境界。

娄钤辖二百五十

田横五百史绝称[1]，义为一人而牺牲。
娄钤辖二百五十[2]，对敌不屈同焚死，大义凛然[3]为民族。

庚戌（1970）腊月十一日

【注释】①绝称：称绝。　②静江既陷，既部将娄钤辖以二百五十人守月城不下。元兵笑而围之十余日，娄登壁告元兵乞食假降。元兵遗牛数头，粮数斛。娄与士卒饱食后，共拥一火炮，轰然雷鸣，烟息元兵入视，娄与士卒俱成灰烬矣。（先生原注）　③凛然：严正的样子。

感赋三章[①]

（一）

梁砀间[②]，太平坦，既缺林木，难为家园。

（二）

林虑山[③]，太遥远，欲为冶佣[④]，惜无突烟[⑤]。

（三）

唯有土室[⑥]在眼前，窗牖虽小，
门户难掩，纵然投迹身莫潜。

煞尾一章

云台观[⑦]，九室岩，少华[⑧]石室[⑨]真可羡。
惜无辟谷术，枉自企图南[⑩]。

庚戌（1970）1月10日

【注释】①本诗表达了先生晚年精神无所寄托的心境。②梁砀间：今开封、商丘一带。借申屠蟠事：申屠蟠，东汉外黄人，字子龙。九岁丧父，家贫，佣为漆工，为郭泰、蔡邕等所重。郡守召为主簿不就。隐居治学，博贯五经，兼治图纬。以汉室衰落，乃绝迹于梁砀之间。中平六年，董卓废立，荀爽陈纪等皆协从，独蟠得免。 ③林虑山：在今林州境内。林州古称林虑县、林县。 ④冶佣：炼铁工人。 ⑤突烟：烟囱。借夏馥事：夏馥，汉陈留人，字子治。灵帝时，以敢言为把持朝政的宦官所恶。馥和范滂、张俭被目为士族集团的党魁。灵帝下令逮捕馥等。馥逃亡隐匿在林虑山中，隐姓埋名在一个铁匠家里做佣工，最后死在那里。⑥土室：窑洞。⑦云台观：道观名，在陕西华山的云台峰上。其一为北周道士焦道广建，其一为宋建隆二年为陈抟建。⑧少华：山名，在陕西华县东南，和太华峰相连而少低。⑨石室：山中隐居之室。⑩图南：借陈抟事。陈抟，宋真源人，字图南。五代后唐长兴中曾举进士不第。先后隐居武当山、华山，自号扶摇子，宋太宗赐号希夷先生。有先天图，数传而为周敦颐之太极图，宋人象数学始于抟。著有《指玄篇》，言导养与还丹之事。

自述二首

（一）

老有何所苦？穷有何所忧！
终日无所事，实在令人愁。

（二）

一日三餐堪果腹①，此外不应多所求。
形骸②虽然免冻馁，饱暖灵府③恨无由④。

1971年元月5日

【注释】①果腹：使肚子饱。②形骸：身体，躯体。③灵府：内心深处。④无由：无所适从。“年末身体复见好转，苦无书可读，精神殊萧索也。”（先生原注）

随　感

无恶不“踏地”，有罪即“滔天”①。
纵欲施仁慈，人民俱“左”袒②。

辛亥（1971）正月二十五日

【注释】①“踏地”“滔天”：“文化大革命”中常用语。与敌人斗争常说打翻在地，再踏上一只脚。批判斗争中常用“罪恶滔天”来给人定罪名。 ②“左袒”：《史记·吕太后本记》记载，汉高祖刘邦死后，吕后当权，积极培植吕氏势力。吕后死，太尉周勃设谋夺回吕氏兵权，在军中宣布说：“拥护吕氏者右袒（露出右臂），拥护刘氏者左袒。”军中皆左袒。后来就把偏护一方叫左袒。这里指群众都不站在被批判斗争的一方。

读司空图[1]诗

处困原来须耐辱，离忧哪怕不“知非”[2]。
偷生惜死凭人说，毁誉[3]几曾关瘦肥[4]。

辛亥（1971）四月十三日草

【注释】①司空图（837—908）：唐虞乡人，字表圣。懿宗咸通十一年进士，官至知制诰，中书舍人。因避乱隐居中条山王官谷，自号知非子，耐辱居士。唐亡，朱全忠称帝，绝食而死。著有《二十四诗品》，以四言韵语，咏述诗的二十四种境界，对后世诗论很有影响。有《司空表圣文集》十卷。 ②司空图休官后自名“知非子”，又号“耐辱居士”。（先生原注） ③毁誉：毁，诋毁。誉，赞誉。 ④古语云“积毁销骨，众口铄金”，足见毁谤毒害之深，然亦看受之者态度如何耳。（先生原注）

附：司空图诗《退栖》

宦游萧索为无能，移住中条最上层。
得剑乍如添健仆，亡书久似失良明。
燕昭不是空怜马，支遁何妨亦爱鹰，
自此致身绳检外，肯教世路日兢兢。

吊云青[1]

早岁曾师我，晚年为我师。
创办煦高日，同心协力时。
学校成立后，尔我共主持。
君怀另有托[2]，默契奠根基。
未几遭陷害，踪迹难隐容。
君走我继去，从兹各西东。
二十载暌隔，无从音讯通。
粤自日寇降，闻君在南京。
仍为党事业，地下做斗争。
全国告解放，行政就驾轻[3]。
我继作教育，窃喜为人民。
朝乾复夕惕[4]，尽瘁[5]耐苦辛。
不计名与利，求仁而得仁[6]。
惜只重业务，罔知为身谋。
思想乃掉队，得罪吾谁尤。
遽闻君获愆[7]，大出乎意外。
百思不得由，咨嗟[8]方未艾[9]。
仔细推出身，似亦不足怪。
乘机特走访，款我若不贷[10]。
面貌虽然老，夸我“气象[11]庄”。
君亦同宿昔，精神殊轩昂。
寒暄语略去，仓促诉衷肠。
指导我迷惑，殷勤加针肓。
灌顶须醍醐[12]，眼前现明光。

钦佩投五体，不敏身未遑。
恨时不我与，匆匆即告别。
常冀再会期，孰意遽蹉跌[13]。
平生多未尽，耿耿抑郁结。
已[14]矣乎云青，从此生死绝。
吾心匪铁石，纵横涕泪雪。

辛亥（1971）四月二十四日

【注释】①云青：即丁云青，名士选，荥阳县东大街人。生于1906年（清光绪三十二年）6月。1919年沈先生任荥阳第一高等小学堂教员时，丁从先生就读。后赴日本京都帝国大学留学。1938年参加革命。1941年同先生及乡贤楚子襄等共同创办煦初高中，楚担任校长，丁任校务主任，先生任教务主任，实际由丁全面主持校务工作。1946年加入中国共产党。曾任中央军委高参室高参，南京市政府秘书、经委办公室主任等职。1971年4月23日含冤病逝，终年65岁。 ②君怀另有托：指丁云青从事党的地下工作事。 ③驾轻：比喻对事情熟悉，做起来容易。 ④朝乾复夕惕：《易经·乾》："终日乾乾，夕惕若厉，无咎。"意思是说人们要是白天始终很勤奋，到晚上又能严格要求自己，很警惕，那就不会有什么过失。以后多以"朝乾"和"夕惕"连用，形容一天到晚都很勤奋谨慎。乾，自强不息。 ⑤尽瘁：竭尽劳苦。 ⑥求仁而得仁：出自《论语·述而》："求仁而得仁，又何怨?"原指伯夷叔齐让国远去，后因耻食周粟，终于饿死，孔子说他求仁而得仁，无所怨。后泛指适如其愿。 ⑦愆：罪。 ⑧咨嗟：叹气声。 ⑨方未艾：方兴未艾，形容事物正在蓬勃发展，一时不会终止。此句指丁云青出身地主家庭，受到批判不足为怪。 ⑩贷：推卸，责无旁贷。 ⑪气象：气概，气派。 ⑫灌顶须醍醐：先生改自"醍醐灌顶"。醍醐，精制的奶酪。佛教喻指最高的佛法。佛教指灌输智慧，使人彻底醒悟。旧时常用来比喻听了精辟高明的意见，受到很大启发。 ⑬蹉跌：失足跌倒，这里指去世。 ⑭已：停止，结束。

皮日休（并序）

皮日休，字袭美，一字逸少，襄阳人。性傲诞，隐居鹿门，自号闲气布衣。咸通八年登进士第。崔璞守苏，辟军事判官。入朝授太常博士。黄巢陷长安，迫署学士。使为谶[①]文云："欲识圣人姓，田八二十一，欲知圣人名，果头三屈律。"巢头丑，掠发不尽，疑其讥已。怒甚，杀之。……《万有文库·唐诗概论》

哀章奉新莽，藉凭铜匮劝。
疆华帝萧王[②]，根据赤符献。
两人俱显贵，帮闲良同然。
哀哉皮学士，头颅不保全。[③]
谶语颂圣主，"屈律"岂讥讪[④]！
地下莫把黄巢怨，只为早出鹿门山[⑤]。

辛亥（1971）十一月初四日

【注释】①谶（chèn）：迷信的人指日后要应验的预言、预兆。 ②指光武初封萧王。 ③陆游《老学庵笔记》曰：该闻录言皮日休陷黄巢，为翰林学士，巢败被诛。《新唐书》用其事。（先生原注） ④讥讪：讥笑。 ⑤尹师鲁作《大理寺丞皮子良墓志》称：曾祖日休避广明之难，徙籍会稽依钱氏，官太常博士。赠礼部尚书。祖光亚为吴越丞相，父璨为元帅府判官，三世皆以文雄江东。以上三说未知孰是。而第三说已至宋室，时已隔世，皮氏业经四代尹师鲁其为贤者讳欤？（先生原注）

文

以下从《要找缝钻》到《郭松龄还痛快!》十二篇文章均选自北京大学图书馆所存的《猛进》杂志，皆为沈孜研先生所作。编入时，未做任何改动。——编者

要找缝钻

虚生先生:

读《猛进》给了我不少的指导和兴奋。关于沪案①，《猛进》不惜唇焦舌敝，力竭声嘶地呐喊；见到即说，有病即治，百法俱施地指导群众赶快往救国路上趋。也真所谓“见缝就钻”了，所以也劝人见缝就钻。但是这“见缝就钻”，岂是容易的事!

大凡作事好务其高者远者，疏其小者近者，是人最普通的一个毛病。高者远者成功大显然易见；小者近者成功小微而不彰。所谓“缝”者多是好高务（当为“骛”，编注）远者所疏忽的，或是不屑于做。那末，一是看不见缝；一是看见是缝而不肯钻。你要叫他们见缝就钻，岂不是顶难的事？这惟有求同胞们把心底放明白，要知道一事的成功，决不是仅是好高务远的一二人能办成功的。好比盖造一所房屋，大工程师的大体计划，固然是最要紧的，但是若没有那些小工徒们的弥补缺漏的力，那房子是决造不成的。他们的功，岂能一笔抹煞，一概泯没呢？所以无论大小事都有它相当的价值。况且当国家在这一发千钧危在旦夕的时候，我们凡是一个中华民国的国民，就当量自己的力量尽力而

为。不当计较功之所在，那末，最好是："要找缝钻"！

1925 年 7 月 7 日于京客寓

【注释】①沪案：指五卅运动，中国人民在中国共产党领导下进行的反帝爱国运动。1925 年 5 月，青岛、上海各地日本纱厂先后发生工人罢工斗争，遭到日本帝国主义及北洋军阀的镇压。5 月 15 日，上海日本纱厂资本家枪杀工人顾正红，打伤工人十余人。5 月 30 日，上海学生两千余人在公共租界宣传，声援工人，号召收回租界，随后集合群众万余人在英租界巡捕房门前高呼"打倒帝国主义"等口号，英帝国主义巡捕当即开枪屠杀，死伤数十人，造成震惊全国的"五卅惨案"。这一事件引起全国人民的公愤，各地举行游行示威、罢工、罢课和罢市，形成大规模的反帝爱国运动。这次运动是第一次国内革命战争时期全国革命大风暴的序幕。

行若无事，若无事行！

沪案爆发，举国鼎沸。罢工、罢市、游行、演讲，国民大会，……闹的真是天翻地覆，不可开交。但是你看着那一般碧眼赤发的英国人放过炮，杀过人，还坦然自得的在那高山嘴上冷笑着说："哼哼！看你们这般暴徒有甚法生！能结个什么果！"又吃酒，又作乐，真自在！真安闲！呵！你错了，你只知道说洋人好，我们大中华民国何尝没有这样大风度的人物？你没有看当沪案发生后，全国赤手空拳的老百姓动火的时候，政府也呐喊着服从民意，对外交团提了两次抗议，军阀们也附会着打了两通顾面子的电，一致对外，誓为后盾么？现在沪案移京这么长时候，开议遥遥无期，一再迁延，除每天报纸上还提一提外，这回事好像是消灭了。政府直在那里接送某代表，宴请某大员——其实这是政府的正当职务。外交委员大会只顾在那里设法弄薪金——你太挑剔了，难道爱国就能枵腹从公？军阀们仍在那里钩心斗角扩张其地盘——你更迂腐了，地盘不稳固怎能和外人作战。其余那“猝然临之而不惊，无故加之而不怒”的大豪杰风度的名流君子还多着呢。怎敢说中国无人！但是我听说英人佯从容而阴则大肆其挑拨对手方的内乱，大造谣以惑各国的听闻，大整治其实力以图制其对手方的死命于万劫不复哩！我们底涵养有素豁达大度的大人豪杰呢？恐怕除不慌不忙俨然先贤叶公——名琛的镇静态度外，别的一无所施罢！英人的态度和我们的大人豪杰一比，前者可以说是“行若无事”，后者可以说是“若无事行”！呸！“临事而惧”，孔子所赞。“暴虎冯河”[①]，孔子不取，你们这般浮躁的青年，还是平心静气听候中央解决罢！

1925 年 7 月 24 日

【注释】①暴虎冯河：比喻有勇无谋，冒险蛮干。《论语·述而》：“暴虎冯河，死而无悔者，吾不与（赞许）也。”暴虎，空手搏虎。冯河，涉水过河。

今后国民应取的步骤

外交的消息一天消沉一天，就是那些连篇累牍用改号字登载这桩事的报纸上，也渐渐变成什么江浙风云、陕西战事、苏皖问题、周卢交战，……那些泥中斗兽的戏目了。至于伤心惨目沪案，好像背了时似的，不过在那纸角里夹缝间占一点小小的位置。这我们去怨新闻界么？不能，他们也实则苦于没有消息登。干脆说，我们也不要再希望着看，盼望好消息那是梦想。纵使我们十天八天不看报，外交的形势依然是不能出我们的意料。进展是没有的事。在这个时候我们国民究竟当怎样呢？请愿么？游行么？开国民大会么？……都不行了。拿这些方法去促醒政府，又是枉费气力。那麻木的政府，好似雨淋透的泥，任你如何作弄，也是支撑不起来，那有什么法子。老实说句话，像这样作傀儡的政府，我们从头对于他就没有什么希望，所以现在也没有功夫去诅咒它了。

然则我们又要怎么办呢？——求人不如求己，对外还得对内。归到田间，把我们的同胞竭力团结起来，对于为外人作鹰犬的军阀竭力抵抗，什么牺牲全不怕地抵抗。转了一百圈，还只有这一个法子。当同心御侮的时候，而不得不作阋墙之争，真是我们痛心不过的事情。但到了这个境地，我们还有什么方法呢！

1925 年 8 月 7 日

呜呼！这就是政府的袖里机关？

沪案重查，早已喧传。除我国民外，政府也会口头否认聊以敷衍民意。但却无敢向使团表示任何坚决态度，不作先发制人之计，稳坐钓鱼台上，一若满把握者。哈！现在英、美、日三国的司法官不久即将莅沪，使团也正式照会我国政府了（见十三日京报）。到此木已成舟，生米做成熟饭的时候，不知政府有甚妙计以善其后？想必只须如此如此，空空地向使团提几个抗议以塞其责而已，但至今尚无见其有何种表示。于实际虽不能发生丝毫效力，然对于国民却有话可说了。唉！这种自欺欺人的把戏将谁欺！我敢说政府这种装聋作聩当重查消息传出不赶快作防微杜渐之谋，而于无可挽回时再假卖其气力的态度简直是事前已与英日，……妥协默认的。且看使团照会中有“……望中国深谅……亦能会派委员参加至所欣盼……”云云。“亦能”二字有何等的意味！大有有中国委员也不多，没有也不少之势，这不明明是事到难煞尾时一方面不派委员阳以谢国人，一方面却听英日……自行任意调查，政府的一种金蝉脱身计的作用么？非事前妥协默认完全为遮我们小百姓的眼的把戏而何？呜呼，这就是政府的袖里机关？

1925年9月25日

“追匪失踪”

毕竟人心是公道的。实在现时中国军队中找有像林旅那么样的军纪风纪的真不多得。况且好坏纯由比较。我县自驻扎军队以来，以赫赫有名之三师，十四师，董旅，张团，……谁有像林旅那样的买卖公平，保护商民！要再和陕军、憨师那样的骚扰、敲诈一比，更显得林旅简直是拯我民于水火，登我们于衽席，怎能不使口碑载道，歌功颂德，全县爱戴呢？

虽然他底——林旅兵士在市面上和市民也不断的有点把冲突，些须纠葛，但也由于市民太不忍耐了。像西关的住户王凹斗叫兵拿走了一幅被子那回事，试想一个被子才值几何？委实他底军队也没有像别的军队不断的明抢暗夺，讹诈剥削过，不客气地说要像憨师硬派你说你家中有枪，或搜出烟土，恐怕你荡了家产，也或不能免于罪。则王凹斗者自当体谅诸位弟兄的高谊，把被子恭恭敬敬地送去，才是个道理。不料他竟恃着林旅的军纪素来严明和“……尔等商民无故不得高抬市价，我军士卒亦须买卖公平，倘有不法军士巧取诈骗，务望扭获报官，本旅长亦必按法惩办，……”旅长出的皇皇的告示，毅然报告营部了。诚然，为小小一点的事，去败坏林旅的名誉，也太可恶。况王凹斗竟敢又捏造说该兵侮辱他底女儿，怎能不使营长动气！末后虽加王凹斗以恶棍地痞、刁诈图赖的罪名，赏了二百军棍，罚了洋元三百，即叫我们老百姓说起来，谁不说他这是“官不欺民，民欺官”的行为，咎由自取，罪有应得！

林旅长对于我们县要算深仁厚泽，对于我们的百姓也真是处心积虑，无日夜不为我们计。即以那次筹饷说吧，实则是兵士有不稳消息，旅长才召集我们底乡绅村长，“兵士已靡饷三月，目下生活无法维持，三日内再无办法，城内的治安，我就不能保险……”恳切深痛地说，旅长的困苦我们深刻体谅。虽说不满一日商号住户凑齐了大洋五千元，馒头千余斤，肥猪二十头，一个小小的破费，却顾全大局不少。不然，哄然哗变，不惟尽城遭殃，玉石俱焚，恐怕蹂躏糟蹋，而尚有不堪言喻之处。略有深谋远虑的一想真要不寒而栗。旅长这番苦心，不仅当体谅，还应该焚香顶礼叩谢呢！并且自林旅住县后，乡间土匪虽说仍旧横行霸道，抢架焚掠，然却不像姜团住城时城门楼上作架票子的窝窟。现在呢？一个城池保得的确铁桶似的，四乡富户谁不潜逃城内，赖以保全，所以我县的精华萃集一城，乡间留下的也不过是些中下住户，不必十分顾虑，集群富而出若许饷项，夫谁曰不宜！况旅长还是为我一般小民打算，又不是勒索自肥哩！

我们于感谢林旅之后，犹不能不追本求源感激我们的县长和绅士。林旅在我们县所以这样的仁人爱物，保城安民，实则是我们县长和绅士之招待周到，奉侍殷勤所致。像开欢迎会，演祝寿戏，宴官佐，送节礼，……教他们底兵士也亲口说向来到各处没有受过像这样的待遇，所以兵民之间才发生这样的好感。旅长也不断对人夸耀说他与我们县也发生亲密的关系了。这样县长绅士苦心孤诣为我小民打算，竟有一般人还骂县长善拍马屁、绅士勾结军队从中渔利，真是罪不容诛，死有余辜。纵令他们——县长、绅士有些嫌疑，不过是一种揣测之词，有谁见之！虽说赵毅臣，李超群，——我们底绅士，——都会夤缘着作旅部副官，毕竟与他们——军队——拉扯的人多了，越是我们的福利。不然像王凹斗这桩事，怎么能只罚三百元了结呢？

这次为旅长做寿的设施摆布，完全是我们仁爱的县长，热心的绅士的主旨，玩了三台大戏，演奏三日烟火，彩灯，把艺，……各式各样的游戏，要比我们往年正月的赛会强万倍。第三天为我们功德无量的旅长挂长寿匾，立神道碑。虽挨户派钱，但有谁不乐意出？况旅长这样的仁爱与民同乐，任人游观，真是“金吾不禁”，日夜欢腾，据我们乡下老说生来未见过这样好的玩艺，这样热闹的盛会！方且庆幸此全系旅长所赐之不暇，又怎能顾及到别的！

匾也挂好了，碑也立起了，好热闹的盛会也只掉此一晚了。方满城沸腾，欢天动地，人山人海，鼓乐齐鸣，男女老幼扰攘着争过这时不我与一顷之留余的快乐大会的时候，霎时间真的烟火响了，“……”清脆响亮。不多时满城互相应着哄响起来。即以素不曾受训练的老农底耳朵，听着与纸炮也有些不相像了。刹那间狂风骤雨般的喧闹，陡变成凄凉惨淡寂静。满街上不要说能找着一个人影，即连鸡鸣狗叫的声音也是没有了！真若深夜停演了的戏场。

当我跳墙钻洞过了一夜像惊弓之鸟、避猫之鼠战战兢兢的生活，天明枪止，从一个狭小肮脏的土洞出来的时候，回顾才知那是一个曾经埋过死人的墓穴。但我们却没人嫌其龌龊，土头土脑地钻出不约而遇的三四十个，还是男女杂居。到街上一看，一群一群不知所从出的人都像从墓坑里爬出来，满脸土气，东张西望，惊惶失措地走着，都好像不知道昨夜的一场恶梦是为什么。却遇见许许多多误碰枪弹而死的老百姓的尸身，横三竖四在街巷直挺着。

于是议论纷纭，街谈巷议，没有不是胡猜疑乱揣测的。末后终得了一个可靠的消息，说的确是军队哗变了两连。不料声誉素著的林旅能发生这种事，那些兵士也太不为旅长留面子。这叫旅长怎样处置？但不到正午却见满街上贴着：“……昨夜有匪徒乘我不备，自城西南隅爬墙窜入，以致……除已分队进剿外，合行布告，仰尔人等各安生业，毋自惊扰，倘有不法之徒从中煽惑谣言滋事，定以军法相从……”旅长皇皇的告示。

旅长总算能当机立断，镇静处世，这样的大风波终于淹没住，神不知鬼不觉的过去。但兵变这桩事，三天后便证实了，变兵居然押解回来三四十名，据说是一股窜入密县境内被红枪会捉住的。我们真不能不为变兵着急，意谓他们死有期矣。

我们底县长绅士又召集我们了，他们不知在那里听说由军队传出来的消息：说设若旅长要把变兵办了，他们非都炸去，把我们县屠了不可，我们底县长绅士都怕了，为顾全合县的人民计，议决往旅部给变兵讲情说项去。我真害怕，诚恐要触了旅长的怒，自讨没趣。但为大势所迫，也只好附随，一路没有想出恰当的话。赶到森若阎罗殿般的旅部，旅长居然传见了。我捏着一把汗跟着进去，一排一排站在院里，旅长站在台阶上，盛容的发问何事。只见我们底县长在前排垂首直立，发话道："为的还是前天的事，听说追匪失踪的弟兄们有些回来了，他们虽说不无小过，但确为的是追匪，我们总当感激的。所以我们代表全县人民，来为众弟兄们请命，恳旅长要……”慷慨的谈了一大篇。说毕，看着旅长的愠意也渐释，遂说："……既是诸位有这番盛意，我当从长计议，现在人多，不能细谈，唯西庚县长暂留，诸位可先回去，……”说着命送客。不料旅长这次更格外的赏面子，竟然把我们送出大门以外，一路想着真是荣幸极了，不能不叹服我们底县长，机智、能办事，就是有作县长的才干。至今思之“追匪失踪”四字尚有余味……

1925 年 9 月 28 日于京寓

接家乡来函，匪兵骚扰，莫可言状。明抢暗劫，横行无忌。搜掠之法愈演愈奇，居无城乡，在所难免。中产以上，皆难安居。轻则倾家荡产，重则死亡流离。即前所恃为安乐窝如城厢者，亦复不可一朝居矣。回忆往昔相差不啻天渊。聊将昔日幸福据实写出，以示不能再尝之意。若其人名、军队，虽未尽能与真相符，但事却系亲身经历，即往旅部说情，作者的属其中之一。虽非佳构，尚不失实，用表追慕之思云耳。

作者附识

这算什么手段？

《猛进》三十期紧要启事中有云："本周刊……不意第二十五期送至邮局发往京外之报，均被京师警察厅检验扣留……"警厅这种行为的主使者，不待智者而知，至于此等行为是否合法？姑且不论。在该报的自身上有无被扣留的条款，——自然是扣留者认为的，——不得不先为考察一下，于是我自第一期到第二十五期从头至尾看了一遍，并没有一般所谓离经叛道的男女恋爱；污秽恶滥有伤风化的文辞，更找不出全国震骇认为洪水猛兽，祸国殃民，有害治安的共产主义；再不知中了在位者的什么毒，触着当道者的什么忌！百思而不得其故。哈哈！恍然悟矣：莫非是它底里边常得载有批评时事的文字，对于政府的措施乖戾，不畏权势的直然加以掊击？国是自有肉食者谋，何须你们这班狂鄙之徒干预！夫干预犹可恕，而不作"政府以至公之心，保持平衡之局，使不横决，而后国家可创小康，建设诸端，亦得徐徐董理"，"政令规模之大，影响之远，……以此为第一"，啧啧称赞之词，而又喋喋焉议论其是非，宜乎其被扣留也。然诤言自古是逆耳的，吾之行若无疵虽毁何害！反而吾之措置不当，亦何妨纳言如流？凡惧人议论短长，即护短庇过之特征，此言吾固知非对于现当权者之所可道，即并此而不论。所谓堂堂政府之所为总宜冠冕堂皇，夫某报有违法之嫌，则依法惩治，不然则查封即查封之，亦不失为磊落暴戾之行，何鬼鬼祟祟暗行扣留为！嘻，"防民之口，甚于防川"，拙矣，岂较此犹差万分者哉！

1925年10月2日

对于时局的希望——战争？和平？

喘息未定之大局，自孙传芳揭竿一呼，闽鄂……响应而所谓联军者崛起后，不幸政府自诩以至公之心，保持平衡之势，时局得以渐安之象又呈危状矣。当时政府所恃之均势定大局政策，我们根本即不可相信。非敢自诩聪明，实以近年来军阀们扰夺地盘，侵略自利之教我们领的已足足。试一叩高倡和平的军阀之心，孰不有“囊括四海”，“席卷天下”之大欲？“得陇望蜀”谁肯厌足？是以历年来纯要“大鱼吃小鱼，小鱼吃马虾”，起者仆，仆者起的把戏，遁象演变，无少或息。噫，“均势”既非澈底治安政策，何况政府口头所谓至公之心者，骨子里实际是承一二军阀之鼻息呢？故风波不免，非至愚者孰不虑及——然一声霹雳后，一若陡然即至之疾风暴雨，顿呈阴云迷朦浑沌迟滞之势。此实政府各方奔走，极力拉拢，“麻线系骆驼”之力，在现在翻云覆雨的军阀，钩心斗角的政客，捭阖纵横，作俑作祟。将来时局的变幻殊难预料，或许云消雾敛，渐呈一线清明之象？和平，吾辈小民所渴望者也，然而政府不作根本之图，仍为“剔骨分肉”，一时迁就苟且之计，敢断言其不能拨云雾而见青天，长享治安永赋太平。难免杀气隐伏，歇足待斗。吮我们之血以养其精，舐我们之脂以蓄其锐。施行其欲进姑退的政略，虽得一时之暂息，究于我们有何福利呢？与其“钝刀锯利”，零星受罪，何若快刃挥断，一痛过去！岂奈所谓一痛过去者，都是一痛未止，一痛起，既非一痛即死又非一痛即愈。以前军阀之相搏斗，我们何尝不希望那带着假仁假义的面具的获得胜利，为我们造些福利！讵料此层假面具揭穿，“黄鼠狼生了一群兔子——一窝不胜一窝”地更迭后，才知他们完全是和我们小民作战。他们是在演戏的，谁胜了，就在舞台上弄一时枪，舞一时棒，翻两个筋斗，喊两声腔。

谁败了，不过在后台躲一躲，过一时平安的休息，再出来把跳弄得筋疲力尽的赶向后台去。戕杀的是我们小民的生命，践踏的是我们小民的田地，焚毁抢夺的是我们小民的房屋金钱，奸淫虏掠的是我们小民的妻子、儿女，……我们小民是常败将军，他们谁不是个人获得胜利？将谁希望，将谁诅咒呢？再仔细想一想究竟战了好呢，抑和平好呢？……

1925 年 11 月 3 日

豫民生活的一斑

——一封友人来信的陈述！

前者因“河南人思念吴佩孚”问题，我曾写了一篇文章投入《新声》，详述吾豫人民现时生活困苦情状，尽因数年来天灾人祸相继频仍，人民辗转于水深火热之中，迄无宁日。去岁自国民军入主以来，虽极力整治，然大战之后，溃兵，盗匪，遍地皆是，纳降投诚假冒名义盘踞一隅，肆行无忌。故军权不统一，遂而庶政莫展。此较诸吴氏坐镇洛阳，军民大权全在把握者固自不同，但民间疾苦不减往昔而尤甚。实亦无可讳言。所以我把民间困苦的情形和民众愤懑的心理切实写出，不意或为文字背谬关系，被主撰者削改了，其本意却失去太半。顷接家乡友人来信，谈及民间情况，实已达民不聊生境地。噫！吾民何辜遭此荼毒？如此情景者豫省决非仅吾荥之一隅，在中国亦非仅吾河南若是，拭目一望何处是干净土？虽系吾县一隅之苦况，实足以象征我国人民生活而有余。故藉素为民众呼吁的《猛进》代为发表，愿注意民生者共急起图之！

……噫！吾荥人民困苦情状，真不堪告述了！时光呢？自入秋以来，天气亢旱至今未雨，二麦尚未播种，粮价日益增高，大有米贵似金之势。中人之家已遑遑不可终日，下焉者愈行颠沛流离，灾象已呈矣。更加兵差日紧，徭役难支，前日县长向李芾村（须水镇人，仅小康之家）索现洋七千，芾村答以无有，县长登时把他看管，并当面说："这就是起官票，没有钱是不能走的。"旋又押在礼房，至今未释（因纸币充斥，铜子已难找，现洋更无论矣）。郭承恩以支应局局员与某兵士言语冲突，竟被连长抓去打了二百军棍，差徭之紧于此可见一斑。其他枝枝节节更难罄述。此尚不足，讵料昔日农民赖以自卫的红枪会亦大肆猖獗。月前在须水镇与老红学决斗，杀伤数十人。红枪会以得胜之威，气焰更炽。未几，贾峪之惨杀又起。先是暑假期内留京学生张君勉之阴君儒修及外邑戴、萧二君归来提倡组织农民协会。贾峪，盘龙寺……等处先后萌芽，阴历八月初胡伦——四川人，德国留学生——来荥佐助。于是县城、遇隆镇、须水镇……等处亦相继成立，颇有声势。不意一班劣绅匪类，或以为有不利于己，陡于阴历八月二十六日有名王三者率领红枪会人百余，将农民协会委员长张虎宸全家惨杀十一口。既杀其身，复焚其尸。时戴、萧二君正在贾峪，颇受大惊，仅以身免。自此红枪会之气焰已无人敢敌。勒索讹骗之事层出不穷。或逼出钱买马，或强请客送礼，官厅束手无策，目下草木皆兵，较富者咸逃外方，即穷人亦不安于室矣……

1925 年 11 月 13 日

国人怎样对付胡子呢？

张作霖以胡匪而盘据东三省，强梁跋扈，凶悍专横，野心未戢，蛮性未退，时欲并吞中原，帝揽国政，早为识者窥破，国人唾弃。不意历来政府不以堂皇正大手段歼此恶贼，反畏其倔强，怯其势利，利用其佯装服从恭顺之美名，"引狼供肉"，而思有以羁縻驯顺之，以致"养痈成患"，终成不制之势。近又因郭松龄倒戈，恃“宁恭送于外人，不亡于家奴”豺狼之心，明目张胆。乞援日本，——其实早矣。所差者名与实耳。——盗卖东省，政府仍熟视无睹，现在竟进一步脱离政府而独立。——见十三日各报——将拱手葬送三省于其素受庇护翼卵之恩主，而为朝鲜之继。即阳隶中国而实脱离之名，恐亦不能复得。吾不知昏聩麻木之政府，将何以处之！将何以处之！吾国人对于这样重大关系的事情，又将何以处之！

1926 年 1 月 22 日

军阀万岁！军阀皇恩无极！！

现在一般厌恶战争、诅咒军阀的开口不说摧残民生，就说他们——军阀——不知道民间疾苦，镇天奔走号呼，其实都错了，简直是忘恩负义之谈，荒谬乖戾之举。不见夫他们底讨伐倡乱的檄文乎？不曰：“某也天性好乱，甘为戎首，……战祸惨伤，苦我人民……”即曰：“某也擅构甲兵，黩武逞雄……蹂躏人民，涂炭生灵，……”民间疾苦他们已稔熟，又先我们而呼吁了。不观夫他们表明心迹之宣言乎？不曰：“某也酷爱和平，保境安民，……耿耿此心始终不渝……”即曰：“怜倒悬之待解，鉴黩武之非宜，……洗我甲兵，救民水火，……”他们兴兵的目的又都是为我们国民求福利而作战，原是不得已而为之。这番苦心曲衷，无论如何，我们应当原谅的。虽说我们免不了惨杀，流离，饥饿，……种种战争的苦处。但经大杀戮以后，马上就成立什么善后会以善其后。甚至于那些深仁厚泽，佛口慈心的军阀大人们还要慨然捐其廉，几百万几千万的赈济。哈哈！我们当若何感谢？不然，真是丧心病狂，盼望我们同胞以后不要再厌恶战争，诅咒军阀，当群起同声一呼：“军阀万岁！军阀皇恩无极！！”

这就是政府的政略！

政府历来惯用“慎重考虑”、“镇静处理”等美妙的名词掩饰其“优柔寡断”、“畏缩不前”的态度，以致事多弄成僵局，观其最近对付沪案和陕事可知了。这种迁延推诿的行径，真要把人气坏急杀，谁知原来这也是一种政略？看《甲寅周报》章教长有云：“……以善意而迁延及以迁延而获良效者……”政府也许是深得这个妙诀了。愿国民稍安毋躁，静待良效！

1925年8月28日

郭松龄还痛快！

现在的一般军阀，我对于他们实则不想有所评论，也实则不能有所评论。因为他们那反三倒四矛盾的态度，真所谓“水里泥鳅”，难以捉摸。今日呼喊着为人民请命，明天就许拉着人民乒乓地枪毙几个。举凡所谓中国的军阀和他们的作为大概都是如此。举一个例子，像当年的吴子玉（佩孚），直皖战争初起的时候，竖起他那为人民驱除国贼的旗帜，招摇撞骗了我们多少脑筋简单的青年，几乎要把吴大帅推崇成神圣。谁知口沫未干，他却尽食其初言，变本加历的恣睢暴戾。这是号称刚直，自比岳飞的还是这样，其余朝夕万变的更不用枚举了。所以他们的作为无论拿着那一种方式去例用都不适合，也只有到“盖棺论定”的时候再说。那么，这次奉张的得力家将郭松龄之倒戈，一般受了传统思想的老道德家，骂他“忘恩负义”固属不可；然一般受新思想洗礼的新进家就称赞他“大义灭亲”倒也不必，只有“静观后效”看他将来的目的、行为吧。不过有两样，最洽吾意的：一是枪毙姜登选，不管他是否是贼杀贼，但杀一个总少一个，省得他潜伏些时再出来祸国殃民，革以前除祸不除根的弊害；二是他致张学良书中“设不幸失败……亦惟有伏剑自杀而已，决不要钱，决不讨饭，决不步现代失败人物的后尘……”的几句话。历来混蛋的军阀，都是拿着人民的血肉碰。胜了，他安享尊荣；败了，他优游自得的携金钱、拥妻妾，跑到什么安乐窝的租界，可谓天良廉耻丧灭净尽。不意郭松龄还想独创一格为军阀开风气。所以，如果枪毙姜登选是真的，他真能照他的话——失败自杀——实行，我要说“郭松龄还痛快！”

蓬莱散记

以下从《蓬莱城》至《观海市记》，共12篇文，先生写于1935年至1937年。——编者注

蓬莱城

蓬莱古登州府治。城二，南北相峙，坚固雄伟。南城大而背山，居民麇集[①]，商贾辐辏[②]，局所县署在焉。北城小而临海，只南门一。城内泰半为一塘坳，北垣开闸，海潮来，俨然湖泊，潮退则水立涸。商船出入，装卸称便。盖明武毅公戚继光所筑，以练水师防倭寇也，故名曰备倭城。今城北垣上尚有炮台，铜炮一尊，古色斑斓。横卧其巅，翘首东指，若不胜其寂寞者。居民零落[③]，俗呼之曰水城。设城初意，早失却矣。

1935年10月3日，蓬中

【注释】①麇（qún）集：聚集在一起。 ②辐辏（còu）：车辐的一头聚集在轴心上。形容人或物聚集在一块儿。 ③零落：稀疏不集中。

备倭城

备倭城为有明戚武毅公继光筑以练水兵备倭寇者，故名。北濒大海，汪洋无际；南与县治一溪相隔。城南北狭长。南辟一门，北开一闸，正中为一大塘坳，海潮至则为湖泊，退则涸焉。东西两沿散处居民。城西北隅[①]，突出一峰，曰蓬莱。蓬莱阁雄峙其巅[②]。东北隅筑炮台一，上置古式铜炮一尊。倭之为患由来已久，明戚武毅公父子备倭威镇虾夷，寇不得逞。今则门户洞开，藩篱[③]尽撤，倭患日深，华北岌岌[④]。睹戚武毅公备倭遗迹，神为黯然。

1935 年 10 月 3 日蓬中

【注释】①西北隅：即西北角。隅，角落。　②雄峙其巅：雄壮地耸立在山顶上。　③藩篱：原意为篱笆，这里是屏障之意。　④岌岌：形容危险的样子。

蓬莱阁

备倭城北部有山曰蓬莱，下临碧海，城垣沿山纠屈[①]乃尽于斯。极峰有飞檐画栋，黄瓦丹壁，孤亭翼然[②]，廓腰缦回，远望犹如蜃楼海市[③]者，即古今盛称之蓬莱阁也。登阁遥瞩，南则群山叠翠，层峦起伏；东则碧波无垠，水天一色。长山群岛自北而西，连绵罗列，林木屋宇，隐约可见。俯瞰则绝壑万丈，危崖如削，波涛汹涌，奔腾澎湃。加以风吼潮訇，有如千军万马，极尽大观之至。而又以春夏之交观海市为尤胜。

10 月 3 日蓬中

【注释】①纠屈：弯曲。　②孤亭翼然：孤零零的亭子像鸟儿展开翅膀的样子。　③蜃楼海市：也叫蜃景。一种大气光学现象。光线经过不同密度的大气层后发生显著折射，使远处景物显示在半空中，或地面上的奇异幻景。常发生在海上或沙漠地区。

万斛珠玑

蓬莱阁西里许，一峰突入海，山石错落，潮水冲刷，玲珑剔透[①]，光怪陆离[②]。转山角西行，为一弧形岬，危崖如削，峭壁矗立，波浪汹涌，涛声訇[③]隐。岬内石子平铺，因潮水长久磋磨，晶莹光滑。色有白者、青者、紫者、带花纹者；形有圆者、扁者、球状者、卵形者。至大如桃核，最小如杏仁。经海水洗涤，潮雾漫润，俱光鲜若碧玉。琳琅满谷真乃珠玑无量，岂仅万斛。崖之下部，乃纵列横卧之岩石，以受海水之润泽，亦均璀璨[④]瑰伟，清故宫之宝藏，比之有逊色焉。岬之东崖端，有一洞如井。潮水横钻入，内有二巨石，潮来则轰然相砰，俗呼之曰蛋儿窝。岬西崖端，潮水亦横贯一洞，深而大。土人呼之曰老虎洞。岬内北望长山群岛，东西罗列海内，犹若万里屏风。

10月7日蓬中

【注释】①玲珑剔透：形容器物结构新奇，精巧美观，多指中间雕空的工艺美术品。这里指山石。 ②光怪陆离：形容五光十色，形象奇异。陆离，色彩繁杂。 ③訇（hōng）：形容声音很大。 ④璀璨：光彩鲜明。

游羽山

蓬莱县城东南约二十里，有羽山焉。《寰宇记》谓即舜殛鲧处[①]。二十四年双十节，因学校旅行，得往游焉。

是日，天气清朗，万里无云。风和日丽，煦暖如春。中途北望碧海，平明如鉴；南眄[②]青山，锦绣如屏。水色山光，相映如画。蓬莱仙境，殆即此也。

抵山麓稍憩，略进茶点，即行登山。曲径坎坷，步履维艰。

既而，山陡路绝——遍山生高于人等之马尾松，嶙峋[3]怪石隐现其间。攀松缘石，蹭蹬[4]猱升，数息，始达山巅。

山不高而秀，路不幽而奇。极峰下眺，畦田方罫[5]，一脉青青，犹若粼粼碧波。村落星布，树木参差，有似岛屿罗列。北瞩大海，近在咫尺，渔帆点点，遐迩[6]掩映，俨然湖泊。青苗碧波，两相辉映，争艳斗丽，炫奇矜异。斯时也，目眩神驰，飘然兴出尘之思。

按：羽山有二，一在郯城，郭璞《山海经注》及《一统志》，孙星衍《尚书疏》，均谓舜殛鲧处，系郯城之羽山。

双十节后一日记于蓬中

【注释】①舜殛鲧（gǔn）处：即舜处死鲧的地方。鲧，传说是夏禹的父亲。因治水失误，被舜帝处死。殛，杀死。 ②眄（miǎn）：斜着眼看。 ③嶙峋：山石重叠不平的样子。 ④蹭蹬：路途险阻难行。 ⑤方罫（guǎi）：方格。 ⑥遐迩：遐，远。迩，近。

访戚墓

羽山之西北，五六里许，有芝山，明戚武毅公继光之墓在焉。由羽山北麓曲屈西北行，越沟逾岭，而失其道。觅一拾柴童子为向导，盘旋屈折行。少顷，抵芝山南麓。半坡累累荒冢，据云即戚氏茔。至于某为戚公冢，则莫辨也。童言戚公冢在芝山之下，隧道甚深，其父幼时，尚有洞穴可寻，常往来其中为戏云。以童言荒唐不可信，询之蓬莱人，果然。盖十数年前，墓曾一度陷，土人盗掘之，为戚氏告发，讼之官府，亦戚公幽冥[1]之厄[2]也。茔中树木既少，碑碣亦无。欲一考证而不可得。无以凭吊，徒增怆感[3]。仅民国十一年蓬莱县知事唐翼猷为树一碑，今亦仆地，而字迹尚清晰可辨，录之以为戚冢唯一无二之掌故。

公讳继光，字元敬，号南塘，别号孟诸。清谥武庄。有功明代，威震华夷，曩读公所著《纪效新书》《练兵纪实》，已心向往之。今宰此邦，幸得游览芝山，瞻拜邱墓。然所见皆荒烟蔓草，并无只字残碑足以托忠魂而纪功德。噫嘻，河山未改，国是[4]已非，门户洞开，藩篱何在？抚今追昔，能无怅然！九泉有知，当亦拔剑起舞。谨勒数语，以志景仰云尔。

双十节后一日志于蓬中

【注释】①幽冥：阴间。　②厄：灾难困苦。　③怆感：悲伤的感觉。　④国是：国家大计。

谒戚祠

访戚墓之翌日，偕同仁王天一君谒戚祠。王，蓬莱人，与戚公后裔故交也。祠在府衙前街，坐东向西，与普通住宅无异。正门横额曰："明戚武毅公祠"。门常扃[1]。左一旁门，即其后裔住宅。由住宅可通祠院。前院有东穿堂三间，据云系二门改造。堂外楹[2]上悬冯玉祥对联一副曰：

先哲捍宗邦，民族光荣垂万世；

后生驱劲敌，愚忱惨淡继前贤。

字豪放，而文悲壮。堂内正屏风上悬武毅公画像照片一帧。楹上悬吴佩孚联曰：

雪国耻在四百年前，公不愧曰武；

绍兵法于十三篇后，我曾读其书。

上悬一横额曰："吾将私淑[3]"均系吴亲笔，志亦不弱。（按：公曾著有《纪效》十四篇，故吴联曰兵法十三篇云云。）过穿堂为内院，北厅三间，为公享堂。中祀武毅公牌位。内外楹联甚多，而以庐江吴长庆之：

生平大功在备倭，城郭依然，公去苍茫谁嗣者；

天子有命使防海，祠堂如故，我来惭愧是乡人。

一联为甚佳。龛内藏公画像一轴，乃新近摄旧绘者——旧绘秘藏家内，轻易不示于人——须眉飘拂，栩栩如生。上有郑孝胥题跋诗：

南塘守蓟门，上疏论边事。
七害与六失，极之以四弊。
所言诚晓畅，执政可其议。
筑台三千里，财用亦已费。
号令既严明，器械尤犀利。
不恃彼不来，恃我实有备。
在镇十六年，虏骑莫敢至。
当时遣大臣，三岁一阅视。
督抚不掣肘，诸将交节制。
呜乎谁之功，江陵方在位。

后附跋语曰：

“光绪乙丑余督办龙州边防，作此诗。时建议设东西两路电报，且练炮队，而皆不果。乃知戚元敬之功，皆张江陵之功也。”

乙丑七月孝胥

今郑孝胥投伪满，甘做倭奴傀儡之走狗，尚敢以公自方乎！忆及此诗当又做何感想也？询公十世孙家中是否藏有公之遗著，则云俱散轶无存，不胜惋惜。厅东一小偏院，院树两碑，一刻“忠”字，一刻“孝”字，各有小字题跋，惜皆模糊不复可辨。据其十世孙谓文天祥书，或系文公之字由他处拓来复刻者。盖取二公之忠烈，同足以炳耀千古乎！院既湫隘④，祠亦矮小，荒凉惨淡，不胜凄怆之感。惟院中之公孙树⑤一株，挺拔直上，似象征公刚烈忠毅之气者。其十世孙以珂罗版印之公诗一帧赠余。诗曰：

“叱马过幽州，横行北海头。朔风喧露鼓，飞电激蛇矛。奋臂千山振，英声百战留。天威扬万里，不必侈封侯。

戊申九年秋奉天使巡狩过幽州道上句

戚继光”

据云此诗系由福建拓来，盖公镇守南海刻石者。公之遗迹，故乡散佚不可考（按：公之前已七世居蓬莱，宜言故乡，不应谓为皖人也），而犹待搜集于他方，惜哉！最近地方上拟为公刊纪念册，因无资力出版，各方捐助，而当此极力推行睦邻政策之秋，当道者谁复能忆及背时之抗敌御寇之戚公。以于学忠之地位、身份与乡谊，仅捐大洋百元，其他可知。（按：公抗日行为与现国策之抵触，其祠堂不至立毁者，亦幸矣！）公十世孙名戚云竺

二十四年（1935）双十节后一日记于蓬中

【注释】①扃：关门。 ②楹：堂屋前面的柱子。 ③私淑：旧时敬仰某一个人的学问，虽然没能得到他本人的亲自传授，而把他当成自己的老师，自称为私淑弟子。 ④湫隘：低下狭小。 ⑤公孙树：银杏树的别名。

万斛珠玑野餐记

天高气清，风和日丽，时届季秋，煦燠如春，斯盖蓬莱之特胜。星期六午后课毕，同仁偕赴西海——城东海滨，土人呼曰东海。城西海滨土人呼曰西海——作野餐，命厨役担馌[1]往。三时余抵西庄。乃海滨二三渔家之小村落也。海岸沙平如砥，立滩上观潮水往复激荡，偶一不慎，浪花四溅，飞洒满身。急避之，则已倏然远去，似与人故作嬉戏者。天将晚，犹不见厨役至。乃登一峰远眺，遥闻呼喊声。及稍近，始识为厨役。盖彼将餐饭送至万斛珠玑矣。遂循山路东行。经老北山，悬崖立陡，下临碧海，羊肠曲径，两股战栗。复前，攀岩履石，盘旋而下，蛇行数十武[2]，始达万斛珠玑。坐卧滩上，远望无垠碧波，尘虑[3]为之一涤。或歌，或啸，或奔，或驰，有若不羁[4]之马。俄而豁拳行令，互酌共饮，杯盘狼藉[5]，咸有颓然之势。时天已暮，不敢多留，

遂踉跄[⑥]攀援而登。懔然如履薄冰。互搀扶以行，偶一失足，有立成齑粉之虞[⑦]。及达老北山顶，暮色已苍茫四合，联东西海而为一，即陆与水亦浑然矣。县城如浸于汪洋中。灯火莹莹，犹若海舟星点，只山峰一二突出暮霭之上，疑似火轮。立山顶，观四围茫茫，听涛声訇訇，如置身于仙岛，不禁引吭高歌，呼啸而返。同游者为邹君湘乔，夏君岷山，王君新甫，朱君幼青，路女士英杰，及其他共十多人焉。时民国廿四年十月二十日也。

十月廿一日记于蓬中

【注释】①馌：往田里送饭。 ②十武：十步。武，步。③尘虑：尘世的杂念。 ④羁（jī）：束缚，约束。 ⑤狼藉：杂乱不堪，乱七八糟。 ⑥踉跄：走路不稳的样子。 ⑦虞：忧虑。

赶 海

海水之潮汛日凡两次，每逢大风雨后，退潮必大。蓬人谓之“大靠”。大靠乃赶海之绝好机会也。

沿海居民于每日潮汐之时刻，以经验咸有充分把握，何时大靠，早有准备。潮汐甫退，即呼男唤女，扶老携幼，提篮负筐，群集海滩，拾取海产，犹如集市。无论昏黑黎明，争先恐后，若农家耕耘收获之忙碌。蓬莱以拾海蛎子者为最伙。蛎子生石上，略似蚌，惟单壳。采者执短棒，一端有铁钩，敲砸之声，乒乓不绝。秋冬蛎味最鲜。穷者贩卖，富者则饱啖[①]美味也。以是不论贫富，白首老叟，黄发幼童，老妇少女，村姑摩登[②]，壮而健者，美而妍者，几空室而至。于水中滩上，往复搜寻不休。双履浸透，在所不顾。男者尤多赤身裸体，女者对面若不见。“羞陆不羞水[③]”，已成惯习，恬不以为怪也。

十一月一日记于蓬中

【注释】①啖：吃。 ②摩登：时髦，现代。 ③羞陆不羞水：沿海沿河的百姓在水里没有性别的忌讳。

海钓

吾人素称钓曰垂钓，海滨钓鱼之法颇奇异。其最特别者有二：

劈竹为篾，然后以漆胶合而缚之，若普通之细竹，而坚韧异常。每杆价七八元不等。末端系一金属圈，中穿线。线皆丝质，盘于杆下端若风车之上。线端缚多钩及一铅球。人执杆下部，旋身急抛之，可五六丈远。以手掣线，有鱼食饵，则盘旋风车，线绕尽，而鱼出矣。杆置岸上，一人看管四五杆不等，与普通持杆垂钓者大异。

一法用小木板一片，上横张一布，若船之帆。以线系木板，线端缚钓饵数枚。如是放于水面，则木板上之布，乘风飘入水中，人持线之一端立岸上，有鱼吞饵，则急掣回小船，鱼随钓而出矣。

此二法用之者虽多，要皆富有者借以消遣，以渔为生者固不若是也。

十一月十日蓬中

北王赶会记

蓬莱谓庙会曰“开山”，玩会曰“赶山会”。城东南八里许，有村曰北王，夏历三月十三至十七为开山期。十四值星期日，又为清明节，同仁偕往游焉。

是日天气微风而燠暖，沿途行人络绎，绵亘数里。会场在一河岸，男女老幼，比肩接踵。行商负贩，鳞次栉比。熙熙攘攘，闹热非常。有旧剧一台，演唱皮黄。虽未可与都市比，然衣饰之鲜洁，角色之整齐，实农村所罕见。场中摊贩，以售茶、酒菜及零食者为多。小者担负叫卖，大者支席棚，设桌凳，俨然城市中之茶馆酒肆。老农三五，乡绅数辈，或品茗细谈，或浅斟大嚼，遍场触目皆是。有极乐世界之概。尤异者，会中以少妇妙女为最伙。三十岁以下，几无缠足者，窈窕清秀，绝无村俗之气。有都市妇女之美丽，而无都市妇女之妖艳；有都市妇女之大方，而无都市妇女之浪漫。大有江南风味。于斯可见蓬莱富庶与文化之一斑。余等十人便餐一顿，鸡鱼酒肉，海味尤多，仅费用三元六角，而一茶之资，竟耗三元之巨，然校长邹湘乔犹言不为豪奢。二十年前茶酒风之盛，非今日可望项背[①]。近因农村凋敝，穷窘殆已不堪矣。以余，莅此土所见，城内饭馆不设客座。酒馆则广厦宏敞，桌椅清洁，客座横陈，几案罗列，客人麕集酒肆，若内地人之宴于饭馆。所需佳肴饭食，酒保往饭馆报取，一若内地饭馆往酒店市酒焉。以酒为主，饭菜为副，显然可见。数人酬酢[②]，一席辄需酒数十斤。与吾乡比，穷富不啻霄壤[③]。而归来如温幼时旧梦，不禁追忆往日赶会情景不置也。

民国二十五年（1936）四月六日，蓬中

【注释】①望其项背：形容赶得上或达得到。鲁迅《且介亭杂文·病后杂谈》："这真是天趣盎然，决非现在的'站在云端里呐喊'者们所能望其项背。" ②酬酢：主客互相敬酒。 ③不啻（chì）霄壤：不仅仅是天地的差别。啻，但，只，仅。霄，云霄。壤，土壤。霄壤指天地。

观海市记

余抵蓬莱后之唯一愿望，乃亟欲一见海市。据本地人士云，海市多现于春夏之交，故自去秋至今几一年，终未得一见。上月二十八日——夏历四月八日晚饭后，偕同仁郭外[①]散步，甫归[②]，而海市现。心殊怏怏[③]，常引以为憾也。本月五六两日，学校开游艺会，数日忙碌，精神疲惫。七日——夏历四月十八日晏起，进餐后，十一时许，余倡议赴海滨游散，诸同仁欣然响应，相将[4]出东门北行。时东北风微作，群相戏曰："其有海市乎？"因东北风乃现海市征象之一也。而昔闻人言，海市出现，多在晨夕日光斜射之际。今将正午，意必无之，言此聊以自慰耳。复北行数十武，望海平静如鉴，长山群岛罗列如屏，清晰如绘，树木房屋，历历可辨。远眺海天之交，有碧霞一道，横亘东西，纱帽岛顿成方形，矗立海面。群讶曰："岛何以变形乎？"迄抵海滨，十数分钟后，纱帽岛变化愈烈，忽变为一楼，楼窗空明可见。旁一小岛，则俨然一塔，耸峙楼旁。忽楼顶呈尖形，如一人戴笠。既而笠渐飘扬空中，与人脱离，而人随之亦沉没海中矣。神出鬼没，不可捉摸。俄而小珠山亦突然变幻，时而方正，如一平台，时而上宽下仄，如几何图案。忽而上下凸出，中腰凹陷。忽而侧方突出，如鳌伸一足。倏然城郭，倏然楼阁，变化无穷。顷刻大珠山亦随之而变幻矣。长山群岛、砣矶岛、庙岛……俱随之而变幻矣。如浮屠[5]，如帆影，如旗帜，如宫室，……甲呼曰："看砣矶岛！"群视之，忽连绵如长桥横贯海上，忽凝聚如渔舟，浮悬空中。乙曰："长山岛变矣！"群转视，则群岛连而为一，如万里屏风，忽开忽阖，有时两岛顶端连接，中间犹留一孔，悬如皎月，空如明镜。岛中树木上生树木，层叠酷似宝塔；房屋上筑房屋，崇峻无异危楼。丙曰："吁，庙岛！庙岛！"群凝视两岛间忽现一长桥，一人行于上，瞬间人影消灭，桥亦匿迹。远望诸小岛，亦忽高忽低，时大时小，映影变形，俱非本来面目。一人惊呼，群相注视，手之所指，目光随之，而瞬息万变，手不暇指，目不暇给，如小儿之观万花筒，变幻莫可究诘也。直至下午四时余，约有五时之久，呼噪奔驰，未尝少疲。时海滨城墙蓬莱阁，观众已如堵矣。

附记：海市乃海中诸岛形象之变幻，与往日想象之空中楼阁迥然不侔[6]，然其奇诡，已非言语可以形容。据蓬人云，亦有陆地楼阁倒映海空者，然甚罕见，未知信否。有经验者言，现海市必微有东北风，而空中薄有浮云，若阴若晴之天气为最适宜。征诸今日信然，两说姑并志之。

民国二十五年（1936）六月七日夜草于蓬中

【注释】①郭外：城外。②甫归：刚回来。③怏怏：不高兴不满意的神情。④相将：相共，相随。唐李贺诗《官街鼓》：几回天上葬神仙，漏声相将无断绝。⑤浮屠：也作浮图。梵语佛陀的旧译名，原指佛教创始人释迦牟尼。古时曾把佛塔误译为浮屠，所以又称佛塔为浮屠。这里指佛塔。⑥迥然不侔（mù）：显然不一样。侔，等，齐。

记狂人周某

周某者，狂妄势利小人也，世居山东蓬莱。其兄为于学忠部下师长，故当于主冀政时，得夤缘[①]为平市教育局督学。而某毕业于齐鲁大学天算系，对教育固门外汉也。迄于调主甘肃，于家乡设一小学，命某长之。于是蓬莱常见一领带不正、衣帽破污、西服中鞋者出没于各机关。见人必曰“敝东”如何、如何，唯恐人不知其东为于主席也。每言谈必杂一二句英语，以夸耀其通外文也。当西安事变起，张于俱为主角，蓬莱城内忽不见周某踪迹。盖察看风色顿然销声匿迹矣。未几，于绥靖江苏主任之命下，某又招摇过市，风头毕露。适山东教育厅派孔秘书主任及杨、葛二科长率全省乡教委员来蓬莱开会，某因县立中学邹校长之介，得与孔等一晤，而从此某遽成乡教会不速之客。时访委员会于蓬莱阁寓。遇饭即食，开会参加。何厅长电派孔秘书率全体委员祭戚武毅公祠，孔等并拟建议省政府优恤戚氏，负其后裔教育之责。某面争曰：“余首先反对，此粉饰教育也。”杨科长质以此何得为粉饰教育？某遁词[②]曰："戚氏后裔混蛋，吸食鸦片。"其实戚公后裔戚云竺固一年二十五岁之勤苦小学教员，绝无嗜好也。适又谈及去岁教育部顾督学来蓬视察事。某插言曰："彼与余一样资格。"邹校长在侧质之曰："吾亲闻顾督学言曾留学英国八年，尔曾留过学否?"某又语塞，无以对。盖某言此唯恐人不知其曾任平市督学也。其夸诈狂妄，类此者不一而足。乡教会全体委员游长山岛，某亦自随同往，委员等均薄其为人[③]，不之顾[④]。上船后犹无人与之语。某自觉无趣而退。若周某者可真谓腆颜[⑤]无耻之尤矣。

民国二十六年五月十三日蓬中

【注释】①夤缘：旧时比喻依附、巴结有权势的人向上爬。②遁词：因理屈词穷而避开正题所说的推托应付的话。 ③薄其为人：看不起他的为人。薄，鄙薄，看不起。 ④不之顾：即不顾之，对他不屑一顾。 ⑤腆颜：惭愧。

先考行状[①]

呜呼！自我先考弃不孝[②]而长逝，而今十周年矣。不孝成人，糊口四方。定省[③]之道多疏，祭扫[④]之礼常缺，负罪内疚，何以为人。窃维天下无不慈之父母，先考要为父母中之最慈。天下之恩，莫大于父母之恩，先考之恩尤为父母恩中之最大。不孝之身心，育养于先考伟大之恩慈中，不孝之学行[⑤]，成就于先考伟大之恩慈中。凡不孝之立身行世，无不帡覆[⑥]于先考之伟大恩慈中，而有所准绳[⑦]。顾于先考行实，向未敢追述者，既因人微不足显扬，亦以文字难表白先考德范[⑧]于万一也。

先考讳延生。原居荥阳沈洼村。自始祖某公徙邑西杨垌村居焉。世代务农，至先祖文德公迭遭变故，家产荡尽。先考十余龄失怙[⑨]，昆仲三人。先伯某公以年祲[⑩]携妻子亡他乡。先叔某公早卒。值洪杨之变[11]，捻军之乱，老母弱子相依逃命。遭遇之苦殆不堪言。先考每为不孝道及，犹有余痛。先考及长，修躯伟干，方面大耳，声若洪钟，魁梧有膂力。族伯自成公勖[12]之曰，以子相貌体魄，苟习武，功名如拾芥[13]，富贵可立致。如有志焉，可助束修资斧[14]。自成公固族中富而仁者也。先考笑应曰：某窭[15]人子，富贵无分，当自食其力耳，须功名何为！屡趋弗应。盖其安贫知命，乃天性也。后为人佣工，置薄田数亩，仰事老母，陶然自乐。先祖妣[16]弃世，丧葬尽礼，先考一人挣扎之力也。然白手成家，其艰苦可知矣。

先考尤笃[17]于天伦，先伯某公自饥馑亡走，杳无音信，闻漂泊沈邱、项城一带，光绪间曾只身往访不得。终于安徽颍州寻得堂兄世运，已鬻为陈姓义儿，易名陈振有。先伯父下落仍无着。后曾两次召世运归宗，弗听。终身引为恨事。先堂伯国子监生增禄公，家素封[18]，无嗣。按支派不孝当继。增禄公弃世，不孝尚在襁褓[19]，族中多觊觎[20]其产业，争嗣。或谓先考曰，依法据理，尔子当嗣，何默无一言乎？先考指不孝曰：“是牙牙者[21]果能成立耶？即成立止此一孤，安能嗣人！外财岂发命穷人乎？”讼争三年，未决。而增禄公财产已瓜分荡尽。停柩未葬，咸掉头不之顾。先考竭力营葬之，以不孝承祧[22]其后，是止有承继之名，而无承继之实。其义利之辨有若此者。时家贫固不可支也。自先考娶吾母张太君[23]，以次生不孝等姊弟四人，食指日繁，先考之负累亦愈重。光绪二十六年，大饥，先考粜食粮于鄢陵长葛间，以活其全家。每闻先考喟然曰：“子女将次成人矣，三女何以为嫁？小儿何以为室？余之负比万钧尤重！”今一回味其言，犹自痛悸不已也。先考以家贫失学，引为大憾。不孝七龄即送里塾读，困难弗之顾。生计奇窘，咽藜藿，茹糠秕，三餐辄一举火。然每日必市一饼饵啖不孝。十余年未少断。时不孝幼小，不知一饼之资，概由先考忍饥饿节省来。呜呼，痛哉！

清季[24]罢科举，兴学堂，愚黔[25]顽固，风气闭塞。族兄长泰，一族之豪，反对尤力。号召族人，相戒不送子弟入学堂。先考则曰，世道变矣，国家兴学，天下遍设，朝野贤达宁不若吾辈小民之智！乃毅然送不孝入初等小学堂。因不孝资质较常儿微慧，颇得塾师称许。先考对不孝期望愈殷[26]，不忍令废学也。而族人受长泰之嗾使，共摈[27]之。不通借贷，断绝来往者七八年。亲戚劝阻，邻里讥笑，先考始终未少屈。迨[28]风气大开，族人鲜不悔受长泰之胁迫，服先考之卓识者。时先考独排众难，置人白眼横逆讥讪[29]、诋毁于不顾，固由于卓识远见，而其意志坚定实非庸庸者可及也。先考之教子女，一唯启发其良知。不孝姊弟四人向未受其疾言厉色之呵斥，更无论乎笞责[30]。不孝等每有过失，辄命其自述过失之由，不禁面赤耳热，羞愧无以自容，誓不敢再犯。对不孝之求学，亦止诫之曰：勤惰由尔，尔想余不惜含辛茹苦，令尔攻读，亦当知所自勉矣。即此一言，不孝深记之，而弗敢忘。不孝身素孱弱，生不知稼穑[31]之事，先考亦不以劳作责之。人常讪笑为溺爱。先考则曰："直树勿容削，曲树削奈何。"不孝虽幼，亦知羞愤，黾勉[32]有加。一生未敢毁父母之名，辱父母之行者，盖皆先君不教之教，厚恩大慈之所致也。先考虽不知书，然耕耘之时，常命不孝随之读，或灯下督课。倦则与之谈古今忠义故事，多得之传说戏剧中。不孝有采访忠孝节烈之嗜，胥[33]于此时养成。宣统末年，不孝升入本县县立高等小学堂，每月伙食之资，无从出。堂长张润苍先生，怜余贫，特许走读。县立学校，乡间有走读生，实自余始。家距城五里，朝来夕去，夏雨冬雪，未尝少间。而三姊相继出阁，妆奁之资与不孝学费，先考虽胼手胝足，亦时感拮据。至鬻田当产，仍弗令不孝废学也。小学卒业，先考询所志。因在校受军国民教育，以投考陆军小学对。先考诫之曰：是非余所期于汝也。不望汝得高官厚禄，只冀能为一有利社会之人足矣。及不孝考入省立第一师范学堂，先考喜曰：是余之夙愿也。将来能为一良教师，乃余之积德矣。呜呼，先考期不孝者若此，不孝何曾慰先考之望于万一乎！师范学堂为官费，三姊出阁后，人口亦少，先考负担较轻，稍有积余。以之回赎昔日质当田地，而村之奸猾姚某、张某先后借故刁难，坚不赎与。奸宄之徒复从而兴风作浪，乃酿成讼。彼等终以公理难逃，中途停止，而多方勒索赔稞也，抵税也，包荒也，耗费半于地价。先考则曰，语云屈死不告状，一辈词讼三辈怨。必质诸官，以求理申耳，今是非昭然，金钱吃亏何害！万事俱凭心田，公道自在人心，吃亏人终未吃亏也。不久，张疯癫，后嗣垂绝。姚家式微且均不旋踵[34]，而受人欺，岂天道之好还乎！先考宅心仁厚，处世忍让，乡里多乐称道。忆不孝在小学时，全县会考榜列第一，名噪一时。或曰：是沈某之儿也，可雪乃父身受欺凌之耻矣。或曰：不枉乃父培养苦心，今后不再受人之白眼矣。或曰：是乃父积德所致，天赐佳儿以报。即昔之非议讪笑者，亦改口艳称。不孝闻之，无不泪两行下，痛先考之苦辛也。先考每与不孝谈往事，辄诫之曰：冤仇可解不可结，否则，循环报复，将无已时。且天网恢恢，善恶必自食其报。汝只发愤自立，不欺人，不受人欺，即增光门楣矣。迄不孝成立，昔之欺凌者、仇视者罔[35]不趋奉若不及。不孝概以直道报之。往事若浮云掠空，随风流散。人咸称有父风，盖庭训[36]有自也。

不孝自师范卒业，迭任本县第一高级小学教员，及西华、辉县等县第一小学校长，生计稍裕。民国十四年，复入北京大学肄业，虽半工半读，亦债台高筑，家复不支。为免重先考之忧，又从事于中等教育。收入较丰，窃喜聊可博菽水之欢，讵料先考遽弃不孝而长逝乎！

先考身体素健，即老亦不常病，偶有小疾，不药自愈。宜有寿徵。何一病，而竟不起乎！抑积劳过度，病根伏之太深乎？民国十九年春，不孝任泰安山东省立第三中学教务主任职，接家报得先考病讯，值中原大战，信迟滞月余，而道路梗阻。乃摒当迂道青岛，泛海绕平津归。及抵家，则先考业于不孝动身之日长逝矣！时六月十日也。呜呼，医悔无药，弭恨何术！天乎痛哉！

先考素对不孝钟爱异常，然求学任事，每出门，向无留恋惜别之色，且常促其早去。惟晚年不孝远行，辄无言送诸里外。最后一次，倚闾遥望，影没怅立。呜呼，是皆爱子之心，老而弥笃，或隐有永诀之兆欤？何不孝昏聩而弗知耶！虽百身何赎此弥天之罪。闻病革之际，犹频呼不孝之名。呜呼，痛哉！呜呼，痛哉！

综先考一生勤俭持己，忠厚待人。终身在劬劳[37]之中。唯穷人行仁义，唯苦者能慈悲。何必读书，然后为学，征诸先考益信。晚年尤恻隐为怀。舍南院之空室，冬日以庇乞丐。予以食爇[38]以火，频频弗厌也。先考殡之日，往执绋[39]者男女十余辈，临穴痛哭，莫知伊谁。询之，乃昔日曾受先考恩德之丐也。虽其声闻不逾乡里，事功仅属一家，然其接物处世，治家教子，虽古贤者，何以过之。其音容将永留于不孝耳目之间，其遗训将永存于不孝心脑之中，遵循恪守，弗敢稍渝。谨具梗概，以便垂诸家法。固不敢夸诬，以违先考之素志也。唯乞高人雅士，懿文表章，则存殁感德无涯矣。先考生于清咸丰某年某月某日，卒于民国十九年国历六月十日。寿七十有五。葬于家园祖茔之次。民国二十九年三月三十日不孝男孜研泣述。

夏历二月二十二日于泌阳夏庄

【注释】①先考行状：先考，死去的父亲。行状，旧时叙述死者生平的文章。 ②不孝：儿子在父辈面前的自称。 ③定省：《礼·曲礼》上："凡为人子礼，冬温而夏凊，昏定而晨省。"后将子女向亲长问安叫定省。 ④祭扫：祭祀洒扫。 ⑤学行：学业品行。 ⑥帡（píng）覆：古代覆盖用的帐幕。这里是庇护之意。 ⑦准绳：测定物体平直的器具。比喻衡量事物正确与否的标准或原则。 ⑧德范：道德典范。 ⑨失怙：失去父亲。

怙，依靠，仗恃。 ⑩年祲（jìn）：指灾荒年。 ⑪洪杨之变：指太平天国洪秀全、杨秀清起义。 ⑫勖：勉励。“勖”的异体字。 ⑬拾芥：比喻取之极易。芥，小草。 ⑭资斧：路费，盘缠。 ⑮窭：贫穷。 ⑯妣：称母亲。 ⑰笃：忠实，专心，心甘情愿。 ⑱素封：无官爵封邑而拥有资财的富人。《史记·货殖列传》：“今有无秩禄之奉，爵邑之入，而乐与之比者，命曰素封。”《正义》：“古入仕之人自有园田收养之给，其利比子封君故曰‘素封’也。” ⑲襁褓：包婴儿的布。比喻幼儿时期。 ⑳觊觎（jì yú）：非分的希望或企图得到。 ㉑牙牙：小儿学语声。比喻小儿。 ㉒承祧：继承。 ㉓太君：封建王朝官员母亲的封号。后也用以对母亲的尊称。 ㉔清季：清朝末年。季，末。 ㉕愚黔：无知的百姓。 ㉖期望愈殷：期望更加迫切。殷，迫切。 ㉗摈：抛弃。 ㉘迨：等到。 ㉙讥讪：用含蓄尖刻的话嘲笑刺激人。 ㉚笞责：用鞭、杖、竹板子抽打以示责罚。 ㉛稼穑（sè）：耕种收获，泛指农业劳动。 ㉜黾（mǐn）勉：努力。 ㉝胥：副词，全，都。 ㉞旋踵：形容时间短暂。踵，脚后跟。 ㉟罔：无。 ㊱庭训：父教。 ㊲劬劳：劳累。 ㊳爇（ruò）：烘烤。 ㊴执绋（fú）：旧指送葬时帮助牵引棺材。后泛指送葬。绋，拉棺材用的大绳。

拟先考墓碑

呜呼！自我父弃藁葬[①]，十年于兹，圹[②]无志，墓无表，不孝孜研非敢或忘，以增罪戾，实有待而未果。岁月蹉跎，蹭蹬如故，赍恨弥天[③]，赎罪无地，痛哉！吾沈氏原居荥城东沈洼，清初迁居邑西杨垌村。始祖讳典。先祖讳文德，娶史太君。生子三：父讳延生，其仲也；伯讳某，以岁饥就食他乡，迄未返；叔讳同，早卒。父十余龄失怙，贫不能学。及长丰额隆准[④]，方面大耳，声音洪亮，魁梧有膂力。人劝习武，以穷汉无分功名谢之。后为人佣，置薄田数亩，仰事俯畜，陶然自乐。尝跋涉千里，寻兄沈邱、颍州间，卒得胞侄世运，已自幼鬻为陈姓义儿。迭劝其归宗，弗听。终身引以为痛。堂伯国子监生增禄公，富而无子。按支系，不孝当嗣。及殁，族人争继，讼三年，未决。产荡尽，停柩无人埋。我父营葬之，以不孝承祧。曰必俟今而嗣之者，以明非图其财产耳。家本贫寒，又遭饥馑。光绪二十六年，赤地千里，饿殍载途，籴粮鄢陵、长葛间，以活其全家。藜藿杂糠秕以食。即丰年，三餐亦时不给，胼手胝足于农事之外，复营织带业，赶集赴会，常披星而去，戴月而回。枵腹[5]奔波数十里，极劳瘁，怡如[6]也。每恨幼年失学，不惜鬻田当产，令不孝读。继以遣儿入学堂，受族人摈斥，不通有无，断绝往来者，七八年。又以赎地故，先后受豪强姚某、奸黠张某欺侮，几成讼事。族中败类，又从中而构煽[7]之，多方要挟，地终赎回，而金钱损失已无数矣。我父终忍之曰：俗云屈死不告状。曲直既明，吃亏何伤。邻里鲜不叹其仁厚。父虽不知书，喜儿读其旁。常为道古今忠孝故事，教儿女主宽以启良知，恩感以使自励。每勖不孝做福利社会之人，而戒骛[8]功名，希富贵。忆不孝幼读，小有名。或谓之曰：长可复乃父之仇。或谓之曰：长可雪乃父之耻。我父则诫曰：冤仇可解不可结，循环报复，了无已时，天惘恢恢，善恶自食其果。终其身以宽厚忍让为处世之道。不时耳提面命[9]。不孝谨志之，今生弗敢忘。我父慈祥恺悌[10]，晚年尤恤穷苦，冬日虚室居乞丐，爇以火，熟以食，乐而弗倦。及弃世，殡之日，乞丐往执绋者，男女数数也。不孝稍能成立，乡邻见者，辄遥指曰：此其父积德所致也。闻之感泣，将何以自勉，以慰我父之灵乎！我父生于前清咸丰某年某月某日。卒于中华民国十九年国历六月十日。葬于祖茔之次。配吾母张太君，克勤克俭，相夫教子，持其家内外肃然。生男一人，即不孝孜研，最幼。女三人，长适[11]姚；次适关，前卒；再次适杨，父去世后六年卒。孙男三：长思鲁，次可均，三可钦。孙女三：长金陵，次宝珍，三力文。金陵、宝珍、思鲁媳史氏生。力文、可均、可钦，媳刘氏生。以长子思鲁祧增禄公之后。铭曰：劬哉我父，毕生积德。垂式子孙，有典有则。幼贫失学，归本务农。鄙弃富贵，宁为人佣。年饥时馑，掘鼠罗雀。推谷运粮，咽藜食藿。鬻产当田，学不可辍。识卓守坚，宁畏口舌。天道好还，冤仇勿结。寻兄千里，沐雨栉风[12]。继亡嗣绝，尚义恤穷。矢勤矢俭，终身辛劳。宜忍宜让，退避强豪。为善最乐，以告儿曹。

中华民国二十九年草于泌阳夏庄，公历（一九）五三年修正

【注释】①藁（gǎo）葬：草草埋葬。 ②圹：墓坑。 ③赍（jī）恨弥天：怀着极大的悔恨。赍，怀着。 ④丰额隆准：丰满的额头，高鼻梁。 ⑤枵腹：饿着肚子。 ⑥怡如：快乐，愉快的样子。 ⑦构煽：联结煽动。 ⑧骛：引申为追求。 ⑨耳提面命：形容对人教导殷勤恳切。 ⑩恺悌：和乐平易。 ⑪适：旧指女子出嫁为适人。 ⑫栉风沐雨：大雨洗发，疾风梳头，后用以形容经常在外奔波劳碌。

极乐寺小学创办始末记

夫为善之道多端，而兴学独建不朽之业。修德之术非一，而育才永留爱戴之思。盖兴学育才非徒一念恻隐之慈，抑且[1]百年树人之计也。若邑清庠生[2]楚公建一者，可谓知为善修德之本矣。荥阳东南××里，有古刹曰极乐寺，寺田五十余亩。清季废科举，乡里贤达多毁庙兴学。僧殁[3]，田产为二三豪猾所把持。建一公倡即寺址改黉舍[4]，易庙产作学田。开闾闬[5]之风，培桑梓[6]之材。而商之豪猾希翅[7]与虎谋皮。矧[8]夫人心顽固，习重守旧。黠者阻于前，愚氓梗于后。致结讼三载未决。适祝大令鸿元来摄

县篆[9]，令固亟谋推行新政者也。直公。抵豪猾以罪，极乐寺蒙养学堂始得于某年创立。公功成弗居，推朱树萱为总办，已与朱炳煜副之。未几，树萱以疾辞，县委公继任。锐意经营，竭力擘划[10]，主持十余稔[11]，增购田产二十亩。奠百世之基，恢树人之业，学校蒸蒸焉而日上矣。不幸民国某年，公谢世。其嗣旭晨君召乡绅朱麟定、朱炳煜、宋镇南、马国选、杨裕智等议。改总办制为董事制。自是李成名、马国选、朱炳煜递次任董事长。佥能秉公遗志，扩充校务。尤以马君国选任董事长时，捐资七十余缗，购置增设，灿然大备。二十八年（1939 年）朱君维新继任董事长，虞[12]学田有失，乃切实勘丈，订定清册，各注座落四至，计实地七十亩有奇，勒之于石[13]，俾垂永远。以其校创办史略来曰：吾乡僻处山陬[14]，气滞塞，迄今文化大开，秀士辈出，极乐寺小学作育之力也。而斯校得有今日，饮水思源，缘枝寻本，又楚公建一之赐。乡人讴歌，未或忘也。属余为文以颂。嗟呼，士不图赫赫之名，而埋首乡园，以启迪烝民[15]，阐扬教化，开风气，培人才，巨艰自任。孔子曰：十室之邑，必有忠信焉者，余于楚公得之矣。然观其撄豪怒[16]，犯众难，躬罹讼累，志意不少挫。抑又识卓谋定，勇毅果敢之尤，岂止忠信已也！朱君维新昔尝从余游，黾勉自矢[17]，孜孜焉勤学士也。迨献身社会，贞正自守，徇徇然[18]君子儒也。来言所称如是，余将以信朱君者，敬楚公矣。乌能靳予之不文，致公功德淹没而弗彰，爰撮其要[19]联缀而为之记。

民国二十九年（1940）十二月二日，于郑寓

【注释】①抑且：而且。 ②庠（xiáng）生：庠，古代的学校，明清称府、州、县学的生员为庠生。 ③殁：死亡。 ④黉（hóng）舍：校舍。 ⑤闾闬（hàn）：居民的区域。闬，里门。 ⑥桑梓：古代住宅旁常植桑和梓等树，后来就把桑梓作为家乡的代称。 ⑦翅：无异于。 ⑧矧（shěn）：文言连词，意同况，况且。 ⑨摄县篆：代理县长。摄篆，代理。 ⑩擘划：安排规

划。 ⑪稔：年。 ⑫虞：担心。 ⑬勒之于石：勒，刻。 ⑭陬（zǒu）：隅，角落。 ⑮丞民：众百姓。丞，众多。 ⑯撄豪怒：撄，触犯。撄豪怒，惹起豪绅的恼怒。 ⑰自矢：自己发誓。 ⑱恂恂然：诚实谦恭的样子。 ⑲爰撮其要：爰（yuán），文言虚词，于是，乃。撮其要，在史籍资料中摘取要点。

为李君冠英募捐启

嗟夫，世知颠连困顿之苦，而不知欲颠连困顿以支拄而不得，为尤悲也。世知颠连困顿以死为足悲，而不知颠连困顿以死而责犹未尽，为尤痛也。若李君冠英之遭遇，诚可谓天地间之奇厄①，极人生之凄惨矣。君荥阳小李庄人。家世清贫，累代农工。及其父与诸叔析居，益困苦不支。以天资敏慧，父母钟爱，拮据培植，得就学于淮阳第二师范。民国十年卒业后，迭充小学教员，全家赖以糊口。而民十六任教密县，被匪掳架，时越半载赎回，家产荡尽无余。民十七充本县天王寺小学校长。任职六年，家道稍苏。而二十二年除夕，遽遭回禄之灾②，盖藏付之一炬。仅余四壁徒立，债台为之高筑。二十三年赴广武河北区任小学校长，迄二十七年假期旋里省亲。河北突遭沦陷，书籍行囊损失罄③净。二十八年充县教育局区教委员。及裁局归科，回任天王寺小学校长。二十年来赖舌耕养家，仅免饥寒，已云幸矣，未足言积蓄也。抗战军兴，国步维艰，民生日困。去岁吾豫亢旱饥馑惨重，学校多告停闭。君家之生活濒于绝境。揭债贷款，典衣鬻物，百法罗掘，勉度难关。今春开学，薪水不继，在校治事，归家就食。相距数里，日疲途中。迫于饥饿，困于劳瘁，清瘦尪羸④，体渐不支。讵意六月初旬，陡染虎疫，溘然长逝。家贫无以治丧，学校代为装殓。溯君之一生，命运坎坷，身世蹭蹬。喘息少定，横灾飞至，若造物故与为难者。然君素位安贫，守正不阿，托身教育，忠于职守。世之穷者唯此等人。亦唯此等人守穷也。殆所谓固穷君子，困顿以死，死复何憾！惜其身后萧条，薄田数亩，外无长物。高堂未倾，椿萱[5]年逾七旬。妻室靡依，儿女尚在髫龄[6]。擎天之柱横摧，维地之索中断。崩坼之祸集于未亡之身，孤寡之戚备于寒畯[7]一家。鲤庭[8]望断，日唯老泪是挥，婴年失怙，只知饥寒是号。是知君生前纵不以颠连困顿为苦，死后必以不得颠连困顿以支柱为悲也。在世不以颠连困顿以死为足悲，地下必以颠连困顿以死而责犹未尽为痛也。死不瞑目，其君之谓乎！呜呼，死者已矣，生者何堪！鄙人等与君，或亲系葭莩，或谊属友朋。闻之寒心，见者零涕。念其一生致力教育，而结局凋零如斯，不忍坐视一家老弱之颠沛无告，爰敢发启募捐，共作将伯[9]之呼。故旧仁人若览芜文，恻然动心，慨解义囊，乐予周济，则感激当与身受同不泯也。

民国三十二年（1943）于荥寓

【注释】①奇厄：少有的灾难。厄，灾难，困苦。　②回禄之灾：回禄，迷信指火神，又指火灾。　③罄：完、尽。　④羸：瘦弱。　⑤椿萱：父母的代称。椿，父。萱，母。　⑥髫龄：童年。髫，小儿下垂的短发。　⑦寒畯（jùn）：出身寒微而才能杰出的人。畯，同“俊”。　⑧鲤庭：《论语·季氏》：“（孔子）尝独立，鲤退而学诗。”鲤，孔子之子。后遂称子承父训为“鲤庭”。⑨将伯：《诗经·小雅·正月》：“载轮尔载，将伯助予！”《毛传》：“将，请；伯，长也。”意谓车欲堕而请长者帮助。后用作求助或受助的意思。《聊斋志异·连锁》：“将伯之助，义不敢忘。”

代拟为煦初高中基金告吾荥同胞书[1]

窃自去夏联中西迁，吾县有识者及热心教育人士，倡议创办高中，一呼百应，咄嗟成立[2]。固众擎而易举，亦有志而竟成也。

某以衰老之躯，猥以校长相畀[3]，事关公益，何敢后人。虽病废日久，不敢不从诸君子之后，勉襄[4]盛举。奈学校成立之日，适吾乡大饥之时，经费无着，端赖劝募。基础未奠，诸待缔造。为立案，在各方函托；为筹款，则到处张罗。某息影家园久矣，不问时事。今则出入官府，迹同说项[5]。往来公门，无异求乞。非违素行，亦冀成此百年大计而已。幸为时无多，省府准予备案。惟关于校产一层，虽经左前县长竭力晓谕，规定每保捐地十亩。嗣为便于推行，减为五亩。而时至今日奉行者固属不少，借故迁延者亦所不免。但省府对私立学校基金特别重视，苟校产不固，学校将同昙花。故对于筹募基金一事，谨郑重向吾荥同胞剀切[6]陈之：按吾荥创办高中之议，酝酿已久。唯以碍于县内不准设立之法令，屡兴屡罢。去夏以联中迁移之机，左前县长与各机关领袖以及缙绅名流，决议筹办高中，命名为荥阳私立煦初高级中学，借以纪念前宰吾县提倡教育之鼻祖张公[7]。是此校私立其名而公立其实，此应请诸父老兄弟姊妹注意者一也；创办此校之用意及性质既明，则董事及校长，不过公众之委托而已。筹集基金，发展校务，为董事及校长者，固责无旁贷。而凡吾荥人士，非仅有协助培植之义务，抑且负监督指挥之责任。忆曩者选举校董时，凡乡镇长均为当然名誉董事。县长为当然名誉董事长。吾县知名之士，概聘为名誉董事。意义所在不待三思，是则筹集其金，吾荥人士诚分所当尔。而尤应一致督促行政机构速成其事。此应请父老兄弟姊妹注意者二也；吾县设立高中之益，达人皆知。第吾荥地瘠民贫，中产之家，百无一二，子女能受初中以上教育者千无一二。清末民初，教育鼎盛，人才辈出，诚煦初张公提倡培植之力。而考其时所入之学，太半为官费。迄后官费学校日少，青年上进之路塞者亦日多。矧夫物质文明愈进，而生活程度愈高。生活程度愈高，而求学之机愈窘。求学之机愈窘，而文化水准愈落。查吾荥子弟，率皆初中毕业已筋疲而力尽。二十年来，文化日落，人才渐绌，民生益困，职是故也。稽其实，扼于高中之一级者太半。苟吾县有一完善之高中，青年学子不但可免远途跋涉之劳，并可节日常费用之资。移此数年节余作入大学之需，所差已无几矣。且高中毕业后，造诣较深，即令升大学力有不继，果属真才，或受县内资助或请国家贷金，大学之途，即不易再为阻塞。是重为青年开辟深造之门，而作育人才之道也。故公众捐地亩而受惠者，实为全县青年。己身虽不克享其利，子孙终必获其便，则斯校之造福吾县者，实广而远。此应请诸父老兄弟姊妹注意者三也。综之，此校之兴废，关于全县青年后生者，既重且大。某老矣，对于地方公益，每苦力与愿违。况自长校半载以来，无日不在艰难困苦中奋斗挣扎。捐地亩，资食粮，今春开学，又系与韩董事长、丁常务董事，力效绵薄，拮据维持。值此饥馑之年，某以变卖度日，舍下濒于断炊者屡矣。而犹殚精竭虑，勉力支柱，以事关全县公益，受桑梓付托之重也。不敢言功，焉能辞劳，此心此志，可质⑧天日。诚冀学校基金早日确定，庶几⑨内部得就轨道。届时遴贤⑩接替，某可少卸仔肩，固所愿也。斯日斯时深望贤达名流，一本创办初衷，克竟提倡盛德，官绅民众同心协力，能于最近期内完成某未竟之业，吾校前途庶有豸⑪乎，全县学子实利赖焉。否则，少一懈弛，事即浅搁。咎纵不辞，于事奚补，心所为危不敢不告，披沥以陈，望垂登言焉。

三十二年（1943）三月于城寓

【注释】①此文代为校长楚子襄先生所作。 ②咄嗟成立：马上就办到。 ③畀（bì）：给，交给。 ④勉襄：尽力帮助。襄，帮助。 ⑤说项：唐朝杨敬之看重项斯，赠他的诗中有“平生不解藏人善，到处逢人说项斯”的话。后用“说项”指替人说好话或讲情。 ⑥剀切：切实。 ⑦张公：指张煦初，曾任荥阳县长，重视教育。 ⑧质：质，质问，询问。 ⑨庶几：也许可以，表示希望。 ⑩遴贤：遴，挑选。 ⑪豸（zhì）：解决。

又是一个"大喜"

三月十六日（夏历二月廿一日）午后七时许，静又生产了一个男孩。除经过顺利，精神感到有些轻松外，我简直没有别的什么感觉。

均儿比群儿大不到四岁，当群儿生的时候，就感觉有些多余，为均儿被分去母亲的抚爱担忧。更何况儿女们都显得营养不足，真有点养不起他们的自歉。群儿比这个更大不到三岁，何故乎多生呢！何必多生呢！初曾与静言，拟名此儿为多儿，后因某种关系没有实现，才决定命名可钦。

三个儿女除营养不足外，鞋脚衣服也难以周全，可真真感到儿女多的滋味了。在我的精神上简直成了一种压力。自证明静确实是又怀孕的几个月以来，"奈何！奈何！"不自觉地发出这种嗟叹。

生产期渐渐逼近了，我极力主张人民医院助产士来接生，手术费不过壹万陆千元（这时的币价），但静说这钱是白花，她以前生了几个孩子都是很顺利的。最后仍坚持了我的主张。我并非比她大方，这次我确实有些胆怯。我知道我们两个人对一群小儿女的重要。尤其是静万一有个好歹，这一群小儿女将怎么办呢？所以在静这次生产前，我总是战战兢兢的，找医院助产士安全上总比较有些保障，这就是我一心要请医院接生的唯一理由。话却始终没有向静说明，到今天怕她还是不知道吧！

十六日傍晚时分，静有点临盆的征象，事情有些紧急了，请邻人郑宝仁（昔日的学生）的妻室来帮忙，贯彻了我的主张，把人民医院助产士接来。我的晚饭未及吃好，就领着群儿、均儿匆匆赴校。我简直没有勇气在家等候一时，早离开为妙，真有点躲避责任的意味。

约莫一个多钟头，太阳已经落下去了，昏黑了，群儿已经入睡了。夜间他睡在学校是不行的，必须把他送家去，但一路上心中总是忐忑不安，有些难以形容的滋味。及到了家，屋内鸦雀无声，医院内四五个助产士和练习生敢情是走了？急问女儿力文。她说她妈已生过了，并且是个大喜。

静的确很宁静而欣喜地躺在床上。我心内除好像一块石头落了地外，精神犹如一泓静止的水，再也没有什么波动。略有兴奋的意味，与力文、均儿等的出生时的心情迥然不同。我也不知怎么涵养到这种镇静地步。回校后与往日时间一样地就寝。入睡以前照例地拿本书翻看，仍继续前几夜看的郭沫若氏的《抱箭集》。《人力以上》一个新鲜题目触入眼帘，不禁翻阅下去。不知有些什么东西似的牵连着自己，逐渐地触目惊心起来。看完后书抛到枕边，坠入沉思的深渊，我惘然了。这篇记他住在日本博多湾上时的一位日本友人S君死的事实。S是一家九口全靠着他的月薪过活的唯一支持者，他是在得到第七个男孩三四个礼拜后死的。他在死不多久前，曾对郭氏说："嗳，要好才好，要好才好，我是死不得的，死不得的呢！我死了这些孩子怎样呢？"郭氏说他从前对于多子女的欢娱已经变成了一种凄凉的意味，讵料他竟死了。郭氏叹谓："嗳，世间真有超过人力以上的事情呢！"当夜，他将他自己的身世和妻子谈起，不禁不寒而栗。

"为什么今夜恰巧看到这一篇呢？"纵然自己不迷信，也不禁反复地在沉思：S的话，自己不是也常说么？他的生活不是自己的一面镜子么？社会是变了，无须为儿女们生活担忧。但是，目前生活就是一个现实问题。万一我和S一样，怎么办？……这些思想在脑际围绕盘旋，也不禁和郭氏一样，感触到自己的身世上来。寂静的深夜格外显得沉寂。我那古井无波似的一泓冷静的止水，无端的波浪翻腾起来了，辗转反侧，难以入睡。假使有人看到我这种神情，也许会说我是“喜而不寐”呢！

一九五二年三月十七日于荥阳中学时寓城内

碑林参观记

西安城南门与和平门之间，有东西通衢，曰三学街。昔日府治之文庙，今之西安博物馆址在焉。碑林馆则筑于文庙之后，共分六室。碑林第一室筑于大成殿后。满室丰碑林立，目不暇接[①]，美不胜收。印象较深者有唐三坟记，乃大历二年李季卿改葬其三位兄长，名书家李阳冰所写也。唐景教流行中国碑，于研究宗教史，颇具价值。唐颜氏家庙碑，为历来著名之法帖，真卿书碑文，李阳冰撰额，世称二绝。第二进正殿为碑林第二室。西部多小碑及法帖，砌于砖垒之壁上。其中有一李斯所书之碑，倒砌之，或以人格之故欤？东部丰碑散植，有曹全碑，汉石经残碑，晋司马芳残碑，王羲之七代孙智永禅师书真草千字文碑，名书家虞世南写之孔文庙堂碑等。右庑[②]为第一廊，内储魏代墓志二十四种；左庑为第二廊，所储亦魏代墓志，其形式多嵌于壁上，间有陈列廊下者。第三进为碑林第三室，内储多唐、宋、明、清所刻建筑、人物、山水、松、竹、鹤画图等。如孔子像、董仲舒像赞、寇莱公像、关圣帝君长征图、太白全图、太华全图、黄河图，不一而足，未能尽记。三院右庑为第三廊，储北齐、北周、隋三代墓志；左庑的第四廊，内存隋、唐两代墓志。由第四廊折而西行，又辟一院，正殿为碑林第四室。内存为宋、元、明、清之碑，其中以修庙纪功、赡学修渠等事为内容者也。右庑为第五廊，内储唐墓志十三种；左庑为第六廊，内存为五代宋、元、明各代墓志。由此再西行，有一殿为碑林第五室。内储大部为清代诗、词、歌、赋，少数元、明两代诗文之碑。紧接大成殿后面北筑一凹形室，为碑林第六室，内藏石刻经文，惜正值新华印刷馆借用，未得参观也。博物馆之西南隅廊檐下，有木制玻璃橱数个，内置昭陵六骏石刻浮雕。六骏曰：飒露紫、什伐赤、青骓、特勒骠、白蹄乌、拳毛䯄。此乃唐太宗李世民开创唐朝所御之六匹马。浮雕以简洁之手法，明确之造型，不止生动而突出刻画马之形象，而于姿势筋骨中将马之神情性格亦透露无遗。惜飒露紫、拳毛䯄两匹，据记于一九一四年被美国盗去。余四匹，美帝于一九一七年打碎，装箱盗运，中途被人民查获扣留。按昭陵在醴泉县九嵕山，乃世民之陵墓。六骏雕于山石上，而帝国主义乃世界强盗，侵略掠夺，无孔不入。文化艺术遗产，不知盗走多少。亦见已往政府之昏愦，对祖国文化遗产保存之不力。参观后，不禁叹秦中古文献保存之丰富，参观者犹如食山珍海错，遽难消化，何况以一门外汉而又走马观花哉。

戊戌夏历十月初八日（一九五八年十一月十八日）参观后记

【注释】①目不暇接：可看的东西太多，眼睛看不过来。②庑：古代正房对面和两边的房子。

雁塔游记

西安南郊大慈恩寺，素以名胜称著，寺内之大雁塔，尤名驰遐迩。戊戌十月十日，天气清和煦暖如春，因往游焉。

由解放路乘汽车南出和平门，约四五里即抵寺后门。大雁塔耸然矗立，雄伟庄严，肃然穆然。谛视之，纯以古砖甃砌。古砖宽厚长大，砌来异常严整。步其基，为十九步正方形，高六十四公尺。塔基层如钟楼，洞门四达，内筑木梯旋转盘桓而升，梯甚坚固，油漆一新，或甫整修者欤。据文管会大雁塔简介，是塔建于唐永徽三年（西六五二），玄奘为保存经像，仿印度塔式建成。初五层，唐长安四年（西七〇四）重修时改为七层。塔南面门东嵌镶有唐名书家褚遂良书之三藏圣教序记碑，行文自右而左，是最可宝贵者。当事者遮以木栏，保存严密。塔四面之门楣上，阴雕佛菩萨像和花纹，其中尤以西门楣上雕刻之佛殿图中之柱、枋，柱、拱、台基、檐椽、层瓦、回廊等处，刻画尤为精美。可以看出祖国一千多年前建筑艺术之独特风格。塔共七级，每级俱四面辟门，可以东西南北了望。登其极，南望，阡陌纵横，远则秦岭遥峙，峰顶高悬云霭之上，如海市蜃楼，蔚为奇观。近则终南如围屏罗列，堆锦积绣，映衬有致；北瞰西安城俯处足下，大道如砥，房屋栉比，钟楼、鼓楼，城楼烟囱尽收眼底，红瓦碧窗，辉映成趣；东瞻山陵起伏，沟渠蜿蜒，临潼山耸立于其前，群峰如儿孙俯伏于足下；西瞩，沃野平展，苍茫辽阔，极目无边，绿苗如碧海，村落如仙岛；仰望碧空无垠，飞机翱翔于其间；俯视苗圃幼株成行，若军容之严整。游目骋怀，乐而忘疲。塔壁题咏颇多。兹择其优而刻于石上者，录之："绝顶登临眼界空，关河二百隘秦中。沧桑劫史经多少，一塔岿然万古雄。""慈恩寺接曲江头，胜迹都缘唐代留。怪得题名碑宛在，此间旧日属皇州。""终南遥峙俨围屏，山色朝来入槛青。陆海龙鳞成比栉，秋风禾黍遍郊垌"。"当年岑杜此留题，今日偕登各振衣。四面雄风吹到处，荡胸直觉有云飞。"

"颍阳张玉国题"

"光绪丙申春与杨邵农比部游慈恩寺，登雁塔，至第四层，感而作此，因书以志鸿泥。""雁塔参天独岿然，偶来凭眺几流连。科名在我原无福，山水与人幸有缘。七级浮图登此日，一时盛事溯当年。要知高处多危险，稳步云梯慢着鞭。"

"皖歙汪廷栋题。时年六十有七。"

塔之正前面，即慈恩寺。共三进，第三进地面与塔基平，在陵上；第二进，则遽降而下。第一进院内植碑不少，然多明、清乡举题名记。据光绪十三年巡抚叶伯英重修慈恩寺记："寺为唐高宗所建，有浮屠七级曰雁塔，即进士题名处。若尹琳、尉迟、王摩诘诸画图泯灭已久，惟礼者河南三藏圣教序文石刻完好。近代乡举亦循题名故事，洵胜迹也。……”观此，塔第一层内周壁多砌以进士题名石刻，始知其故矣。又据文管会大慈恩寺简介，大慈恩寺原为隋无漏寺。公元六四八年（唐贞观二十二年），高宗为太子时，因纪念他的母亲，改建为大慈恩寺。寺内重楼复殿，总一千八百九十七间，屡经兵火，备受摧残，现存的殿宇，都是明代以后，历次重修的。观此，可略知大雁塔之梗概。

大雁塔东北约五里许，有大荐福寺，小雁塔存焉。远望如郑州城已圮之砖塔，近视之亦正方形，每层只南北两面有门。南北正中似有裂缝，顶及层檐多破败倾圮，故禁止参观。大荐福寺与小雁塔简介录于后，以补游览之不足。

大荐福寺，创建于公元六八四年（唐文明元年），初名大献福寺。寺址在唐城开化坊，经唐末兵火后迁移在安仁坊，与小雁塔合拼一处，占地约一百五十亩。历经宋元明清各代都有重修。公元七零六年（唐神龙二年），有游学印度尼西亚二十五年的高僧义净（范阳人），曾在这寺翻译梵文佛经五十六部，并著有《南海寄归内法传》《大唐西域求法传》《护命放生仪轨》等五部。在中印文化交流上，曾经起了很大作用。寺内有大铁钟一口，是公元一一九二年（金明昌三年）所铸，原在武功崇教禅院，迁入寺内后，曾被反动驻军移动震裂，以铁丝缠箍置院中。钟高三公尺五寸，口径二公尺三寸五分，重约二万斤。上边有十六格方格，其中铸有“皇帝万岁，臣佐千秋，国泰民安，法轮常转”等字样。旧日寺僧每日撞击声闻数里，人称“雁塔晨钟”为关中八景之一。小雁塔创建于公元七零七年（唐景隆元年），全部用砖砌成。平面作正方形原系十五层。公元一五五五年（明嘉靖三十四年），因地震塔身纵裂，檐砖脱落，现存十三层，每层南北两面各有一门。塔的高度由地面至上层共四十五公尺八寸五分。塔下南北石门楣上有雕刻蔓草花纹和天人供养图像。这塔与大慈恩寺内的大雁塔遥相对峙。在建筑艺术上有同样价值，但因规模较小，人称为小雁塔。

戊戌夏历十月十日记

半坡村参观记

西安东郊半坡村有古物展览，意谓古物陈列性质。十月二十七日，天气清朗，气候煦和，乃往游焉。由解放路北口乘汽车，至民乐园站下车，改乘四路汽车，东出中山门，直抵郊野。逾沟越桥，风驰电掣，较城市行车倍速，心神为之一舒。行十余里过浐河，不远，达半坡村。村在土陵上，其下建造许多新房，即半坡村古物陈列馆，进门，以北辟展览室二。第一室陈列出土之石器、骨器、角器、陶器等件，可以见先民用具演进之迹。而工具制造精美，显然新石器时代之后期也；第二室陈列日常用具，可以反映出先民生活情况。陶器样式多而精致，花纹亦整齐美观，不禁叹先民艺术之精湛。其生活突出特点，住室或圆或方，门俱向南开，进门即炉灶，有群葬习惯；第二室内陈列有合葬二男性尸骨，合葬四女性尸骨。小儿尸骨概用两陶罐对口装合，群葬于一处。头必正西或西北，其亦有迷信之习欤！土陵之巅建大殿，额曰："半坡遗址"。下砌台阶犹若宫殿，想系巨型陈列馆。拾级而上进殿门，孰知为一大型穹庐。顶装玻璃，四周围以走廊，乃当时发掘原状，筑室保存者。穹庐共有二。而走廊相通，连而为一。规模之大，倍大型剧场，而全不用梁柱，亦建筑之奇迹也。内发掘有住室、饲育家畜室、墓穴、半地下室等，各植牌说明。看来尚未发掘完毕，外边之工作仍在进行也。此遗址乃一九五二年冬西北工程地区文化清理队发现，一九五四年秋由中国科学院考古研究所发掘。一九五七年建成了中国历史上第一座新石器遗址博物馆，足见政府保存古物之盛意也。据考据此乃五千年前新石器时代之原始共产社会之先民生活。观之增长知识殊多。而观其用具，如陶钵特别精致美观，我先民文艺之精深，足为我族增光也。馆北烟囱林立，未识为何种工厂，据云东郊多重工业焉。

戊戌（1958 年）夏历十月廿七日参观后记

兴庆公园游记

西安城外东南隅，新建之兴庆公园在焉。东出东门经东关南街，南出和平门，东向均可达。余乃由半坡村往者也。自半坡村乘车西至韩森寨，转车南至纬十字口，再折而西，少顷即抵兴庆公园。园坐北向南，系唐兴庆宫遗址，共占地十八顷，方在兴建中。正门盖造仿民族形式，碧瓦丹椽，飞檐雕栋。进门用竹建造之曲廊茅亭，绵亘蜿蜒，横贯东西。对门筑一喷水池，泉水飞溅，高可丈余。池中五色金鱼游泳其中。再进，由园东北引入河水为湖。画舫彩艇，来往漂荡。湖南面周以回廊，设茶座其间，坐饮少憩。观画艇望游客神为之爽。湖西有若宫殿者两楹，意为展览馆也。孰意乃“大众化食堂”。食客盈门塞途，座为之满。复折而北，登土陵，可望城内全景。上多植刺柏。再北行，则多空地菜园。东北隅辟一园，植果树。绕观园中多丘壑。有池沼河流，建造因自然地形，有热闹处，有僻静处，颇少匠气，乃此园之特色。较城内革命公园，莲湖公园胜一筹。不仅规模大已也。将来建成定大有可观。

戊戌（1958 年）十月二十七日

荣辱子释名

余晚年自名曰“荣辱子”。人或讶[①]之曰：“荣即荣，辱即辱，既荣不辱，既辱不荣，今荣而又辱，辱而又荣，非徒滋[②]人惑乎？”余揖而进之曰：“子之惑也固宜，然余名亦有其道，居，以语汝。人之一生也经历多矣，未可以荣或辱概之也。有其荣必有其辱，有其辱必有其荣。余之一生，亦复如斯，荣辱兼之足以概吾生也。此义甚浅，谅尔知之稔[3]矣。古人之所谓荣，今人或以谓辱。古人之所谓辱，今人或以为荣。荣辱今昔时阶不同。此以为荣，彼以为辱。此以为辱，彼以为荣。彼此各有一荣辱，荣辱固无定见。古人云：'赵孟之所贵，赵孟[4]能贱之。'今夫有人焉，能荣辱人：荣者荣之，辱者辱之；又荣者辱之，辱者荣之，荣辱未知其所自。老子曰：祸兮福所倚，福兮祸所伏。荣辱亦复如是。乃知荣辱相反，亦正以相成。循环往复，未知其端。终焉吾不知荣者何以为荣，辱者何以为辱。扑朔迷离，莫审荣辱之所由分也。余名之曰'荣辱子'不亦宜乎！"客哂而去。

庚子（1960）正月廿九日荣辱子草

【注释】①讶：诧异，惊奇。 ②滋：增加。 ③稔（rěn）：熟悉。 ④赵孟：指春秋时晋臣赵盾及其后代赵武、赵鞅、赵无恤。赵氏世代执掌晋国朝政，贵显无比。《孟子·告子上》："赵孟之所贵，赵孟能贱之。"杨伯峻注："晋国正卿赵盾字孟，因而其子孙都称赵孟。"

忧乐窝释居

余家有窑洞两孔，一砌有炉火，冬日居其中，可以御寒，较房屋为佳。上掏一窝可睡一人，如暖床。冬日余寝处之，更无冻冷之虞，因命名曰"忧乐窝"焉。或曰："康节邵[1]子题其居曰'安乐窝'，子之窝曰'忧乐'何哉？"余应之曰："康节先生圣贤也。早年得道，乐而忘忧，身心交泰，随处而安。其居焉得而不安乐！余庸俗也，有其乐，亦有其忧，既未臻[2]乐而忘忧圣贤之境；亦不怀终日戚戚[3]忧而无乐。小人心，忧即忧，乐即乐，此名其窝之一义也；范文正公[4]以天下为己任，尝先天下之忧而忧后天下之乐而乐。余虽不敏[5]，窃尝慕之，亦欲效其忧乐之志，此名其窝之又一义也；至于守穷处困，人目之在患难中者，而不知穷困固有其甘苦在。若亲身体验而备尝之，自与欣赏名胜相若[6]。是则以忧为乐，乐固乐，而忧亦乐，其终极也同。是则非吾所敢企之境矣。此或名其窝之最后一义也。”

庚子（1960）正月廿九日荣辱子草

【注释】①康节邵：指邵雍（1012—1077年），宋共城人，字尧夫。好易理，其学得之于李之才，之才又得于穆修。以太极为宇宙本体，有象数之学。居洛几三十载，命所居曰安乐窝，自号安乐先生。与“二程”（程颢、程颐）同时，元礼右中赐谥康节。 ②臻：达到（美好、完善、成熟等境地）。 ③戚戚：忧愁的样子。 ④范文正公：即范仲淹。宋代政治家、文学家。字希文，苏州吴县（今江苏）人。庆历三年任参知政事，建议改革政治，但遭受反对未能实现。工诗词散文，文章有较丰富的政治内容。遗著有《范文正公集》。 ⑤不敏：不敏捷，不高明，对人自谦的客气话。 ⑥相若：相当。

孝心可鉴

夏历二月十二日为余之生辰，已往余向未曾注意及之。惟自归农以来，内人于去岁曾为之设馔祝贺，盖有生以来之第一次庆寿也。前日乡邻姚海晏来访，谓长子思鲁[1]对渠亲口言，已为余备有旨酒[2]一瓶，嘉肴两色，届寿辰以献，藉申孝悃[3]。余不禁窃喜，贱辰犹有第二人记忆也。昨日据食堂负责人言已断白面数日。家中蔬菜又寸段俱无。于是内人大为惶张，谓将何以为余庆贺。乃决意赴西二十里堡郑州市郊区购食品。结果下午归来，只买来炒胡萝卜掺面筋一盘，小馒头三个。意殊怏怏[4]。又到食堂找管伙人，购来玉米面一斤，力之所及如此而已。今日晨，为沽红薯酒半斤。又闻食堂内新磨有白面，心不甘已，又往购一斤，备置大致就绪。余则淡漠如故，意为不必如此张罗也。日将午，内人为烫酒擀面，热菜，共炒胡萝卜羼面筋一盘，泡菜一碟，一冷一热，浊醪一壶，素捞面条足食。乃自饮自酌自食，意殊自得。正在酣饮大嚼之际，次孙常磊悄然而至。询其父是否在此，内人答以未来。即又默然而去。旋思鲁之母隔墙喊叫，言："午饭你不必给他爸爸预备了，这院思鲁家给他擀面条哩。"内人答以"他已快吃完，你们不必再费事了"。未几，思鲁家的又隔墙喊，并端来面条两碗，内人谓"这院面条有吃有剩，端回你们吃吧"。思鲁家的坚持要给，内人执意不收，让之再四，只得留下给钦儿吃。少顷，思鲁又亲送来小瓶残酒半瓶，约二两余，云："这是好酒，二锅头。"惜余浊醪三杯下肚，早已颓然倒在榻上矣。面虽未曾尝，酒亦未能饮。然钦儿吃犹余吃，酒可待来日饮。孝心若思鲁夫妇，于今之世，亦可谓难得者矣。

庚子（1960）二月十二日酒醒后率笔直书

【注释】①思鲁：沈先生之史夫人所生。此时已分门另住。②旨酒：美酒。旨，味道美。 ③孝悃（kǔn）：真诚的孝心。悃，真心诚意。 ④怏怏：不高兴或不满意的神情。

西二十里铺食堂吃饭记实

西二十里堡旧属汜水县，介于荥阳汜水之间，距两县治各二十里。解放后汜水归并于荥阳，二十里堡当亦属焉。嗣以西南山区产铝矿，铝业公司设于该堡。戊戌年遂将该堡周围及西南山区数十村划归郑州市，名为郑州市上街区，并辟火车站一，于西南修支道以达矿区。盖所谓飞地或插花地也。去年夏历正月灯节，曾往一游。时方开始建设，雏形略具，而城市气味尚未大备，只微见繁华而已。近闻建设发展神速，俨然都市气象。虽近在咫尺，年余以来足迹未尝履焉。日来清和异常，煦暖如春，秋收尾声，农忙已过，决拟一往观光。月之十三日，早饭后策杖前行。抵夏后村，则见自二十里堡迤东新建筑之房屋，已与夏后西面相接连。自二十里堡向东南与聂寨、左照两村，亦相连绵。高楼大厦鳞次栉比[①]。街衢纵横，人烟辐辏，熙来攘往[②]，则工农居多。言笑喧哗，则南北语音错杂。工业都市气氛已具备矣。可观者亦止如此。闻斯地有营业食堂三，买吃颇为不易。将十二时，先到“上海食堂”。座已盈满，立而候座者，有数十人。据一农民云，占座候食已三点多钟矣。凡后来候食者，必预先询有座者，吃毕其座是否有人预定，如无人预定，必须立其背后，俟其吃罢，即据有其座。室内共有桌子十二张，一桌只许坐四人，每座后至少都站有一人，如旧时代跟班然。坐者吃，立者熟视，又疑为乞丐焉。斯时该食堂出卖花卷与菜汤，花卷系纯白面制，大如鸡卵，一份五个，需粮票半斤，钱币二角。外清水加少许菠菜、豆腐为汤，一小碗需钱币二角。五馍一汤为一份，每人只许吃一份。制度与往日异者，食堂卖什么，客人吃什么，无挑选点定之自由。而所食之数量有限制，无加添或减少之伸缩也。其量实际俱不足，而无吃不完者，即以余之食量论，五个小花卷，一小碗清汤，亦难一饱。又所谓服务员者与往日之堂倌亦异。客人必低声下气，几如乞食。而微有不合，则服务员即大声呵叱。余今天颇走运，立而候座不多时，适座客不欲吃花卷与清汤，起让座与余而去。故时仅四十五分钟即吃到饭。惟斯饭卖过后，不知将出卖什么，不能一候也。盖营业食堂，一日变化两三样，此种饭食卖后，另换一样。时不同，饭亦异，或好或坏，食客亦碰时运然。余吃花卷二枚，留三枚，带给妻儿。旋到二十里堡村内“味香斋”食堂。斯处屋宇狭小，室内仅摆桌子六七张，而人更拥挤。一桌可坐八人，而立者倍之亦不已。斯时该堂出卖烩饼，一盘烩饼一小碗大米稀饭，共需粮票半斤，钱币四角，一人可吃两份。

余因粮票关系，只能买一份，适余立处之座，食客甚和善。见余年老，且彼又只吃一份，因代余买一份，故不久即得食，未等候多时也。余将稀饭喝完，烩饼吃一半，带回一半，欲妻儿一尝其味。饭后，适遇五龙寨张同亦在该食堂吃饭，尚未吃完，约余少候同走。既而偕出，商议同到所谓“大院食堂”者，一看情景。地址系新迁移者，颇不易找。该处地址宽敞，人亦不拥挤，斯时出卖烩大米饭，一份需粮票二两，钱币二角。相形之下，还不算贵。一人可吃两份，余二人都想吃，惜余之粮票已用罄，张仅剩粮票三两，与服务员商洽买一份半，坚不许可。不得已止买一份，张出粮票，余出钱币，二人分吃一份，亦为创闻，而滑稽可笑（岂止是滑稽可笑，而是可悲、可泣。——编者）。而斯时不过下午三点余钟，时间未逾半日，余遍吃三食堂，较其他食客，等三四个钟头而食饭一顿者，幸运多矣（一顿饭等候三个小时，三吃而未一饱，竟引以为幸事，可悲！——编者）。爰提笔而纪其经过，以志吾喜。

庚子（1960）夏历九月十三日

【注释】①鳞次栉比：像梳子齿和鱼鳞那样密密地排列着，多形容房屋。　②熙来攘往：形容人来人往热闹拥挤。《史记·货殖列传》：“天下熙熙，皆为利来；天下攘攘，皆为利往。”

鬻书小启

黄金有价书无价，识者千金不贵，不识者分文不值。况鬻者无异沿门托钵①，购者行同倾囊布施②，虽系买卖交易之迹，却属有无相通之谊。忍痛割爱，惭对挂剑③季子，慨惠周急④，媲美解骖平仲。窃幸书得其所，兼蒙厚酬，深喜物遇心爱，宁惜巨金。授受同道，莫问相识不识情谊。取予交欢，弗作讨价还价俗行。谨启。

辛丑（1961）夏历仲秋

【注释】①托钵：和尚化缘。钵，一种用陶瓷、硬石或金属制成的类似盆而略小的器皿。 ②布施：佛教用语，把财物施舍给别人。 ③挂剑：《史记·吴太伯世家》："季札之初使，北遇徐君。徐君好季札剑，口弗敢言。季札心知之，为使上国，未献。还至徐，徐君已死，于是乃解其宝剑，系之徐君冢树而去。后用挂剑比喻心许亡友，生死不变的意思。 ④慨惠周急：慷慨地拿出东西救人急难。

书籍散失纪实

一九三七年七月七日抗日战争爆发。时局紧张，仓促自山东归来，遗留泰安书籍两箱，将二百册。山东沦陷后，全部遗失。此次遗失者，大都为当代名人译作、新文艺理论及新文艺创作与译著，以文学研究会与创造社作家作品为最多，亦有鲁迅先生全部作品，郭沫若大部分作品。此外有小部分古典文学书籍。

一九四零年在郑州桐萱中学任教。秋季，日寇突然进攻，陆空联合，势如狂风骤雨。校长孙桐萱命令即日停课。不半日，全校师生狼狈离校，郑城肇即沦陷。余存留校内书数十册，全部丧失。此次散失者，率皆新旧文学理论、文学史、文集及工具书籍。《昭明文选》、经史百家、杂钞诗品、《文心雕龙》《词学全书》《尔庵说唐诗》《诗法度针》《人间词话》《郑振铎文学史》《袁子才全集》等。

一九六六年无产阶级"文化大革命"运动爆发。初，政府命收没黄色小说及含毒素之读物，余即检缴一部。讵意八月底驻队工作员侯某，率男女青年多人来家检查，余毕生积聚之书，全部彻底肃清矣。慨自五八年归农以来，因生活窘困，曾陆续出售若干，然大都现代小说与社会科学之类。家所余者，不外经史子集诸古典书籍，新文学之类殊鲜。间有一小部哲学、政治经济学。最著者五经各数种：《诸子集成》一套、通史、《庄子独见》《楚辞灯》《词综》《散曲》《丛刊》《古文辞类篡》《杜工部全集》《李太白全集》《苏东坡诗集》《王孟诗集》《陆游诗集》《王文成公全集》《梨洲遗著丛刊》《壮悔堂文集》《西厢记》《桃花扇》等等，其余亦多不记忆，共二百余册。此次收书者多二十岁左右青年。凡见线装木版，即在必收之列，即带有“古”字者，如莫尔甘之《古代社会》亦被收去。并精装之现代出版物，凡直行者势所必收。《辞源》、字典诗韵、地图等工具书籍概难幸免。除毛主席著作单行本数册、郭沫若氏文集两册，此外可谓横扫一空。余实际破产成一真正无产阶级者。然余年纪老迈，神情昏眊，已无读书精力。今后儿孙将为新时代另一世界之人，自当受新文化之洗礼，亦不需旧文化之糟粕矣。故此次书之丧失，余确无留恋怜惜之意。今不过述其梗概，亦示纪实云尔。

丙午年冬“文化大革命”运动正在澎湃之际追忆记

寓南洞记

余家原有窑洞四孔，草房三间，余承受之祖业也。继盖南屋瓦房三间，余一生之创建也。解放后，长子思鲁求析居，一宅遂分为两院。思鲁得迤北窑洞二孔，草房三间；迤南窑洞二孔、瓦房三间，可均、可群、可钦三儿分得。昔日最南一孔洞，乃在大门外，迄今仍然。而院墙倾颓，不蔽内外。洞内则四壁黝黑，尘灰蛛网，流苏布遍，门狭窗小，光线暗淡。生产队曾以之作饲养室。嗣余用作猪羊圈，或以之储柴草，最后用作磨室。近年队内安机磨，旧型石磨，废而不用。洞遂空闲。前年可均成婚，去岁生儿，人口加繁渐形烦嚣。余为安静，乃于秋后整顿打扫，以箔隔为前后两间。里间储柴草，家具什物；外间略平整之，置一小榻，单桌一，板椅一，作余栖息之地。忆少年时常怀出家之念，或移徙异域，另立室家，决不老于是乡之志。讵料时移势逼，即此微愿，亦成泡影。岂俗所谓“命”也欤！夫天地逆旅，百代过客。吾身，吾家，区划自欺，何者为吾所有？虽智者无能对。吾之生也促，暂寓于世而已。即此地，此洞先人所辟，瞬焉弃去，究将谁属？孰将居之？亦暂寓而已。况此洞究在大门之外，余暂栖息，其实已离家矣。古有“无庵居士”，今则余为“门外僧”欤！

一九六九夏历巳酉初冬

病中偶感

韩非子显学篇，儒分为八：子张氏之儒；子思氏之儒；颜氏之儒；孟氏之儒；漆雕氏之儒；仲良氏之儒；孙氏之儒；乐正氏之儒。

案：秦汉之际：儒家派别已显然划分。皆宗孔者也，谁孔氏之嫡系欤？亦曰各得其一体耳。此犹就同中之异而言。若夫荀子之儒又非孔氏之别派乎！凡一学说之成立，其发明进展，乃自然趋势。徒以领会之有深浅，解释之有差别，事实之甚难统一。矧夫以因应时代警句，政客士子各不惜敷衍而迁就之。宜乎其有派别之纷纭。千余年来，孔氏学说之真髓能有几哉？精华暂失，糟粕是遗。儒家学说，宁有不退出历史舞台之理？必不复有笼络人民思想之能力，吾知其定有变而将有立也。

一九六七仲春荣辱子识

偶读杂志

病少痊，无书读，精神殊寂。借邻人《历代名臣言行录》一部披阅，藉消沉寂。古之言治乱者，端在君子小人之升沉，而君子小人之分，则在义利之辨别，而义利之辨又在于公理私欲进退轻易之间。要而言之，天下之治乱，只在执政者之善与恶而已。是曰：为政在人，重人而不重政。历观古封建时代之得失，其效果亦昭然若是。

时代不同，善恶之标准亦异，即同一事体，而是非善恶之标准亦多因之而变易。故论善恶是非亦大不易事，胥因时代而定，不可执一而论也。

有明一代在封建统治中，为最残暴而亦最顽固者，自文化言之，可谓黑暗时代。一因袭专制之政体而发展之者，无善足述，盖亦封建政治发展之自然趋势也。

于封建政治发展至极端恶劣之时，品人论事观，亦当有所异。以守旧观之，或甚足颂赞；而以维新观之，则或甚宜贬斥，异哉，难著论也！

燕王棣起兵逐建文帝而即帝位，史称明成祖，不言反亦不称逆，或曰以叔逐侄，乃朱氏之家事，而持义守节之士坚称棣为篡窃而纷纷死难。仗节死义者累累不胜枚举。然成祖对死难之臣不胜愤怒，对其后裔不惜灭绝人性荼毒而侮辱之，对屈膝迎降者，则谓能顺天命而贤良之，是则大异乎历代盛朝褒奖先朝之忠良矣。盖革命之际，不得以常时论，亦即进而为立场观点不同之意也。

建文成祖之争，一家之事也。而革除之际，死节之臣甚众，暨乎思宗殉国，亡于李闯，继灭于清，民族之变也。而死难者却甚鲜，亦见乎时代不同，人心之变也。

建文殉国除死节者外，遁世者亦甚众，今见之于史者录之，非有所褒贬，亦以反映时代之一端耳。

一、玉华山樵：东阳县东山，永乐初有自称大呆子性天然者，寓其间，披麻戴笠不服常服，有歌赠王姓者曰宗兄，始知其姓。

二、雪庵和尚：名暨，不知其姓，壮年落发为僧，走重庆之善庆里，死时其徒请铭，张目曰松阳，或曰松阳叶希贤也，以贤良方正举官监察御史。

三、河西佣：建文四年六月，文皇入金陵，被葛衣走至金城行乞于市。边地极寒，常衣葛衣。后为佣，取直，虽衣裘，必披故葛衣。有留都官至欲与语，辄避走山中，留都官去，乃还。

四、川中补锅匠：往来夔获庆间为人铺锅，至川邑不过三日，常寄宿萧寺中，市中逢冯翁者，相顾愕然，已而相持哭。哭已入山岩中语，语已，又相持哭。哭竟，莫知其所终。

五、冯翁：在苏州以章句教童子，给衣食，能为对句及古诗，辄自题马二子，或马先生。未几辞主人去，莫知所终。

六、耶溪樵者：永乐初，樵会稽之耶溪，日粥薪二束，足食则已。食已画诗于溪沙上。画已，辄乱其沙。寻匿去不知所终。

七、云门僧：会稽有云门寺，最幽寂，有老僧每从一童子携茗具笔墨，泛舟而游，赋诗满袖，归则焚之，不言所以。

八、东湖樵夫：樵浙东临海东湖上，日负柴入市，口不二价。建文四年秋，诏至临海，曰新皇帝登级。樵夫曰：皇帝安在？或曰：烧宫自焚矣，遂痛哭投河死。

九、乐清樵夫：自山采柴归，闻文皇即位杀方孝儒，卓敬等，吁天号哭。哭曰周既就篡，我不愿为其民，遂投水死。

我家简史

在吃过忆苦饭后，大队小队继续开诉苦会。会议又勒令各家写家史（论成分）交大队，据说依此编村史。我也只得把我家简史忍痛写出来。

一

我家世代贫农，到爷爷的时候越发穷苦了。他生下我伯父、父亲、叔父、姑母四人。爷爷奶奶带着三男一女艰苦度日。后来叔父少亡，爷爷奶奶卖地揭债，才给伯父定了亲，娶了妻。伯父婚后，相继生了一女一男。不久，爷爷便因劳瘁过度去世。经过这两次婚丧大事，家中只剩下五六亩地。奶奶带着伯父母和他们的一双儿女，加上父亲、姑母，一家七口，这穷苦的日子，是怎样的难熬啊。更加连年灾荒，借贷无门，眼看全家活生生都要饿死。奶奶无奈含泪忍疼叫伯父带着一双儿女出外逃生（前清光绪三年，那时女儿约六七岁，男儿约四五岁）。伯父到外边把儿子卖到安徽颍州（阜阳）陈家，改名陈振有。[这个堂兄原名沈运，民国二年（一九一三）曾找老家回来过，据他述说他到陈家后，父母带着姐姐说要往外讨饭。至此才知他老两口和女儿，不知流落何所，死于何地！] 奶奶在家带着父亲、姑母，日子仍然难过。等父亲年龄到十五六岁，就叫他到赵沟王家、李克寨刘家相继扛长工。这个样子勉强养活奶奶和姑母。

二

我父亲三十多岁才成了家，连续生下三个姐姐和我四人。姑母是于父亲成家前，出嫁于本村聂家。不久，奶奶也去世了。这样子连遭婚丧，在旧社会真是破产败家的关头。我有记忆的时候，父母带着三个姐姐终年织带子度日。忍饥挨饿，总是吃这顿没那顿。外债累累，麦秋两季打的粮食不够给人家出稞子账。常常是在场内打下，就被债主收去大半。一年四季吃糠咽菜，断炊是常事。这时，就不免又当地或揭债。本村的地富恶霸不仅在经济上剥削，在政治上还大大地欺负压迫。

记得是前清末年的事，我已十岁左右，因我家留住本村无家无业的穷人姚保全一家，族兄地主沈长太、富家沈元太出面干涉，说沈家台不准住外姓。又因我上了本村的蒙养小学堂（那时才兴学堂，人都叫洋学），他两个便联合本族人家，订立盟约，把我家开除出来。婚丧事不相来往，不通借贷，不准使磨碾，不准吃井里的水。那时，我家日用家具缺乏，没有水桶用瓦罐担水。到姚家台借磨、碾。有时出村到北沿沟去磨去碾。更其凶恶的是，沈长太唆使沈元太在我两家门前交界处（现在井园外边，原来井园正西沟边有一水口，坏了，沈元太家想把水口南移至我家沟边，我父母不允许，沈元太就把水口堵塞），东西筑了一尺多高的长堤（这水口直至一九四八年解放，才又恢复垒起来）。原来从窑顶经坡流下来的水，由我门前经井园前水口流下去。他筑这一条堤阻着水，不能北流。于是每年夏秋间，我家门前积水，总像个湖泊一般，经过两三年，便把我家门前沟沿南北冲塌了五尺来宽一丈多长一大批。现在那旧痕迹，还可以看得出来。本村六十岁左右的人，都能记得这事。直到民国七年（一九一八年）我成婚的时候，沈长太们才和我家恢复了来往关系。此外本村恶霸地主姚奇欺压我家，是民国六年（一九一七年）的事。他霸占我家当给他的土地，坚不赎回，还勾结县政府班长衙役来抓我父亲。当时我在开封第一师范读书，哭诉给学校当局，学校当局学监（严伯康）出面给荥阳县长（念梅荫，曾任第一师范校长）写信。姚奇闻得风声不对，才让步。由我家请了一桌客，把地赎回了事。这不过是被地富恶霸欺压之荦荦大端。其余之血泪史，就难以尽述了。我自幼受的是封建教育，阶级觉悟低，不知道是阶级仇恨，只当作一家一姓和个人的恩怨。俗言："冤仇可解不可结。"更加上父亲的忍让哲学，总是教训我"忍忍忍，饶饶饶，忍字没有饶字高"。我成年后，早把这些事抛到云霄以外了。

三

我父母由于忠厚老实，受不尽人家的压迫欺负，才忍痛受穷，决心破家荡产，也要让我上学。一九一一年（清宣统三年）

我侥幸考上了不要学费的荥阳第一高等小学堂（全县只有两个小学堂，洞阳为第二）。可是没有被褥，怎能在学校住宿？没有钱，怎能在学校搭伙？显然，学校门是难进的。无可奈何，才托族人沈玉印（沈贤之伯父）转托多人向学校当局疏通，学校堂长张润苍特别允许我“跑堂”，即今所谓走读。乡间学生在城内上学，走读，我是荥阳的开山始祖第一人——每天带两个糠饼子，起五更搭黄昏，早去晚归，来回十里，风里雨里雪里，足足跑了三年，小学毕了业。一九一四年又侥幸考上了开封河南第一师范学堂。那时叫作官费学堂，每月供给学生六元三角四分，还发给课本讲义。所以除下伙食而外，还能剩些零用。这样上了五年毕业。不然，我怎能上得起学呢！

一九一九年（民国八年），我在第一师范毕业，开始做小学教员。以后又做了中学教员。乡邻都认为我给爹娘争了一口气。不知在旧社会做事的苦处，是难以告人的。不过，我干了将近三十年，到解放时（一九四八年）家境上升到中农成分，却是真实的。家内盖了三间瓦房，总共二十多亩地（内有承继堂伯的地三亩，窑洞三孔，草房三间），喂了一头小驴，农具差全。但已是十一口的人家。堂兄沈大旺老无所归，流落在我家。舅父产业荡尽，出外逃荒。表弟张春龄自幼留在我家抚养。地里打的粮食，仍然不够吃。一家生活多半还是倚靠我的工资补助。这时家内生活比下中农好一些，却是实情。不幸大旺哥于一九四四年病故，春龄弟于一九三九年逝世。解放前雇了二年长工，解放后又雇了一年多长工。他们的工资完全由我个人负担。家内是不出分文的。这是我这个中农家庭生活实况，村人所共知的。

一九六六年十二月八日

农历丙午年十一月二十七日沈孜研泣述

独行录

（一）

抗日战争时期，常以“六不”自誓，命名为“六不居士”。所谓“六不”，当时揭櫫[①]者如下：一、不当汉奸；二、不做顺民；三、不发国难财；四、不做损害抗战的事情；五、不做地方行政工作；六、不参加任何政党。

（二）

解放战争时期亦以“六不”自守。与抗战期间之“六不”不同。即：一、不脱离教育岗位；二、不离开家乡；三、不避入城市；四、不谈政治、战争问题；五、不偏袒一方；六、不参加斗争漩涡。

（三）

放归田里以来，亦常以“六不”自儆。然以时日不同，屡有更订。顷[②]文化大革命已属结束，幸得苟全。今后当益加谨慎，必敬必戒，勿再损晚节。素以自儆者，略加修正，以此“六不”固守残生。

一、不妄谈国是；二、不问闻家以外的事——进展为家内事也不问闻；三、不臧否人物；四、不幸灾乐祸；五、不谗谄面谀与忮[③]求；六、不计较个人恩怨与毁誉。

（四）结语

观三时期之约言，不庸讳言都是消极的。以今视之，不仅消极，而且有些糊涂，甚至反动。从而知人生观之模糊；然余本一思想糊涂之人，乌能有高明正确之人生观！矧夫一时期有一时期之社会生活；一时期有反映一时期社会生活之思想情况，存其本真，罔计是非。

一九六九己酉年春志

（五）

真正的贫苦农民，而今翻了身，脱离了苦海，掌握了政权。不啻我的父母身受。余欣幸之心当何如也！若昔为地富，挥霍变穷，或流氓无赖，欺压善良，适值解放遽以贫苦自豪，其诉苦时，不知当做何感想也！

庚戌（一九七零）年春

【注释】①揭橥（zhū）：标明，揭示。橥，拴牲口的小木桩。②顷：不久。　③忮（zhì）：嫉妒。

孙揆与马塈

唐末孙揆被沙陀①锯死而不屈，
宋末马塈被蒙古②斩首而又起立。
大矣哉，此宝贵民族义愤之气。
呜呼！炎黄帝胄③民族魂，
岂乃庸懦柔荏④畏首而畏尾！
史不胜书：或慷慨而死，或从容就义。
什么“武士道”“大和⑤魂”？
要在“泰山”“鸿毛”的分歧⑥。

庚戌（1970）腊月十一

【注释】①指后唐李克用。他起兵后，俘唐节度使孙揆，劝其降，孙大骂不屈，克用令锯之，揆坦然不惧死。（先生原注）②指元兵。南宋末马塈守静江，元主召降，许为江西大都督。塈焚其诏，杀其使，城破被杀，断首后犹据拳奋起，逾时始仆。

（先生原注） ③胄：后代子孙。 ④柔荏：软弱。 ⑤大和：日本民族。 ⑥日本年前有三岛者，剖腹自杀，要胁政府恢复军国主义，哄传为“东京事件”。此日人自诩为“武士道精神”“大和魂”者也。（先生原注）

晨起朗背渊明《归去来兮辞》与工部《茅屋为秋风所破歌》荆妻出而止之

自书被抄收后，无书可读，精神枯寂难言，昔日所读诗书亦几遗忘净尽，惟《归去来兮辞》与《茅屋为秋风所破歌》尚能背诵。每晨起乘脑清醒之际背诵数过[①]，藉慰寂寥，以安神思。不意背诵至得意时，竟如长啸，如浩歌[②]，致干扰他人，内子出而止之。

朗诵《归去来》，聊将闷怀开。长背“茅屋秋风破”，私庆尚有南垌得宁卧。兴会酣畅形神忘，似长歌冲破天空，余音袅袅而绕梁。“干么声音这么大？惹得行人驻足听，群童探望齐惊讶。”老妻来干预，吾意殊不然：“我自读我书，与人何相干！”“宝书有四卷，好戏有样板。随尔读，任尔唱，看谁把你管！”知著贵见微[③]，无言阃命[④]依。

辛亥（1971）正月二十五

【注释】①数过：数遍。 ②浩歌：放声歌唱。 ③知著贵见微：来自于“见微知著”，指见到事物刚刚露出的一点苗头就能知道其本质和发展的趋向。 ④阃命：女人的命令。阃，旧时指妇女住的地方。

编外

我要说的话

刘淑静

沈孜研是我先生，去世三十多年了。今天我在九十五岁的垂垂暮年，见到他残留的诗文结集面世①百感交集。

首先，我要特别感谢郭从珍。从珍是我先生特爱重的学生，又极可惜的学生。从珍不知耗费了多少心神和时间，把他老师残留身后的诗、文、日记等整理成集②，出版面世，给先生的子孙后代，及其他与先生有缘有交的人留下永久的纪念。这是我们沈家人特别感念从珍的地方，也是我先生的在天之灵特别感念从珍的地方。从珍，多谢你了！

先生与我风雨同舟四十余年。他的所作所为我不能全部理解，因为我只有小学的文化。但我心里最清楚：他是个实实在在的好人。因此，我总是全力持家，让他放心尽力地在外面办事。在先生最失意、最压抑的晚年，我尽量宽慰他。我开始每年坚持给他办生日。办生日在现在说来实在是太稀松、太平常了。但在那个时期谈何容易。我东跑西跑，费上两三日时间，才能让他在生日那天喝上几口红薯干酒，吃上一两碟下酒的菜。这样的生日宴，现在会让人笑掉大牙！但那时作用可就大了。俗话说得好：生与死只差一口气。我就是要我先生永远都能得到“坚决活下去”的那口气。在很少有人把他当人看的年代，仍有最了解他的妻子和他举案齐眉。

① 指《沈孜研诗文选编》印刷品，由郭从珍、沈可钦编注。

② 本次正式出版时未编录日记部分。

但我也有一件始终不能原谅自己的事：在先生临终时没有守护在他身旁，没能亲口与他诀别，没能亲眼送他远行。先生临终前写有遗嘱。由于两个儿子年轻无知，没有及时告我，致使丧葬方式有违先生的遗愿。三十多年后的今天，再次见到这份遗嘱时，我心如刀割。我只能向我深爱的先生说：对不起，对不起，对不起……我更祈求我终生信奉的主：让我先生和我未来在主的大爱中永生！

先生有许多藏书。他一生爱书如命。夏末秋初，总要亲手在庭院中摆书晾书。他什么东西都舍得送人，唯书除外。书对于他，那就是空气和水，尤其是在他最苦闷、最忧愁的晚年和三年大饥饿的年代。书能让他忘忧、忘愁，甚至忘记饥饿。他人生的最后四年住在一孔破窑里，与书相伴，洞中常有吟哦诗文的朗朗声。他还用毛笔大书“忧乐窝”三字，贴在洞门上，意为“忧中有乐”。他能这么乐而忘忧，我当然很高兴。但那是什么年代?!这不是没事找事？于是我赶快出面劝止。这时他总是像刚让人从酣梦中喊醒，茫茫然若有所失！

先生终生教书育人。但在抗战军兴后，作为一个爱国的知识分子，他奋不顾家投笔从戎。他有一位同乡同学兼终生知己——崔划璞，是中共地下党员，时任国民军36师师长。我先生因有这样特殊的关系，曾两次投奔崔部，从事抗日救国工作。本书收录有先生当时写的不少诗文。

抗战前我先生在山东济南、泰安等地中学教书。有一年暑假，山东省集中全省中学教员进行军训。我先生参加了，我三姐夫王馥青也参加了。军训结束时，我们两家人心怀以身许国的壮志合影留念。后来我三姐夫参加了山东抗日民军，坚守在鲁北地区，艰苦抗战七八年。大丈夫就应当保家卫国。所以，我为此更加尊敬我先生和我三姐夫，也特别珍存着这张照片。

先生有终生记日记的习惯。可惜这些日记，有很大一部分焚于抗战烽火。而晚年的不少日记，又让我在“文革”初焚毁不少。因为那时，说实话也会犯罪，也可能掉脑袋。而我先生偏偏是个宁死也不会昧良心说瞎话的人，所以我就坚决烧了他许多日记。

因为上述原因，书中收录的日记，只是冰山一角，不足以显示我先生的思想全貌。

在我先生最困苦的年代，不少亲友、同乡、学生，给了他许多同情和救助，先生和我对这些恩人好人特别感念。我再三嘱咐我们沈家的后代，要永远记住这些恩人的名字，要学习他们，找机会报答他们，也要关爱其他的苦难人。后人们能这样做，就是对先人们最大的孝敬，最好的补报。

最后，在这里我要特别感谢一个人，他就是我国为改“法制”为“法治”辛勤奋斗了二十年的法学家——李步云先生。他为我先生的诗文选编写了序，他把我先生定位于热爱祖国的知识分子和教育家，这使我和我的子女们得到了莫大的安慰。从此，了却我一件心事，可以轻松愉快地安度晚年了。

写于 2007 年

我的第一位文化老师

——忆沈孜研先生

崔兰田口述　杨奇笔录

我自幼逃荒要饭，一岁在郑州考入周海水师傅的太乙班学戏。好像我这个混饭吃的“小戏子”，只知道学戏演戏，养家糊口。对读书识字的事儿压根儿连想也没敢想过。

我们一同入科的四五十个穷孩子中，没有一个进学堂念过书，科班的师傅也都是目不识丁的戏曲艺人。虽说当年他们都是身怀绝技的红角儿，在舞台上经常扮演满腹经纶的状元、丞相，可是在台下他们都是连自己名字都不会写的“睁眼瞎”。自古以来，土梆子戏科班只教戏，从不开文化课。师傅教唱说戏，全靠口授心记，既没有剧本，也没有乐谱，十分费时费力。玩艺儿全装在老师肚子里，本领全长在师傅身上。师傅教一句，徒弟学一句，唱词通俗点的还能听得懂，若是文雅些的唱词和成语念白便听不懂，只知其音不解其意，鹦鹉学舌，全照师傅示范的唱腔念白和表演动作死记硬背。有时候唱了半天，也不知道是啥意思，甚至读错音念白字弄出笑话，自己都不知道错在哪里。

在我的青少年时代，曾经遇见了三位好心的老先生，亲自找上门来，教我读书写字，甘心情愿做我的老师。我的这三位文化老师有三个共同点：第一，他们都是很有学问的老先生；第二，他们都是热爱戏曲的老戏迷，而且都非常关心我这个“小戏子”的成长；第三，他们都是作风正派、为人耿直、待人忠厚的长者。在这三位老师的谆谆教诲下，我不仅认识了许多字，提高了文化水平，而且懂得了许多做人的道理。他们的言传身教，对我道德观念的形成起了潜移默化的作用。常言说："近朱者赤，近墨者黑。"我一生为人处事，除了受我父母和师傅的熏陶外，在很大程度上受这三位文化老师的影响。

我的第一位文化老师是荥阳县立中学的校长沈孜研先生。我们相识大约是在 1938 年。当时他刚刚四十岁出头，看上去却像五十多岁的年纪，修长的个头，腰板挺直，有时穿西装，有时穿一件长袍，思想比较进步，在当地是个很有影响的人物。沈孜研先生和周海水师傅很熟，常去看我们的戏，他很喜欢这个由穷孩子组成的娃娃戏班。从沈先生与周师傅的言谈中，我知晓沈孜研先生原名叫沈兆泰，早年在北京大学读书，曾为冯玉祥的军官队补习过文化课。

当时中共地下党在荥阳开展抗日救亡活动，沈先生也积极参加这些活动，加上沈先生思想进步，因此有人说沈先生是地下工作者。

1938 年开封沦陷，为宣扬爱国主义，鼓动民众抗日，沈先生专门给我们小科班写了一个剧本，叫《戚继光战台州》，说的是明代民族英雄戚继光抗击倭寇的故事。我扮演戚继光，毛兰花扮演戚夫人，我和大师姐在沈先生和周师傅的指点下演得情真意切，把台下观众感染得声泪俱下，义愤填膺。沈先生直夸我们演得像，感动了观众，唤起了民族的觉醒。

沈先生十分关心我们这些穷苦孩子的文化学习，经常给我们讲授抗日爱国的思想。他借用附近的民众教育馆给我们上识字课。第一堂课至今我还记得很清楚，课文是："你是中国人，我是中国人，大家都是中国人。中国人爱中国，大家都用中国货。"我当时已经是科班的小主演，沈先生对我印象很深，夸我戏演得好，勉励我要刻苦学艺，用心学文化知识，将来一定会成为一个有名的演员。沈先生很欣赏我的名字，他说："提到你的名字，我便联想到'蓝田生玉'这个成语。"他建议我把兰花的"兰"

字改成蓝色的“蓝”字，但后来因故一直没有改过来。几十年来，一想到我这个“兰”字，便怀念这个令人尊敬的沈孜研先生，希望能够有机会再见到他。直到40年后在北京演出时，才出乎意料地得知沈先生的下落。

1980年5月，我到北京演出，住在总参的招待所。一天，一位素不相识的中年妇女找到我的房间。她问我40年前是不是跟着周海水的科班在荥阳演过戏，又问我记不记得荥阳县立中学的校长沈孜研先生曾经为我写过一出名叫《戚继光战台州》的戏。我说：“记得！沈先生是我的第一位文化老师呢。你怎么知道这些事？”她说：“那时你们经常到沈家去玩，记不记得他家有不满周岁的小女孩？”听着她的问话，我脑海里顿时呈现出当年我们在沈先生家玩耍时的情景：那个不满周岁的小女孩趴在炕上向我们张着小嘴笑，我们师姐妹们经常抢着抱她。沈先生高兴地逗她说：“妮妮，笑啥里？长大了把你送到戏班跟姐姐去学唱戏吧！”一晃40年过去了，难道说眼前这位文静的大妹子就是沈先生的女儿？我想着往事，回想着那个小女孩的模样。不等我回答，她就激动地拉住我的手说：“大姐，我就是那个小女孩，沈孜研就是我父亲！”做梦也不曾想到沈先生的女儿会在北京同我见面。我紧紧地握着她的手，急切问道：“老先生身体还好吧？你到北京来出差，还是在北京工作？”一句话问得她泪水流了出来，她抹着腮边的泪水哽咽着说：“我父亲解放后被调到中牟县中学任教，1957年被错划成右派分子遣送回荥阳原籍劳动改造，1972年农历五月初十他含冤而去。我大学毕业后分配在北京工作，现在是北京皮革制品公司的工程师。”说到这里，她又抹了一下眼泪，叹口气说：“如果我父亲能活到现在，他一定会更高兴。”我劝慰她：“党中央拨乱反正，很多含冤而去的人，都得到了平反昭雪，像沈先生这样对国家对民族做过贡献的人，人民是不会忘记他的。我作为沈先生的学生，为有先生这样的文化老师感到自豪。如果老先生在天有灵，我想他也会为有我这样的学生感到骄傲的!”

（崔兰田：著名的河南豫剧表演艺术家、崔派艺术创始人，安阳豫剧团团长。）

（杨奇：中国戏剧家协会会员、安阳市豫剧团副团长、艺术创作委员会主任、专业编剧。）

怀念与内疚

牛 劢

沈孜研先生，河南省荥阳县（今荥阳市）教育界著名人士。1953 年为支援中牟县教育事业，举家调迁中牟县，任教于中牟第一初中。1956 年中牟县增招高中班，沈先生任高中语文教师兼语文教研组组长和班主任。当时，先生年龄较长，但任劳任怨，辛勤耕耘，深受全校师生爱戴，尊为沈老。其时，我任中牟一中校长兼中共党支部书记。年轻学浅，多蒙沈先生及诸多老教师教诲辅助，受益匪浅，遂成忘年之交。

沈先生学识渊博，师德高尚，教学有方。1956 年当选为中牟县第二届人民代表大会代表。大会期间参加主席团。作为爱国民主人士，经大会选举荣任中牟县人民委员会（中牟县人民政府）委员，参与人民政权建设事业。沈先生系众望所归，当之无愧。

1957 年，我国社会改革完成，经济、文化建设高潮兴起，人民内部矛盾突出。党中央发表了一系列扩大民主举措，提出“百花齐放、百家争鸣”的方针，开展整党整风运动。号召人民群众大鸣大放，采用大字报、座谈会等民主方式，开展批评，帮助党整风。广大民众，特别是广大机关干部、广大知识分子积极响应号召投入运动。沈先生和众多教师也诚心诚意提意见帮助党整风。

风乍起，形势突变。

整党整风运动转向反击资产阶级右派分子的斗争。大规模的、急风暴雨式的群众运动狂潮袭来，作为爱国民主人士的沈孜研先生和许多教师陷入灾难之中。

这次反右派运动，中牟一中先后错划了右派分子近 20 人，占全校教职工 60 人的 1/3。其中有两顶帽子：右派分子和反革命分子。因为反右后期又加肃反内容，将肃反运动中坦白从宽不够格的又从严定罪。

反右开始，中共中央发表了识别“香花”和“毒草”的六条标准。但操作起来异常困难。先根据出身成分、历史政治面貌站队，再依鸣放内容分析批判。在揭发批判中，断章取义，剪头去尾，攻其一点，不及其余，联系历史出身等政治背景，无限上纲定罪。

当时我主持运动，认为党的一贯政策是批判从严，处理从宽。群众运动批判从严而已，最后结论再甄别定是非。不料我因反右中坚持文斗不搞武斗，遭到众兄弟学校指责为右倾，批评我温文尔雅，不激烈，没声势，软弱，不狠。县委主持文教界反右的县领导批评我右倾，立即从专区调来专职书记主持运动。调我离职赴河南大学政教系学习受训，改造右倾立场。反右加肃反全由县直接定案处置。1958 年夏，在河大学习改造结束，我回到学校，众多被批判斗争的教师已被作为阶下囚处置完结。真是“白茫茫大地真干净”。

回想 1955 年，我主持中牟一中教师肃反运动，严格执行党的调查，研究实事求是的政策精神，没有揪出一个合格的历史反革命分子。我虽落了个右倾恶名，但我心安理得，没留运动后遗症。而这次反右派运动我明知批判是牵强附会，却不敢实事求是。虽然 20 年后积极为他们平反复职，但思前想后，内心甚为内疚。

沈先生被迫回乡后，念念不忘为党为国尽力。他写下古体四言诗《自况（四言四首）》，诉说期望能为他平反复职发挥余热的强烈心愿。然时机未到。沈老先生在晚年仍在“风刀霜剑严相逼”的境遇下，悒郁不得志，不幸早逝，未能亲自聆听人间为他申雪冤屈的正义之声。

沈先生是我的忘年之交、师长之辈。我钦佩他的学识，敬仰他的人品，也稔知他的秉性。性耿直，善自责。在群众大批判中，青年人上纲上线怒斥他反党反社会主义。他满含受辱之情，奋起反驳，拒不降服。当我和他个别谈话，启发他自己出身旧社会，受旧教育，又为旧社会服务养成旧世界观，应从严检查自身缺点时，他就会自谦自责地端正态度，从严接受群众的批评，不再当众顶牛。不仅沈先生，其他众多受批判老师，都是满腹冤屈，迫于政治压力，无奈接受处置的。

20多年后，奉指示为反右受害者平反复职。我和这些老教师又盛世重逢，握手言欢，恢复了昔日之情怀。目睹他们精神矍铄、身体康健，真似经霜红似二月花。在这盛世和谐机会到来时，却未能目睹沈孜研先生的慈容，未能当面负荆请罪，是我永远不可挽回的千古遗憾。沈老先生含冤仙逝，女儿及次子都成家立业，唯有小儿可钦仍独处僻壤，孤苦伶仃。当时我请求知青办公室以下乡知识青年关系将可钦转牟就业，来弥补我对沈先生的愧疚之情，或可稍稍告慰沈翁在天之灵。

晚生与挚友　牛劢

公元2007年初春

（牛劢，原名牛松年，1926年生，山西省平顺县人。1949年春参加革命，并进入培训革命干部的中原大学学习。1950年任中共中牟县委宣传部干事，1954年任中牟一中校长（现中牟一高），1956年兼中牟一中党支部书记。“文革”期间，被视为中牟县教育界头号走资派，备受打击迫害。1978年河南省委组织部647号文件为其彻底平反，1988年离休。）

回忆教育家沈孜研

楚　良

1937 年 4 月我尚未满七周岁，父亲楚纬经（注）从安徽省政府卸职归里，居家赋闲。不久七七事变爆发，日军大举猖狂入侵中国。父亲非常关注战局发展，经常邀请荥阳县知名人士沈孜研先生和其他至亲好友来家谈论抗战形势。我到客厅玩耍，常看到父亲与沈先生亲切交谈。

有一次，父亲拉着我的手到沈先生面前，要我叫沈先生为孜研叔，从那以后我见到沈先生就以孜研叔相称。后来孜研叔把爱女力文妹认给我父亲做义女，父亲欣然接受。这样两家接触更多，如同亲戚有来有往，这种往来持续了十多年。直至 1949 年后，因生活的变化以致失去联系。2003 年我回郑州，得悉力文妹在北京工作且已退休，还得知她的两个弟弟的工作单位和住处，获悉孜研婶母健在，寿登耄耋，欣喜之情难以尽述。当我听说孜研叔 1958 年遭到不幸，晚年生活凄惨，并于 1972 年含冤离世时，我悲痛难抑，感慨不止！

孜研叔肄业于 20 世纪 20 年代北京大学中文专业。国学功底深厚、宏达博雅，是一个学贯古今的学者，唇耕舌作三尺讲台几十年。他治学严谨，诲人不倦，曾执教许多县市省份，是一个桃李满天下的师者。他对教育事业的贡献和业绩可以说是有口皆碑，是一位名副其实的教育家。现就我所知道的有关他的一些事略述几件。

1938 年，中共地下党员时任郑州、密县、荥阳工委书记兼荥阳县委书记的张漫萍，在荥阳开展工作时，结识孜研叔。思想进步、满怀爱国激情的孜研叔拥护党的抗日民族统一战线的正确主张和方针政策，积极参加党组织领导的抗日救亡协会工作。孜研叔利用自己县中校长的职务便利，给予张漫萍以掩护和尽力帮助。为了培训抗日武装，张漫萍曾举办过军事训练班，张漫萍任政训员，孜研叔任班主任。这一时期党领导的抗日救亡活动在全县蓬勃发展，各个阶层人士的抗日热情普遍高涨。抗日救亡协会创办了《救亡三日刊》，还在城南山区发展农会，地下党组织还适时发展了一批党员，如县中学生贾协忠就是那时发展的共产党员。

为激发民众抗战热情，孜研叔编写了历史剧《戚继光战台州》，由周海水领衔的豫剧班排练公演。《戚继光战台州》上演后，曾轰动一时。孜研叔除了给周海水的戏班编戏写戏，还十分关心戏班穷孩子们的文化学习，他借用县民众教育馆，教他们学文识字。当年曾跟着他学文化知识的豫剧表演艺术家崔兰田先生，在她的回忆录中写出自己的深切感受，她说："沈先生作风正派，待人忠厚，关心戏班青年演员的成长，在他谆谆教诲下，不仅认识了许多字，提高了文化水平，而且懂得了做人的道理。他言传身教，对我道德观念的形成起到了潜移默化的作用。"

孜研叔参与创办荥阳煦初高中。1941 年，日寇进逼荥阳，在荥阳的四区联中迫于形势西迁孟津，家乡子弟面临外地求学的困难境地。家父楚子襄和韩五峰等有识之士决心创办荥阳私立高中，解决家乡子弟上学难问题。并决定将创办的荥阳私立高中命名煦初高中，用以纪念为荥阳教育事业做出巨大贡献的清末荥阳县长张煦初先生。

这一义举得到了孜研叔与中共地下党员丁云青的积极响应和加盟。几经周折，煦初高中终于在 1942 年创建成功，并开始招生。但时值河南大旱灾，新建的煦初高中教学办公经费十分困难。孜研叔体谅学校困难，提出不要薪金，只要学校配发的小米来养家糊口。1948 年 10 月荥阳解放，这时原教务主任姚明甫先生因年迈体弱，主持校务有困难，于是学校聘请孜研叔担任教务主任。此时因战乱，筹备复课有不少问题，突出的是教师奇缺。在孜研叔的主持下，经过多方努力，很短时间内基本聘齐了各班级的课任老师。当时周边各县市的高中大都停课关闭，唯独煦初高中有琅琅读书声。

为使学生对新生政权有所认识，孜研叔特意邀请县人民政府赵效三县长、县教育科长郭颖生来学校做形势报告，宣讲党和政府的政策方针。

1949 年初，荥阳县人民政府接管煦初高中，并与县初级中学合并，更名为荥阳河南省立中学，孜研叔仍留校任教。

当初创业者，早已长逝矣！唯其业绩永存史册。

2006 年 12 月 25 日于武汉

（楚纬经，又名子象，字子襄，号愚公。1882 年 2 月 5 日生于今荥阳市土桥沟村。1909 年参加孙中山领导的同盟会。1916 年当选为国会参议院议员，并获总统颁发的一等大绶嘉禾章。1919 年 8 月任汉中道尹，192 年调置陕西全省警务处长兼省会警察厅长。嗣后 1930 年曾任河南省政府委员民政厅厅长，1934 年 2 月任安徽省政府委员，1937 年卸职归里后，又当选为河南省参议会第二、三届参议员。1942 年创办荥阳煦初高中，并任校长至 1949 年。1952 年 3 月病逝于四川广元，终年 70 岁。）

（楚良，原名汴生，荥阳市土桥沟人，1930 年 8 月生，大学文化，中共党员。原任湖北省科技商贸学校经管教研室主任，高级讲师，省优秀教师，1990 年离休。）

迟到的遗言

——怀念我的老师沈孜研先生

郭从珍

我从八岁开始入私塾读书，直到高中二年级，接触过许多老师，他们在我心目中都留下了良好的印象。而沈孜研先生则是我一生中最难忘的一位。沈先生是河南省荥阳县城关乡杨垌村人，1953年由荥阳县中调中牟一中任语文教师，并担任语文教研组组长。我同沈先生接触始于1955年秋季，那时我刚升入初中三年级。沈先生教我们班的语文课。他高挑的个子，面目清癯，脸上已出现了老年斑，但他步态轻盈，精神矍铄，两眼炯炯有神。当时听说先生早年在北大读书，曾听过鲁迅先生讲课，还在冯玉祥将军身边做过事，同学们都对先生十分崇拜。亲自聆听了先生的讲课之后，更为他渊博的学识和诲人不倦的师德所折服。当年在中牟一中，先生是公认的忠厚长者的典型，深受全校师生员工的敬重。他为人礼让谦恭，从不以长者自居。他工作尽职尽心，兢兢业业，以讲授古代文学见长，批改作文尤为认真。先生关爱学生，从不伤害学生的自尊心，即便功课再差的学生，也能一视同仁。由于他德高望重，作为一中教师的代表当选为中牟县人大代表、中牟县人民委员会（县政府）委员，成为全县教育界的泰斗。我喜爱文学，更敬重沈先生，是全校师生公认的沈先生的高足。当时的沈先生也对我寄托了殷切的期望。在初三时的一次语文课上，沈先生曾当着全班同学称许我们班的肖杰义同学和我是未来的鲁迅和郭沫若，足见先生对学生的鼓励和器重。可惜我们做学生的不争气，肖杰义同学已于两年前作古，他未能当上鲁迅，我自然也与郭沫若相差十万八千里。我们都辜负了先生对我们的期望。更让我愧疚的是，由于我的不争气还带累了沈先生。那是1957年夏季，因为我们是县高中的首届学生，学校教学质量差，同学们要求将高中部迁往城市。当时我作为一中学生会主席，带领两班高中学生去县政府请愿，耽误了两节课，成为一中罢课事件的首脑人物。因为我同沈先生的特殊关系，在清算罢课事件的过程中，有人把矛头直接指向了沈先生，甚至不惜用诱供逼供的伎俩逼我指控沈先生是幕后操纵者。他们用推理的方法逼我说，你出身贫苦，之所以对社会主义不满，对共产党不满，不是沈孜研在语文课上经常讲的李白、陶渊明自命清高，不为五斗米折腰对你的思想毒害吗？事实上，罢课事件不唯沈先生事前毫不知情，就连我本人也不过是一时冲动，自尊心太强，把学生会主席的身份看得太认真的缘故。我怎么能不分青红皂白往沈先生身上泼污水呢？我自然就成了顽固不化了。

就在罢课事件发生后不到半年的时间，学校提前放了寒假，教育系统的反右派斗争开始了。沈先生成了批斗对象，并以莫须有的罪名被打成了右派分子。“罪行”之一，也是最重要的一条就是操纵学生罢课，攻击党的教育方针。理由是罢课事件的直接组织者和指挥者是你沈孜研的得意门生，他带领学生围攻县政府，猖狂向党进攻，你不是后台谁是后台？年已花甲的沈先生怎禁得起如此的凭空诬陷？他无论如何也想不通。更让沈先生无法忍受的是反右斗争中那种非人的待遇。批斗老师的一大批积极分子都是本校的学生。他们对被划成右派分子的老师，极尽其侮辱人格之能事。每到开饭时间，右派们需先排好队去饭场。到了饭场边上，每人头上的帽檐必须向后，听带队人的口令先唱右派歌：“右派，右派，像个妖怪……”唱完歌之后，带队人大声喊：“趴下！”大家立即趴到地上。再一声“爬进去！”大家爬到领饭处。吃过饭后，再重复一遍“趴下，爬出去”的表演。这哪里是人的生活，分明连牲畜也不如了。

沈先生是那类连公职也不予保留的右派分子。批斗过后，1958年2月初全家被遣返回原籍。同年的4月，我也以配合右派向党进攻的罪名被开除学籍返乡务农去了。从那时起，我们师生便天各一方，音信不通了。

20世纪70年代末，拨乱反正之初，沈先生的两位公子——我的师弟可均、可钦，经多方打听找到我家，向我讲述了先生归农后的生活遭遇。

先生是位典型的中国知识分子，他善良诚实，年逾花甲还书生气十足。尽管他对自己被错划为右派分子感到冤屈，对强加在自己身上的不实之词尤其无法接受，但他自认为是旧社会过来的人，世界观确实需要改造，满心想着自己回乡历经一番劳动改造之后，来一个脱胎换骨，仍能为社会尽一份绵薄之力。返乡之初，他满怀希望，积极参加集体劳动，空闲时间还潜心读书，胸襟也十分开阔。他自号“荣辱子”，为自己居住的窑洞命名“忧乐窝”。在三年困难时期，忍受冻馁的折磨坚持撰写诗文。谁料祸不单行，1961年先生家里失盗了，原本贫困的家庭濒临绝境，不得不靠求亲告友度日了。先生在海外的亲戚闻讯寄来了钱物。就是这样一件再平常不过的亲友间的周济，却成了先生的飞来横祸。1962年，别的右派分子先后摘去了帽子，先生头上却又加上了一个反革命的罪名。理由谁也没讲，但不少人都能猜得到，那就是“里通外国”了。这次，先生复出的信念被彻底摧垮了。但他对生活并未绝望，并未失去信心。他身边藏有一部《圣武记》，是记述清朝统治者镇压农民起义和少数民族反清活动的。先生打算反其意而用之，根据其内容写一部反映清朝年间农民起义的史书。遗憾的是，“文化大革命”一开始，红卫兵就抄了先生的家，所有图书典籍付之一炬。连先生最后的一点愿望也化成灰烬了。活下去的勇气彻底失去了。加上一贫如洗、缺医少药的艰难处境，先生在贫病交加中于1972年农历五月初十含恨去世了。

两位师弟含泪向我转述了先生的临终遗言。老人在弥留之际，郑重向两个儿子交代了一个遗愿：我在中牟县有一个学生名叫郭从珍，他是孟庄公社郭辛庄村人，是个很有才华的青年，是我的事情让他受了株连，是我毁了他的前程。我不能当面向他致歉了，我死之后，你们如有机会去中牟，一定要想法找到这个学生，替我当面向他表示歉意，就说老师对不起他。

这番遗言是在先生去世八年之后我才听到的。当时，我感动得说不出话来。多么善良的老师啊！在那在劫难逃的年月里，怎么能说清楚究竟是谁株连了谁啊！其实，要说致歉，应该致歉的是我，当年是我的幼稚无知捅了娄子，连累先生晚年身遭厄运，含冤而逝。事已至此，复何言哉！所幸先生沉冤得雪，谨以此文告慰先生，愿先生九泉之下一展笑颜！

（郭从珍，男，1938年1月出生于中牟农家。种过地，打过工，先后担任小学、中学教员，《中牟报》、中牟县广播站编辑，河南省曲艺家协会会员。1995年从县水产局退休。现任中牟县作家协会主席、中牟县老年诗词研究会主编。著有《三巧奇案》（香港国际教育出版社）、《贾鲁弯弯》。）

怀念恩师沈孜研

李自强

1955 年秋至 1957 年夏，我在中牟一中上初三和高一时，沈孜研老师是我们的班主任。沈老师早年曾师从鲁迅先生，当过冯玉祥将军的幕僚，加上他为人正直，学识渊博，因此深得全校师生的爱戴。在师生教学相处的两年中，作为班主任，他对学生既严格要求，又关心体贴，充满了父辈对子女的钟爱和期盼之情；作为语文教师，他对每个字、每个词的讲解都一丝不苟，旁征博引，循循善诱，使同学们掌握了扎扎实实的语文基础知识。和谐深厚的师生关系，使同学们更对他崇敬有加。我常对人说，在学生时代，我最尊重、最佩服的老师就是沈孜研。

如今五十年过去了，沈老师的音容笑貌仍不时在我的心灵深处萦回。他为人师表的品格、严谨治学的态度和对我本人的悉心教诲，使我至今难以忘怀，有几件事尚记忆犹新。

1955 年冬天的一个上午，第三节是语文课。教室外面寒风呼啸，在教室内，沈老师的精辟讲解却像阵阵暖流一样温暖着同学们的心。但我们不知道，他是带着病来上这堂课的。快下课时，本来在讲台上一直来回走动的沈老师，却站在讲桌前不动了，脸上也泛出潮红。我坐在第一排正中的座位上，无意间向沈老师的脚下看了一眼，不料正发现从他的棉裤筒里流出了一串水珠儿。我马上意识到：沈老师尿裤了。下课后，我的同桌田杰三说，他也见到了沈老师尿裤子那一幕。我说，下一节是自习，沈老师按惯例会来辅导，看他换不换棉裤才能证实。自习课开始不久，沈老师果然来了，而且穿了一条新换的棉裤。在当时，很讲师道尊严。为了维护沈老师的形象，我和田杰三约定：这件事只有咱俩知道，谁也不能向外说。几十年来，我遵照诺言，守口如瓶，直到去年我偶然见到初中毕业时全班同学和沈老师的合影照片，心情激动不已，才忍不住把这件事告诉了老同学郭从珍，郭兄听后也肃然起敬。当年沈老师已经58岁了，他拖着带病的身体，但宁愿尿裤也不能影响上课，所忍受的痛苦可想而知。这种严格要求自己的长者风范是何等的可亲可敬啊！

我在班上年龄最小，数学比较好，但语文很一般，特别是对写作文不得要领。对我这样一个基本上是毫不起眼的学生，沈老师却没有轻看，曾几次找我个别开导。第一次，他说：你的聪明是够用的，数学好就说明脑子灵，但学生长大后走向社会，需要各方面的知识，因此必须学好所有的课程，决不能偏科。以后几次，除直截了当地指出我的缺点外，多是说应如何学好语文课，讲写作文应掌握的要点。沈老师语重心长的教导，使我深受感动，我开始在学语文、写作文方面下了一些功夫，并且进步较快。1956年青年节期间，团县委组织修青年路，事后我的一篇作文《记一次义务劳动》，被沈老师大加赞赏。我现在还清楚地记得，他的批语是："既有欢快的劳动场面，又有先进人物的典型事迹。写得好！"在作文评讲课上，还把我的这篇作文当作范文读了一遍。沈老师的表扬，使我受到鼓舞，从此我对作文产生了一定兴趣。我参加工作后，开始当教师教数学，自然是比较得心应手。后来在县委、县政府机关工作二十多年，我起草过很多文稿，也基本都得到认可。回想起来，这完全得益于沈老师当年的教育和栽培。

1957年下半年我升入高二，不久沈老师被错划为右派，从此我没能再见到过他。后来听说他病故了，我的心情十分沉痛，经常面向他家乡的方向默默为他祈祷。几十年来，我始终没有忘记我的恩师，是他教我如何做人，是他教我如何求知，是他的言传身教使我在漫长的人生道路上始终坚持坦坦诚诚做人，公公正正处事，踏踏实实工作。我一直在用我为人的正直和对事业的忠诚，告慰我恩师的在天之灵。

写于2007年

（李自强，男，生于1941年，中牟县官渡镇人，大专文化。先后任中牟县人民政府办公室副主任、县体改委主任等职。）

父爱如山

沈力文

1938 年 12 月 25 日，我出生于河南省荥阳县的一个村庄里。最早的记忆是跟着母亲过着东躲西藏的日子。那时，村里的姑娘们不但不梳洗打扮，而且还把灰土抹在脸上，个个丑得像个傻婆娘。母亲带着我和她们一起在深沟中奔跑，不是藏进厝死人的孔洞中，就是沿着深沟钻进离村较远的青纱帐中。人们坐在高高的青稞下一动也不敢动，即使要走动，也是慢慢地爬着走，绝不能搞出一点动静来。看到大人们一脸恐慌，大气儿都不敢出的神情，我也知道害怕，知道日本鬼子是可怕的。

有一次，母亲外逃来不及带上我，把我留在奶奶身边。两个鬼子进门了，我忙迎了上去，扬着小脸笑着对他们说："我家里没有鸡蛋了，你们看，我家里连鸡窝都没有了，怎么会有鸡蛋呢?"不知奶奶听了此话会吓成什么样子，只见两个鬼子都笑了。因为他们根本听不懂我的话，只看到我笑脸相迎。恐怕除我之外再也没有人对他们如此"友好"了。我之所以能如此勇敢，是受了父亲故事的影响。小小的缇萦能为父亲免受酷刑，四处奔跑，我为什么不能为奶奶骗走鬼子呢?

父亲在我心目中的形象非常高大。他在县城的中学里当校长，终日忙在学校里。回到家中也不做家务，也不和我们这些孩子玩耍，而是在他的书房中忙他的事情。他唯一和我们的交流是给我们讲些小故事。学生们尊敬他，我也敬畏他，乡亲们更是高看他，谁有什么难事都会找他帮忙。我刚上小学时，有一次考了个丙等第三名。老校长把我叫到他的跟前对我说："你爸爸可是一个有名的老师，他教出来的学生个个都是好样的。你可不要给他丢人啊!”这虽然是一次批评，很不光彩，我却为此得意了好几天，心想：“老校长也认识我爸爸啊！爸爸真了不起!”能对父亲有更深一层的认识，发生在那段难忘的时光。

1958 年 2 月，父亲因“右派分子”的身份，被开除公职遣返回原籍劳动改造。一向“养家不用三千亩，糊口全凭一教鞭”的父亲，顿失养家糊口的职业。当时，我正在开封第一女子高中读高三，大弟可均读小学六年级，小弟可钦还不到上学的年龄：没有一个能自立的。我只得休学一年，和父亲一起回到老家帮助安顿生活。那时刚刚成立农业初级合作社，社员们靠挣工分吃饭。在我家，父亲是右派分子劳动改造，苦干一天只有 4 工分，母亲是家庭主妇，按政策每天半天出勤、半天做家务，一天也只能挣 4 工分。唯有我一个整劳力还顶不上个儿，锄地挑粪都落后于人，很难挣够女劳力的满分——8 工分。一家人正为此发愁时，社干部把我调到新建的猪场当饲养员，这可是人人羡慕的好工作，不管刮风下雨都能出勤，每出勤一天给记 10 工分，相当于男劳力的最高分。这使得我们全家都很感谢。

猪场里养着大大小小 70 多头猪，由一个师傅领着我们 3 个小徒弟全权负责。猪场还附设一个豆腐坊，由两个人负责做豆腐和卖豆腐。我们 3 个饲养员除了负责猪场的工作外，还要帮助做豆腐，并且把做豆腐产生的下脚料——豆渣和浆汤发酵成猪饲料。工作虽然繁忙，但我都能胜任。第一天下班回家，父母关切地询问我猪场的情况，我把猪场的规模和气势详细地描绘了一番，父亲听后感慨地说：“了不起啊！真了不起啊！解放前咱们村里能喂得起猪的没有几家，现在由三个贫穷村组成的小小合作社，竟然能建立起这样的猪场。以前喂猪靠的是粮食，今天你们却用发酵的玉米秆和杂草来喂猪，真是想不到啊!”看着父亲的真情流露，不由地想他哪里会有今不如昔的思想啊，他对家乡的进步是如此高兴！

不久人民公社成立了，“大跃进”随之而来。小小的县城沸腾了，口号四起、锣鼓喧天。我们猪场的墙上写满大标语：“共产主义是天堂，人民公社是桥梁！”“大干、巧干、拼命干，共产主义早实现！”“自力更生、奋发图强、多快好省地建设社会主义！”一时间，大炼钢铁、深翻土地、修水渠、建水库轰轰烈烈地干起来。大家的行动口号是“争分夺秒，要与时间赛跑”。从此夜以继日地搞会战，成为常事。炼钢炉边写着醒目的大条幅：“不要高精尖，开展小土群钢铁跨纲要，十年超英，十五年赶美！”兴修水利的工地上豪迈地写着：“天上没有玉皇，地上没有龙王，我就是玉皇，我就是龙王，唱令三山五岭开道：我来了！”留在农田里干活的，都是老弱人员和妇女，然而喊出来的口号依然激动人心：“老年赛黄忠，青年赛武松，妇女要赛过穆桂英！”“人有多大胆，地有多高产，翻地三尺三，亩产翻两番。”在形势的激励下，我代表猪场表决心：“亩产千斤要有水肥保，养猪集肥不能少。我们要养猪千万头，保证施肥不用愁！”可惜的是，我刚刚表完决心，就被调进新建立的农技中学当老师去了。父亲让我选择没人爱教的语文课，说他会帮我教课。我们是一边上课一边参加劳动。同时，教师还要连夜参加批判“右倾机会主义”，根本就没有备课和改作业的时间。有一次我们去山上背矿石，天不亮就动身，返回时已是星星满天，我一边走动，一边做梦回到家了，正高兴能痛痛快快睡一觉时，腿一软打了一个趔趄惊醒过来。一路上就是这样在重复的梦幻中打着趔趄走回家的。如果不是亲身经历，我还不知道人走在路上也能打瞌睡。若不是父亲替我又备课，又改作业，我真不知道我如何面对学生。父亲不管多么累，多么困，他都不会放弃这个义务，哪怕学生们都累了，不想做作业了，他仍是有几本改几本乐在其中。

在一次修水渠的大会战中，父亲的任务是砸石子儿，就是把大块的石头砸成较为均匀的小石块。他看着人家砸夯的、推车的、和泥的样样都比自己的活儿重，便十分认真地砸起来，只砸得汗流浃背也不愿停下来。一位干部走过来对他说："你先不要在这里砸石子了，到那边帮忙抽车倒土吧！"腰酸腿痛的父亲，一边朝着他指的方向走去，一边担心自己能否胜任。他已年届六十，又患有高血压。谁知到了那里，看到倒土的地方一漫下坡，只要紧走几步把车把一扬，土筐就会扣在地上，再用车头一撬、土筐一顶，土便从筐中倒在地上。大家都认识父亲，谁也不让他帮忙抽车，只需他帮助把土筐捡到车上。此时，父亲才明白那位干部是在照顾自己，告诉他干活要灵活一些，才能坚持得更长久。

大弟可均小学毕业了，他的学习成绩是全年级第一名，却因父亲的问题两次参加升初中考试，都被中学拒之门外，更何况这所学校曾是父亲呕心沥血经营多年的学校。均弟表面上毫不在乎，一边劳动，一边自学。但从他自制的书签中可以看到一个少年的痛苦："幼儿初断奶，哭声凄且怜。少年迫离书，此乃亦同然。"当父亲发现这个小书签时，一下子崩溃了。只见他把手重重拍在桌子上吼道："我有罪可以枪毙我，为什么要连累一个无辜的少年？"我本来下决心不再复学，从此帮父母挑起生活重担，以培养两个弟弟。面对这样的现实，我改变了主意，决定前往开封复学。我要走出去，为弟弟另寻出路。

在我复学期间，正好赶上开封市的重点中学为了保证生源和学生质量，提前对外县学生招生。我托好友贾玉梅同学在她的母校为均弟争取了一个报考名额。结果，在我考上北京轻工业学院的同时，均弟考上了开封市第八中学。这两件事让父母高兴得不得了，从此我们家也开始了难上加难的生活。

家中唯一筹资的办法就是变卖东西，母亲把父亲的毛衣改成儿童套装，连同父亲的长衫、西装都拿出去换钱，父亲托人卖掉自己的怀表等心爱之物，没有什么东西可卖了，只有到远离县城的集市上出卖自己的书。父亲把书摆在地上，旁边铺上卖书小启“黄金有价书无价，识者千金不贵，不识者分文不值……况鬻者无异沿门托钵。购者行同倾囊布施。莫问相识不识情谊。取予交欢，弗作讨价还价俗行。”任人挑选，任人随意付钱。

家中值钱的衣服卖尽了。旧的被褥坏了无法更新，母亲从社里找来几个破麻袋洗干净，里面装上新麦秆，做上两床草褥子，铺在窑洞里的床上。窑洞冬暖夏凉很是适用。没想到这一用就是十几年，一直到我工作之后，还没为父母换下这草褥子。因为家中需要添补的东西太多了。

我入学后的第一个国庆节，班上开联欢会，会上备有水果、糖、花生和栗子。我想十月十日是均弟的生日了。他刚刚十三岁，初次离家在外，不知会遇到什么困难，何不写信慰问一下，于是偷偷藏下两块糖和一个栗子。晚上写了一封信把糖和栗子一起塞了进去寄了出去。没过多久便收到均弟的回信，信中还夹着一首打油诗：

千里迢迢田复田，姐弟求学各北南。
暗愧无力两相援，思潮涌腹念凉炎。
三载寒窗瞬间过，姐成栋才弟成年。
胸怀壮志建祖国，乐园不成誓不还。

小弟已忘己生辰，姐姐竟能记在心。
千里鹅毛孰曰轻，毛栗今值百亿金。
姐姐情谊弟自明，急忙拜收覆心扪。
胸前荡起千顷浪，怎把丹心报姐恩。

儿女成人父母劳，生辰焉能自逍遥。
莫把礼物赐给我，献给二老以慰劳。

不久，我又收到父亲的来信，厚厚的信封中装着父亲写的信、可钦弟写的信，还有父亲对可均弟那首打油诗的修改稿：

千里迢迢违椿萱，负箕远游各北南。
困窘相援缺资力，奋勉共祝寄箴言。
三载寒窗白驹隙，姐成栋才弟英年。
祖国慈亲常在念，学行不成誓不还。

小弟犹忘己生辰，姐姐竟能牢记心。
德音惠我及时至，枚栗糖块贺意深。
千里鹅毛孰曰轻，友于情谊抵万金。
拜收礼物欣且喜，铭刻当随岁月深。

儿女成人父母劬，昊天恩德无比高。
生辰礼物莫送我，献给二老以慰劳。

小弟可钦的信仅短短几行字：“姐：你给我哥寄的糖和栗子，我哥又给我们寄回来了。爸妈吃了一块糖，我吃了一块糖和一个栗子。心中非常高兴。我要好好学习才能报答你们。小弟钦。”

看完信后，不由心中无比感动。把糖和栗子放进一封平信中邮寄，本是不应该的。没想到它从北京飞到开封，又从开封飞到荥阳，又从县城到农村，竟完好无缺地到达父母手中。迢迢千里不知麻烦了多少人。它们的价值真的是千金了。它们不仅为我们一家人传递亲情，更使我们感受到邮递工作的辛苦和伟大，享受到更大的爱，感激之中，我抄下父亲修改的一句诗“祖国慈亲常在念，学行不成誓不还”作为我的座右铭。

大学四年里，我没有买过教科书。所用的理论书和制图文具等，皆从学院的图书馆和制图室借用。学院给了我最大的宽容和帮助，并在寒假期间为我提供勤工俭学的机会。我从心中感谢学院，四年中把心思全用在学习上，在学校是小有名气的好学生，我常常把我的成绩汇报给父母，以安慰他们。均弟也是如此。父亲则把我俩给家中的信，在回信时交叉着寄给我俩。父亲的信写得非常好，简明生动，如同与我们当面聊天，虽远离家乡，我们感到犹如就在他们身旁，我们从没有孤独寂寞之感，却不知父母买邮票的钱是怎么从生活费中挤出来的，只知道父亲病了从不看病买药，母亲的牙坏了，为了省下一元钱，竟让本村的一个孙子辈年轻人沈年用丝钳把它拔掉了。

1960 年暑假，我第一次回家探亲。一路上直想着到家后的惊喜，对眼前的一切景物视若无睹，走进门只觉得静悄悄的。大门和屋门都敞开着，父母和小弟去哪里了？走进堂屋只见母亲躺在外间睡午觉，探头看里屋，床上躺着一个瘦小的女孩，不免纳闷：谁会到我家做客呢？再仔细一看，发现外屋的不是母亲，而是父亲。那个瘦女孩原来是母亲。他们病重了，变样了，我不由把行李一丢掩面而泣。这时我听到父母间惊喜的声音："呀！是力文，是力文回来了！"听到他们还能清楚地说话，我马上镇静下来，但仍然止不住哭泣。父母心慌了，追问我怎么啦，我喃喃地说："你们怎么都这样了？""哎，力文你真傻啊！"这是父亲的声音，"你难道在路上没有碰到人吗？有多少人都饿死了，咱们还能活着已经是万幸了！"……我回家的时间正是中午炎热的时刻，一路上真的没有碰见人。他们会是什么样子呢？事后我看到了乡亲们，个个面色青黄、骨瘦如柴，唯有一个大肚子向外突着。这景象使我了解到家乡的饥荒是多么严重。公社的食堂早已解散了，每人每天发半斤口粮以维持生命，这半斤口粮不是什么真正的粮食，而是上面分配什么发什么。前段时间是白薯片和发霉的黄豆饼，就连这么一点儿保命粮还经常间断。乡亲们吃光了所有的树叶、树皮和野菜，有很多身强力壮的人都倒下了，更何况老弱病残者，很多人在短短的几天内饿死了。多亏了昔日的荥阳好心人的帮助，父母和小弟才能挨过那些最艰险的日子，活了下来。由于饥饿和严重的浮肿，政府对社员的要求格外宽松，干活的时间由自己掌握。只要保证收割和耕种不误，不强调每天出勤和劳动时间的长短。那个暑假我们全家人聚在一起度过了人生最艰苦也是最幸福的一段时光。父母让我陪可均弟到县城的粮店里，用他带回的粮票买回粮食。其中有白薯片、玉米和小麦。我带回的全国通用粮票母亲则留起来以备救急用。饥饿很厉害，它的威力之一便是让人干劲十足，为了增补食物，我和两个弟弟每天都到田里挖野菜、捡柿蒂，在棉花棵子上采摘多余的棉花叶，这些都是每日口粮的补贴。除此之外，我和可均弟每天都要推自家的小石磨，把玉米和麦子磨成面，再把剩下的麦麸和玉米楂子、白薯片、柿蒂、玉米棒芯等混在一起磨细磨匀，这些是妈妈用来做菜团子吃的，面粉是用来做糊糊吃的。而且对于面粉每天都由妈妈用小秤量着吃，一点都不能超过定量。而菜团子的多少则和我们捡来的代食品的多少有关。有一天改善生活，母亲煮了一锅棉花叶做馅，炒了几个棉花籽榨碎当油用，把杂合面用开水一烫和成面团做包子皮，包了十二个菜角。另用白面做了一锅稀汤面。还未出锅便香气袭人。惹得一家人直流口水。在我的记忆里，那顿饭超好吃，是最香最美的一顿饭。每人分两个菜角后还剩下两个，我们让父亲吃，父亲坚决拒绝。没有办法，我把它分成四分，分别摆到父母和两个弟弟面前。大弟可均马上把它推给了父亲，小弟可钦也学着哥哥的样子把自己的那一份推给了妈妈，并说：让爸爸和妈妈吃吧！我清楚地看到他低着头、含着泪。那四分之一的菜角对他来说是何等需要啊，他如今要拿出实在是割肉的心痛。父母坚持退还给他们。于是我们三人又展开了推让拉锯战。我坚定地告诉他们，我在北京的生活条件比他们都好，除了应该做出一些牺牲之外定不会多吃多占的。不想，由此引出一件往事来：前一个寒假里，可均的学校里每人发一个油煎菜角算是会餐。可均舍不得吃，偷偷留下来带回家里。那时正是饥饿大肆虐的开始，母亲立即把它一分为三，她和父亲小弟每人一份，一口便把它给消灭了。吃完之后才知道可均分得的菜角仅此一个。他辛辛苦苦地把它带回家里，自己却连什么味都不知道。父母再后悔也没有办法弥补。母亲气得当即埋怨道：“你这个孩子，真是的！就分一个菜角你还不赶紧把它吃掉！谁让你留下的……”她后面没有说出的话我能猜到，一定是“你让我们吃得这么不是味”。那个菜角的味道一定是上好的，可是它在父母的肚中却是苦涩的。而今天我们吃的菜角非菜又无油，而它在肚中却无比美味，一直美到心里。整个假期我和父母、弟弟们守在一起，除了寻找食物之外，就是聚在一起做饭吃饭，谈古论今聊家常。虽然吃的都是称不上食物的“食物”，虽然每顿饭之后仍是肚子空空如也，然而互相搀扶的亲情和同舟共济地厮守，却构成了千金难买的美好时光。

1961 年寒假，我仍留在学校里勤工俭学。父亲写信给我报平安、叙家常。信中还附着这样一首诗“力文成绩报优异，可均各科更堪喜。十门功课六满百，四科九九差相低。可钦虽小亦不弱，奖品奖状大足纪。况且力文心孝悌，均儿善良着天理。钦儿知识尚未开，也向兄姐力学习。年关三儿齐送礼，唯有此礼最高级。”有谁会想到，这首充满喜悦和幸福的诗句，是出于一个饿得奄奄一息的老人之手。在那饥饿难忍、性命难保的艰难岁月，谁不以食为天？而我们的父亲，仍以我们的学习为重，仍以我们的好成绩为乐。想到父母为我们筹钱之苦：母亲在浮肿的情况下，不辞辛苦用高粱箭编制拍子和小筐、用酱柿子酿的醋到集上去卖……静静地，幸福的泪水长流。

1962 年，身在海外的大舅，几经周折联系到我们，给我们寄了些钱和布，其中一块深蓝色的卡其布，母亲想给我和均弟各做一件上衣。可是不管到哪里，人家都说布不够不肯做，无奈父亲想到手艺高超的赵海琛技师，便亲自拿着布去问赵技师。赵技师看了布，满口答应说：“够了，隔个三五天您就来取活儿吧！”父亲去取衣服时，赵技师拿出了两件上衣和一顶帽子说：“这布料不错，我紧紧手给您挤出一顶帽子。”父亲看着帽子惊喜地说：“赵技师的手艺真是不减当年，人家都说布不够，您不仅做了两件衣服，还做出了一顶帽子来。”谁知拿回家里仔细一看，发现衣服的衬里和内口袋，全是人家赵技师给配的布，心中不免又感激又难过。

回想二十多年前，父亲在中学当校长，为了给学生做校服，亲自挑选技师。他撇开一切人情面子，选择了手艺高、为人忠厚的赵海琛技师。赵技师得到这个差事，心存感激地说：“沈校长，今后您要穿什么衣服或家属要做什么衣服，我全包了。”父亲听后，立即中肯地回答：“赵技师，我知道一个手艺人挣几个辛苦钱不容易，可是咱们家乡穷，家里供一个中学生很吃力。您只要在保证应得利润下，多给学生们省些布、省些钱，我就感激不尽了！”二十多年来，父亲从未找过赵技师做衣服。赵技师也没辜负父亲所托，他为学生们做的校服又便宜又好，人人都夸赵技师手艺好、为人厚道。赵技师却逢人就讲：“沈先生可真是一个难得的好校长……”没想到今天父亲还是找了赵技师，为自己的孩子做衣服了。赵技师仍没有忘记当年的话，用他高超的技术和金子般的心，为父亲解了燃眉之急。

荥阳县原是一个贫穷的古城，虽地薄人穷却十分重视学习文化，为了家乡的子弟们在初中毕业后能继续就近上高中，父亲一边在初中任教一边参与办高中。他和中共地下党员丁云青是办学的主要干将，千辛万苦，奔走呼号，终于在抗战期间办成了一所私立高中，名曰熙初高中。“熙初”二字原是一位为荥阳县的文化教育事业做出重大贡献的人的名字，荥阳县的开明士绅楚子襄、韩五常等人既是主办人，也是出资人。父亲为不能出资感到歉疚，他誓为学校不计得失地去尽力。在学校里，他身为教导主任兼文史教师，却一直不拿工薪。学校的经费曾经告急，父亲代校长楚子襄先生拟写了《代拟为熙初高中基金告吾荥同胞书》。

父亲对熙初高中的热爱，对它的担心，洋溢在文字之中。

有言道：“穷在大街无人问，富在深山有远亲。”这种感受我也遇到过。但是，我看到更多的是乡亲们对父亲的同情和帮助，这不但使我更清楚地了解到自己的父亲，更了解到世上还是真情多。

父亲怀着对家乡的爱，度过了激情的“大跃进”，以他无比的坚强和毅力跨过了大饥饿。但是他没能走出“文化大革命”，看到今天的大好时光。1972 年春节刚过，母亲带着可均的大儿子启元到北京为我看孩子料理家务。临行前父亲交代母亲不要担心他，为了孩子们要尽量多住一段日子。他病了却不肯看病买药，一再耽误以致酿成大病。等我于 6 月 23 日和母亲风风火火赶到家中时，父亲早已闭上眼睛与世长辞了（6 月 20 日父亲去世）。他躺在用墨汁涂的棺木中，身着粗制的蓝布袄，脚穿一双粗布鞋……父亲走了，父亲真的走了……我们再也没有父亲了。父亲养了我们一辈子，即使在他最困苦的日子里，仍然是他在帮助我们，而我们却没能救助父亲，让他这么悲惨凄凉地走了。这种伤和痛将永远刻在我的心里，愧疚一生。

写于 2018 年

第 3 稿

回忆父亲

沈可均

很小的时候，母亲带着我姐、我弟和我住在荥阳老家，父亲一人在外县中牟教书。后来因母亲多病，父亲就把我们带到了中牟。从此我与父亲朝夕相伴。那时我刚到上小学年龄。

父亲起床特早，洗漱洒扫毕，即伏案聚精会神地办公。等我醒来时，屋里窗明几净，空气很清新、很湿润，微微飘着香皂的清香。我立马感到很精神，很清爽，很舒畅。

父亲的办公桌是办公室里最干净最整齐的。那时还用煤油灯办公，父亲用的玻璃灯罩经常擦，是办公室里最明亮的。

晚上，父亲经常伏案办公到深夜，气氛非常宁静，让人的心也静得舒畅。因此，我总爱伏在父亲案头，看些小孩子的书，做些小孩子的事。父亲会时而抬眼看我一下，戴着老花镜，镜片亮闪闪，镜后是只有慈父才有的、充满笑意的双眼，全是鼓励与赞许。我只要一抬眼见到父亲的这眼神，正犯困时也会突然来精神。

父亲安排我上小学。刚开始我的语文算术都可以。但是到了作文课，我开始头大眼昏。什么叫作文，怎么写作文，为啥写作文，心里一塌糊涂。好在父亲就是语文教师，于是便问他。父亲等我愁眉苦脸诉完苦，不由笑了：“难怪，脑袋里没东西怎么写得出来！不急，我先给你找些东西，你先看看再说。现在不会写就不写，到时候自然就会了。”父亲居然没嫌我笨，也没说我笨，太意外了！因为我自己都知道自己是个愚笨的人。举个例子：有一次我的班主任张老师的爱人从乡下来校探亲，我突然想我应该怎么称呼她，但我始终想不明白，就回家问父亲。“爸，俺张老师的爱人我该喊什么？是不是喊‘师秀’（秀，‘媳妇’两字的合音）？”“什么？”父亲一愣。“俺老师的媳妇我是不是该喊‘师秀’——老师的‘秀’？”父亲恍然大悟，马上大笑：“混账小子！你该叫师母！”我不服，说，“不该！她是俺老师的‘秀’，又不是俺老师的妈，咋该叫师母？”父亲更乐：“混账小子，照你一说，师父，师父，该是老师的父亲了？”这回轮到我恍然大悟，“唉呀，我怎么没想到这个理?!”立刻脸上发烫，光想找个地缝往里钻！

我就是这个德性。但父亲说我笨也好，蠢也好，总是在他开心时。认真严肃的时候，他从未这样说过我。这使我觉得，我的愚笨似乎是能让父亲很开心的优点，于是后来，我很敢于也很乐于在父亲面前“冒傻气”。

说远了，回到本题。父亲很快给我订了份杂志《少年文艺》。当时儿童的课外读物极少，似乎只有《小朋友》与《少年文艺》两种。其中《少年文艺》档次较高，且高得不少。里面许多生词、语，净是拦路虎。但我不怕，因为我有父亲，现成的顾问呀！于是我开始坐在父亲的桌头，读我的《少年文艺》，不懂处马上就问。经常一行文字，我会提两三次问题。现在想起，我当时如此“勤学好问”，父亲还怎么办得成自己的公!？多么讨人厌呀！但那时我怎么会想到这些，见父亲从来不烦、不怪，我越加发狂地问。父亲的同事常用赞许的眼光看我，让我更上劲。就是在这个时期，我的作文突飞猛进，且时常有让老师当作范文当众诵读的“佳作”出笼。我的亲爱的父亲啊！

守在父亲膝下求学的日子，总共不到五年。到第五年下半年，父亲因右派问题携家人返回故乡荥阳。当时父亲已届六十，又因反右事精神与身体倍受伤害，几至半身不遂。于是西安的二姐把父亲接去治病，父亲开始不在我身边了。我在家乡上完小学的最后一学期，考初中时论成绩应该考上，但因父亲的右派问题竟然不获录取。于是失学，在家务农，一年后再考，再次因父亲的右派问题，再次不获录取。一时气恼之下，我写了首小诗，其中有两句大意如下：“婴儿初断奶，嗷嗷待乳哺。”这首小诗，不知父亲怎么见到了，突然之间，他当着我母亲和我的面竟然失声痛哭：“我有天大的罪，枪毙我也就是了，为啥不让我的孩子上学?!”我从没见父亲哭过，且这么悲发于胸，于是马上“哇”的一声大哭起来。我的哭倒不是因为失了学，完全是因为受了父亲哭声的震撼。母亲也哭了起来。

父亲有多年坚持记日记的习惯，还坚持给子女记年谱，每个子女都有。记的都是子女幼小时值得一记的事，记到子女长大后交给各人自行保存。父亲的日记及给子女们做的年谱都用毛笔小楷写的，那字写得真是耐看，这字又使我想到父亲给我订的《少年文艺》。每期《少年文艺》一到，父亲总要用钢笔在封皮上很流畅大气地竖着写上我的名字，然后才交给我去看。我自己从来写不好自己的名字，曾偷偷仿照父亲的字练了多次，始终写不出他写的那种潇洒和神气，所以很高兴每次让父亲去写。而且也因此，把每期《少年文艺》保存起来。《可均年谱》我也保存得很好，因为除了上面是我自己的事情外，还有父亲那让人爱看的字。受父亲的影响，当我也为人父时，也照父亲的样子给自己的两个儿子记年谱。我那两个儿子，幼时很有些值得一记的趣事，只可惜我没记多久就忙得记不下去了。更说不过去的是，后来竟然还不知把它们丢到何处。与父亲相比，我算什么父亲呀!

第二次考初中又没考取，急坏了我的父母和姐姐。这里我必须特别写几笔我的可敬的力文姐姐，她对我乃至我自己的小家恩重如山。父亲被错划成右派导致全家被遣返乡里，力文姐姐正在开封女高上高三。突来的厄运让她不得不休学一年帮父母支撑这个家，在家乡，她当了一年民办教师，挣了点养家的钱，还挣了自己复学的学费，可怜我亲爱的姐姐，那时还只是个十几岁的少女。但天助义人。姐姐复学后考上了北京轻工业学院。临上大学前，她还很费神地托她的同学贾玉梅大姐帮忙，给我找了个招收外地考生的中学——开封八中。而且愚人天佑，我居然一考而中，并由此开始新的人生，这全是姐姐的恩赐。

我和姐姐，分别到开封与北京求学，可苦了我年迈体弱的父母和正在上小学的幼弟。家里开始砸锅卖铁，苦苦支撑。眼看就要山穷水尽时，姐姐大学毕业了。大学毕业后的姐姐，每月可以拿到四十多元的工资。她每月只留下自己的生活费，其余全部寄给家人和我。光我每个月就占 15 元，后来增为 20 元。生活水平提高了，我一路疯长，才一个学期，从班上男生队的小排头变成大排尾，原来打篮球时没人带我来，变成大个后都争着要我做主力。那个学期放假回老家，半夜喊门，家里没人听出是我。母亲很吃惊地说：“哎呀，是小均呀，怎么这么高了，嗓子也成大人腔了！”我想起了我那恩重如山的姐姐和姐夫，他们结婚时，连一件新衣都没买呀！

1959 年，我 13 岁时开始赴开封求学，一年只有寒暑假才能回家与父母幼弟团聚两次。其间大多时间还要帮家里干农活，与父亲聚谈的时间很少。1965 年高中毕业后，我又留在开封参加了工作。不觉之中，守在父亲膝下尽享天伦之乐的日子居然结束了。更可悲者，到了 1972 年，我 27 岁时，父亲竟然突然去世，让我永远见不到他了，更别说奉养。我的心好痛，我的心好悔！我想到了我刚参加工作时的开心日子，那时，我每月可拿 30 元多一点的工资。自己生活开支每月 20 元足够用，其余可以全部寄回家里，我能和姐姐一起养家了，我好开心。

这样的日子，才刚刚过了两年，我 21 岁时，父母亲突然问我：“均，你有朋友没有？”我一愣，“朋友，怎么没朋友，有几个朋友，不是还来过咱家吗？”“不是那些朋友，说的是女朋友！”

母亲有些着急。我是个悟性很低、生理发育偏迟的呆子，还不完全明白“窈窕淑女”为何物，偶然让人提起还会脸红。母亲是最了解儿子的，也许已经看到我脸又在发红，就说：“小均，你要是在开封有了自己中意的女的，家里就不再给你操心了，要是没有，你爸爸和我就得在乡里给你留点心了。”父亲接着又说了好些。我虽是生就的榆木疙瘩，但还是听明白了他们要尽快为我完婚，他们已年高体衰多病，当时的政治形势又云诡风谲，万一他们有个三长两短，留下两个儿子无人心痛可如何是好。原来是这样，我心里一阵悲凉，突然想到一位无名氏的名言：可怜天下父母心！于是说：“爸，妈，我在开封没有谈，不想谈，也不会谈。你们替我操心吧，只要你们相中的我绝没意见。”

后来，当我二次由汴返回探家时，父母已经为我把对象搞定：是一位同村姑娘，在小学还同过一年学，人很聪颖，有志气，长得也人才。父母说：“趁你在家，亲自与人家接触接触了解了解，成与不成自己定。”我说：“好。”于是很快与对方晤谈，我返汴后又接着不断书信来往，总共才一个半月即告成功。应了当时很时髦的一句话：短平快。

我再次回家时是1968年元旦，父母说事不宜迟，立时不顾老迈，亲自主持给我成了家。当时父母累得非常厉害，也高兴得非常厉害。父亲还在这段时期的日记中详尽地记录了我的婚事。

婚后不久，我的两个儿子相继出生。妻子身体弱，奶水不好，为着儿子我几乎不再给父母钱。为此，我很愧疚，忍不住给父亲写信告罪，父亲很快回信批评我：“我和你妈高兴还来不及呢，你伤哪门子心呢！”

父亲很爱我给他生养的两个孙子，大孙子机灵，二孙子憨态十足，时有惊人之语。父亲极爱干净，一向衣帽整洁，但两个孙子哪管这些，特别是老二，特爱在父亲身上尽兴方便。每逢此时，父亲就会嘿嘿地笑，那高兴劲儿好像孙子给他送了什么厚礼。人说隔代亲，父亲就是这样的。

在我为养两个儿子而万分狼狈之中，自然顾不上应向父亲行孝道，在我的二儿半岁时，年迈体弱的父亲突然去世，自然与我未能对他克尽孝道有关，我真是不孝之罪罪滔天！

父亲老景很不适意很不舒心。

父亲身体虽然病弱，但他心胸豁达，让我从未想到他会突然去世。所以当我接到弟弟“父病速归”的电报时，我尽管惶恐着急，却并不太往太坏处想。当我连夜赶到家里跑到父亲的床前，见他静静地躺着，睁着双眼对我理也没理时，就向旁边的大姐说：“咱爸还睁着眼呢！”“那是在等你呀！”大姐含着泪说。“医生呢？医生怎么不在？”我坚持认为父亲只是陷入极度昏迷状态，急待医生紧急施救。“得赶快找医生呀！”我在心里着急。

第二天，二姐从西安，母亲和姐姐从北京匆匆赶回。她们未到家即感觉村里气氛大异，马上悲声迸发，这撕心裂肺的哭声一下把我从浑浑噩噩中惊醒。我只觉得有股难以压抑的伤痛从心底冲天而起：“爸！”一声连我自己都害怕的、狼一样的悲号声从我口中喷涌而出，这是我见到长眠的慈父十几个小时后发出的第一声哭。

父亲死时居然圆睁双眼，他怎么会死不瞑目？为了等我，等西安的二姐，为了等北京的母亲和力文姐，还是为了已经扣在头上十四年的两顶帽子：“右派”和“反革命”？这样的一位正派好人死得太苦、太冤、太让亲人们伤心了！

父亲的死使我希望天下有鬼神，最后还坚信天下有鬼神。

父亲在世时我很少梦到他。去世后我却很经常很容易在梦中见到他，且有十年之久。梦中大多是我用架子车拉着他，或者干脆背着他四处求医的情景（父亲是患水臌症去世的），父亲完全是生前病中的容颜。每次从这样的梦中惊醒，我总有几分伤感，但更多的是惊疑、温馨和期盼，盼着多做这样的梦。我坚信父亲肯定也舍不下我这个不肖之子，所以常在梦中补偿我这么多做人子的幸福。多谢父亲！

我母亲是位十分虔诚的基督徒。因此我有幸在幼年的心田即种上基督的种子，这种子在父亲去世后明显地发芽长大，使我从伤父的惨痛中与悔恨中终于挣扎着站起来。我经常乞求上帝在天堂给我父亲留一个好位子。他在人世间所有的苦累、不幸、冤屈和伤痛，已经统统烟消云散了！

感谢万能至上的主！

愿我慈爱而不幸的父亲在主的天国永享安乐！

写于 2007 年

父亲的晚年及最后岁月

沈可钦

"右派、右派，像个妖怪……"，在我幼年支离破碎的记忆里，反右时应运而生的这支歌谣，异常深刻，产生的不良影响也最深远。那时我才几岁，像一棵才破土而出的嫩芽，需要的是阳光雨露。然而，不幸的是，这本应美好的年代，却被一片谩骂唾弃声淹没，在我幼小的心灵里，变得阴暗恐怖。我发现父亲那原本不苟言笑的面孔，也变得更加严峻疲惫。母亲则常常暗自垂泪。家里没有了往日的欢乐。

记得那时中牟一中后面（北院墙外）有一个大粪场。一中被划为右派的老师，常被人看押着到大粪场挖苍蝇蛹，进行所谓劳动和思想改造。有一天，我在一中校门口玩，那些被划为右派的老师从大粪场那里收工回来。他们一二十人排成一队，个个都弯着腰，低着头，脸色阴郁。冬天头上戴着的帽子，都帽檐朝后反戴着，一副罪人的模样。就在这"罪人"的行列中，我吃惊地看见了父亲。只是父亲头上的帽子不像别人那样反戴着，也不像别人那样深弯着腰，这样就更显眼。父亲双手还端着一个洗脸盆，里面是挖出来的蝇蛹。

"爸爸怎么也成了右派!?"我心慌意乱，又羞又怕，呆呆地心里乱想着时，父亲他们在看管人员的呵斥声中，在围追着看热闹的小伙伴们的"右派、右派……"嘲骂声中匆匆地走进一中的大门。

1958 年春的一天，精神疲惫、心力交瘁的父亲，头上戴着右派帽子，被开除公职后，带领我们一家人，被迫从中牟回到荥阳老家，开始了漫长的屈辱艰辛的悲惨生活。

父亲老年没能衣锦还乡，荣归故里，反而无辜获罪、含冤忍屈回到家乡，这对正直善良、从不损人利己、一辈子只做好事、从没做出对人民对国家有愧之事的父亲打击极大。回乡不久，他即出现半身麻木症状，幸好救治及时才没导致瘫痪。命运如此不公，父亲却没丝毫怨言，而是像一个虔诚的基督徒那样在心里认真忏悔着，尽管体弱多病，却积极参加生产劳动，自觉改造自己。

父亲干农活和教学讲课一样认真，虽然动作迟缓，干活却是一丝不苟。他在田间锄地，耘锄过的土壤细润平整，禾苗整齐精神，也很难发现一棵杂草。大队修小水库，派他砸石子，工间休息，别人都到荫凉地方休息去了，没人理会他，他便仍坐在工地上，顶着烈日，汗流浃背地继续挥动着锤子。

三年饥荒，把父亲的身体彻底摧垮了。他走路须有拐棍支撑，还会干什么农活呢。好在乡亲们大都同情父亲的遭遇，也不多难为他。唯到了夏收、秋收季节，生产队派他到田间地头看护几天庄稼，或干一些轻微的农活外，父亲能干的农活实在不多。

在实行多劳多得、按劳取酬的那些年里，父母病弱、我年幼，家里没有劳动力，常年因挣不够工分而缺粮，生产队分粮食，缺粮户总要遭白眼，分得粮食少、不够吃，还要被斥为吃饭不干活。

我家南北一排四孔窑洞，南北并排一所瓦房，一所草房。窑洞和草房是祖上遗留下来的，只一所瓦房是父亲一辈子辛苦挣下的产业。我们弟兄三人。大哥成家早，解放后不久他即分家析居，住北面两孔窑洞和一所草房，从四孔窑洞中间打一土墙，一宅分为两院。南边两孔窑洞和一所瓦房便归父母及我和二哥居住，而南窑洞却在大门院墙外，非常破旧。门窗也不完整，原是磨面、堆放杂草杂物用的。父亲把洞内杂物略做清理，在洞内仅置一小木床，一小方桌。晚年便独居这孔窑洞，过起了与世隔绝的隐居生活。

父亲酷爱读书。他一辈子不置家产，唯在书籍上下功夫，收藏了许多书籍。内中不乏稀少珍贵的经史典籍，还有一些名人字画，如齐白石的虾蟹图条屏、明代民族英雄戚继光画像等。除了这些外，还有一些宋代钧瓷花瓶一类古玩。我家箱箱柜柜内衣物不多，大部分盛放的是书。还有许多书没处放，只好堆积在房屋的二层棚板上。三年生活极端困难时，父亲挑出一部分小说类书籍，让我陪他进城，在街头摆摊卖掉换钱度日。

生活上的艰辛，精神上的压抑，没有摧垮父亲的意志，所有这些苦难反而更激发了他艺术创作的思想灵感。在生活最艰难的那几年，他创作的诗文却最多。在这些诗作里，他真实描述了当时的政治与经济生活，这在当时是非常危险的。在那政治空气极为紧张恐怖的年代，除了歌颂容不得第二种声音。在那人人自危的时期，你若想太平无事，你就不能有自己的思想灵魂，除了躯壳，思想越空洞越安全，这样才不致惹火烧身。而已获罪在身的父亲，不仅要保留自己的思想，还要把所思所想诉诸笔端，父亲是那种典型的、含有“士气”、敢于冒杀头之祸、无所畏惧的传统道德知识分子。他一辈子不会阿谀，也不会随意贬损。是就是，非就非，从不违背自己的良知。幸运的是“文革”抄家时，虽然抄走烧掉了父亲的所有藏书、字画及几十年的日记，但见证父亲人品思想的诗作却幸存下来。父亲去世后，我把父亲遗留下来的部分诗作文章视作生命一般珍藏携带身边几十年，今天得以公之于世，或许可稍稍告慰父亲的在天之灵。

读书既能解忧也能安贫。获罪返乡后，自爱、自尊的父亲，为了不使自己的“恶名”影响到别人，主动疏远了过去所有的亲朋旧友，把自己封闭在斗室内，精神是异常苦闷的。但有书读，父亲便能从书中找到知音良友，分担他的苦闷忧愁。三年饥荒饿死人时期，父亲勉强逃过一劫，乃得力于读书这一精神上的支撑。在无以打发饥肠辘辘时，他便以读书来对抗难耐的饥饿煎熬。回想这一时期，我便生出莫名的愧疚。那时，年幼的我只知自己肚子饿，整天吵着："爸！妈！我老饥呀！"全然不顾父母比我还饥饿。因为有一点吃的，父母首先想到的是我。

每天与书为友，过着一箪食、一瓢饮、居陋室的清苦生活。那时一日三餐，顿顿离不了红薯（有时连红薯也难得），做饭极省心省事，无非是蒸红薯煮红薯，或红薯面做的面食。这种人不堪其忧的生活，父亲却能乐在其中，安之若素。他常常会由低声吟唱到情不自禁地引吭高歌。

我家住在村头坡口，人们出入上下班必从我家大门口经过。父亲的吟唱，过往行人听得清清楚楚。难免有人心中不平衡而形之于色。母亲怕招惹麻烦，在父亲忘形的时候，她便去阻止道："你低声点不中！你不怕人家说你活得自在了……"听到母亲的抱怨，父亲颓然而坐，但以后读书读到忘情时，便依然如故，照例是龙吟虎啸，豪情激荡，完全进入忘我的境界。在那生活困窘、精神苦闷压抑时期，父亲只能以读书来抵抗贫苦对肉体的摧残，并以此来消除落难以后世情险恶对精神上的折磨。

这样的苦乐生活也没几年，"文革"爆发后，破四旧抄家时，红卫兵把父亲的所有藏书，连同那名人字画，还有那些钧瓷统统收走，然后几个人用了整整一下午时间，把书烧了个精光。

看着自己花费毕生心血收藏的珍贵书籍被付之一炬，父亲心疼之极。他闷坐在窑洞里几天一言不发，父亲的精神又受到一次劫掠，被推到了孤独、凄苦、无可事事、无所寄托的境地，他的精神如同被挖心一般空虚。

当初，父亲获罪株连家人回到家乡时，我姐正在开封读高中，我哥正读小学，而我还不到入学年龄。一家老小回到乡间不久，父亲又突然得病半身麻木。面对困厄，体弱又胆小怕事的母亲一筹莫展，只会着急流泪和发愁。倒是我姐成了家里的顶梁柱，为了应对家庭危机，她只得忍痛休学在家帮助父母。她在家近一年，父亲病情得到控制后，在父亲的劝说下，她才复学，并于1959年以优异成绩考取了北京轻工业学院，毕业后又有幸留京工作。我哥小学毕业后，因父亲的问题，尽管成绩优异，却连续两年不被初中录取。

父亲一生献身教育事业，解放前曾在荥阳县初中任教并主持教务工作多年，荥阳煦初高中（荥阳一高前身，解放后煦初高中和初中合校更名为荥阳县河南省立中学）也是经父亲与几位友人竭力奔走创办的（荥阳煦初高中主要由荥阳开明士绅楚子襄先生和韩五峰先生鼎力赞助。楚先生是河南最早的同盟会会员，曾任民国早期国会议员，汉中道尹，安徽、河南民政厅长等要职。楚先生思想进步开明，是个坚定的爱国者，抗战期间家乡沦陷时他因拒绝日寇要他出任伪职，曾遭追杀迫害。面对日军追杀，他写下了“将头迎白刃，好似渡春风”的感人诗句。韩先生也是民国早期的风云人物，他在云南讲武堂时曾是朱德的老师，解放后，曾任河南省参议）。自己手创并为之付出过汗水的学校却不准自己的孩子就读，父亲伤心不已。我哥失学在家，十一二岁的少年竟也被派到修水库工地，从事成年人干的重体力劳动。他常累得躺在地上爬不起来。非人的生活使他更渴望上学读书。有一天，父亲翻阅我哥的日记，发现有一首描写失学后痛苦心情的小诗。当父亲读到“幼儿初断奶，哭声凄且怜……”这贴切的比喻、痛彻得哭诉时，他再也难抑满腔悲愤，老泪纵横，失声痛哭。后来还是我姐的同学好友——贾玉梅大姐的帮忙，我哥得以到开封报考，并一试录取。“文革”爆发时，我哥高中毕业，因父亲的问题，尽管他学业特优，曾创下十门功课六门满百、四门九九的佳绩，也无缘上大学。多亏他的老师怜惜人才，为他奔走谋得一小学教员职位。尽管与期望相去甚远，但也能让父亲深感释怀。

我的命运远不如两位姐姐哥哥。我小学没毕业，“文革”开始。小学毕业后，学校便对我关紧了大门。我开始了与父亲相依为命的生活。

我的人生命运成为父亲心里的沉重负担。眼看着我在苦难中一天天长大，到了结婚年龄，父亲更为我的婚事揪心。

出身不好的子女不唯被剥夺了上学工作的权力，生活上也属另类，连婚姻也受到妨碍。出身不好的女青年还好些，总可以胡乱凑合着嫁人。而男丁，有哪个女子肯嫁给一位生活毫无出路、政治上也抬不起头的人呢！有多少出身不好的人终身打光棍，生活凄惨。这严酷的现实，不由父亲不揪心。有一次我姐从北京回来探家，父亲忍不住将这忧虑告诉了她，并说他这一辈子恐怕最对不住的就是我了。我姐劝慰父亲，并向父亲保证，我的事由她负责。但我姐自己当时也心虚无底，空头保证如何能让父亲放心呢。

有一次，父亲到我大哥那院，看见我的侄子怡曾在用缝纫机补衣服，他心里一动。他先是夸赞了怡曾两句，后又对我大嫂说：“桂芳，你也要教会可钦用缝纫机。”“爸，有我们，让可钦学这干啥。”大嫂漫不经心地回应。“不行！你最好教他学会用缝纫机。”父亲认真严肃地坚持道。精明的大嫂回过味来，默然了。

其实，早在我八九岁时，父亲就曾为我设计过出路。有一天，他和母亲商妥后，由母亲出面对我说，我三姑母想要我（我三姑母只有两个女儿，想要个儿子是真的，三姑母对我非常疼爱，我每去三姑母家，她总是穷其所有给我做好吃的。有时还往我衣袋里塞上几张毛票，还曾当我面让我给她做儿子）。母亲认真给我这样说，我一听就急了，哭叫蹦跳着不答应。我敬爱三姑母，但离开自己慈爱的父母，我是想不通的。母亲让我安静下来后，又耐心开导我：“你三姑家是贫农，成分好，家离街上又近，将来说不定能找个工作。比跟着爹娘受罪强得多……”我不等母亲说完，又委屈地哭嚷着："我不怕受罪，要送，送我哥好了……反正我三姑也很喜欢我哥……"父母看我一副冥顽不化的样子，只好叹息作罢。

"文革"中，有一次父亲参加完批斗会回来，坐下喘息甫定，对母亲和我说：今天××的儿子主动上台，当面揭发其老子的反动思想，与其老子划清界限，其表现受到领导称赞。父亲说完沉思片刻又转向我："可钦，你也要学聪明些才好。你若能与我划清界限……""爸！你不要说了。"我羞愤地打断父亲的话头，"这种聪明我学不会，我也不会与你划清界限。"

"右派"这顶帽子不知让多少人家破人亡，亲情破裂。因这顶帽子，夫妻失和反目离婚者有之，子女与父母断绝亲情划清界限者有之。今天为我着想，父亲竟也主动要我效法别人与他划清界限，真是绝望无奈中生出的理智。悲怆冲击着我的胸腔。狗尚不嫌家贫，何况乎人？我怎会背弃自己的父亲，做出令人唾弃不齿的事来？我早已认命，跟着父亲倒霉我无怨无悔。

贫病孤苦绝望的父亲病倒了。

俗话说"男怕穿靴、女怕戴帽"。所谓"穿靴"就是双脚水肿，戴帽就是头部水肿，这都是棘手难治的大病。病根则是早在三年生活困难饿死人时就落下了。那时父亲也和许多人一样因饥饿患上浮肿病。饥荒过后，他的浮肿虽然消退，但两只脚却时常有轻微水肿，有中医说这是气虚下泄所致。听说生吃黑豆有好处，有段时间父亲每天就吞咽下几粒黑豆。

1972 年刚过春节，母亲又去了北京。因我姐刚生下三女儿彬彬不久，需要母亲去照料。自我姐的大女儿格美出生以来，母亲便开始了北京、河南两地来回奔波的生活。我姐的三个女儿都是不到一岁还没断奶，就被她们的姥姥从北京带回河南。家里买只奶山羊准备好，孩子们回来先喂羊奶，稍大能吃饭了，即开始和农村娃一样吃红薯喝玉米粥。这样做既照看了孩子，也兼顾了家里，只是苦了孩子们。她们白白胖胖从北京回来，再回北京时小脸清瘦，她们本应在北京度过美好童年，但到了姥姥家她们只得跟着受委屈，嗷嗷幼童即跟着分享艰辛的日子，至今回想起来令人鼻酸。

那次母亲刚去北京不久，父亲的病情就凸显出来，两只脚肿得穿不上鞋。其实母亲没去北京前，父亲的病情就有发展，只是为了不影响母亲去北京，他隐瞒了病情。等到不得不医治时，他的两腿及腹部已明显肿胀，县医院根本遏止不住病情。父亲的两腿已肿得有小水桶粗，腹部肿胀如鼓。这时我们赶紧请民间医生段运甫给父亲治疗。

段医生在荥阳算得上名医。县医院治不好的病，经他诊治常能药到病除。他是父亲的学生，但只比父亲小几岁。父亲命我叫他叔叔，可他对父亲却始终执弟子礼甚恭。他家离我家有六七里地。

他的诊断结论和县医院一样：父亲的肾脏功能出了问题，身体里大部分水分不能通过肾脏变成尿液排泄出来，都积存在身体里面了。父亲也确实有几天都排不出尿来。

段医生当即制定出外敷内服双管齐下的治疗方案。外敷是将五六斤大葱用食醋炒热，干净布包着，趁热敷在父亲肿胀的腹部上，主要是刺激肾脏活力，并起到消除腹部肿胀作用。在治疗的头几天相当重要，要不间断，布包稍凉就须赶快加热，大葱炒得次数多了失去效力，再换上几斤。内服药也仅仅十几味草药，每付也只三四毛钱。在给父亲治疗的头几天，段医生每天都守护在父亲病床前，时刻密切观察父亲的病情，直到深夜才摸黑回家。经段医生治疗的第二天，父亲就能排出尿来，一星期后，父亲的腹部及两腿已明显松软下来。用药立见奇效，让我们非常高兴。我哥也回开封上班，只须星期六、星期日回来两天帮助侍候父亲。段医生也不必每天来，他隔三两天来一次，察看一下治疗情况，调整一下用药。

父亲的病情日见好转，一个多月后，父亲又能下床，行动自如地活动。身体基本恢复正常。只是两只脚的水肿比较顽固，难以彻底消退。段医生说过，哪怕有一个脚趾肿着，都不能说彻底治愈，这病必须根除，可治了些天，父亲没了耐心，也心疼每天那三四毛钱，那时三四毛钱可金贵着呢。父亲坚持认为他的病已治好了，他说他的脚肿已有好几年历史了，只要能行动自如就很满意了。父亲不肯再用药，而我无知也同意了父亲的说法，犯下了追悔一生的弥天大罪。

父亲停药仅一个多月时间，病魔又反扑回来，且来势凶猛。没有几天，父亲就病倒在床，这次无论段医生怎样用药，都没能降服病魔。

1972 年农历五月初十，是个刻骨铭心的日子。

那天凌晨我猛然醒来，看见父亲赤身裸体坐在床边。自发现父亲有病，为了侍候父亲方便，我即和父亲住在一起，父亲的床在窑洞门口，我在窑洞里面放一简单小床。父亲那几天病重已不能自己起坐。我头一天夜里侍候他到深夜，实在太累，所以一躺下就睡着了。父亲一定是病情恶化，自知不行了又不忍心叫醒我，所以才自己挣扎着坐了起来。父亲说他心里太热，我劝慰父亲帮他重又躺下后，拔腿就跑去找段医生。

段医生来到后，略一把脉，便向我送了眼色。我慌急跟出门外。“快给师母发电报，老师不好了。”段医生脸色苍白，低声又吩咐道：“不要买别的药了，只买二两萸肉，萸肉可延长时间。”我的头嗡嗡直响，嘴唇哆嗦着说不出话来。那几天虽然着急，但我从没想到过父亲的病会不能治。那天我虽觉大事不好，仍相信段医生会妙手回春。头一天段医生还说重新调整治疗方案，也没失去信心，才过了一天，怎么陡然……

我进城给姐姐、哥哥发完电报，买回萸肉，刚忙过一阵歇下手来，父亲便吩咐我："可钦，你去把前天你姐寄回的凤尾鱼罐头拿来。"段医生在给父亲治病期间，没事常和父亲闲聊。两人谈话内容广泛，想起什么就谈什么。前些天，两人谈起神话故事《西游记》里王母娘娘的蟠桃会。父亲说他还真没见过蟠桃什么样子。段医生说这种桃子并不罕见，河南有些地方就有，只是稀少不多见。那天我进城买药，特留意街上有无鲜桃上市。我想蟠桃没有能买几个寻常桃子也行。想让父亲尝尝鲜，可街上却没卖的。还是前些天父亲和段医生闲谈，不知怎的又谈到凤尾鱼来，父亲说凤尾鱼很珍贵，味道也极鲜美，而段医生则没见过。段医生走后，父亲即让我给姐姐写信，要求我姐在北京看看有凤尾鱼没有。北京也没卖凤尾鱼的，但我姐买到了两听凤尾鱼罐头寄了回来。听父亲吩咐，我拿出了那两盒凤尾鱼罐头。

"运甫，"父亲对段医生开口道："为了治我的病，这几个月来，真让你受累了。你虽是我的学生，但你比我只小几岁，也是近七十的老人了。我已不行了，我没别的办法来感谢你，这两听罐头聊表谢意吧……"

"不！不行！"段医生不等父亲说完，急忙道："沈老师，你是我最敬仰的老师，我一定想办法……，你也要宽心治病……"段医生声音哽咽。

"运甫，"父亲从容道："你不要安慰我，也不要难过，我已知道我不行了。"

"运甫，俗话说医生治病，治不了命。不是你医术不高，实在是我命到尽头。人过七十古来稀，我已七十五岁，算是高寿了，没有什么遗憾的。"停顿片刻，父亲又接着道："这两盒罐头，你一定要收下，不然我心里过意不去……"

"这样吧，老师，"段医生抹了把脸上的泪水，"咱们今天先打开一盒，咱都尝尝，等你病好了，咱再把那一盒打开……"

"好，这样也行。"父亲不再坚持。我当即打开一盒，看见这珍贵的凤尾鱼，只是一些金黄色、只有韭菜叶宽窄的小干鱼，先用筷子夹了一小点儿放进父亲的嘴里，父亲说到底没有鲜鱼美。段医生用筷子夹了一点放进嘴里，连声称赞：味道就是好。而我被巨大悲痛和惧怕笼罩着，没有尝出什么美味来。

父亲再次交代后事，不让给北京我姐发电报告诉病情。其实我已连发两次电报给我姐，心里正焦急盼望母亲和姐姐早点赶回。父亲说生死离别是最伤心难过的事，不如他死后处理完后事再通知我母亲和姐姐。父亲这样从容镇静，我慌乱的心绪稍稍镇定了些。然而，父亲病情恶化之速出乎意料。

段医生走后，父亲说他很累，便仰卧着闭目休息，没多久，时间大约是午后一点钟左右，父亲突然侧身向着床下大口大口地吐出一些药汁一样的东西。在呕吐过程中，父亲两眼呆滞失去了光泽。“爸！爸！”我惊恐绝望地拼命呼叫。得到父亲病危信息赶来的大姐大嫂也大声“爸！爸！”地哭喊着。

在一片哭喊声中，父亲慢慢地苏醒过来，看到我们个个泪流满面的悲戚样子，父亲无力地对我低声吩咐：“让你大姐大嫂出去吧。”大姐大嫂两人哽咽着未动。“让你大姐大嫂出去吧。”父亲再次吩咐道。父亲似有什么心事要向我单独交代。我回头望了望大姐大嫂，但与父亲生死离别在即，她们怎肯离去，大姐大嫂只是弯腰就地坐在了父亲的脚头地上，父亲也不再理会她们，又闭目仰卧着休息。

和父亲永别的时刻到了，我心乱如麻，悲痛万分地趴在父亲床前，眼泪无声地流淌着。我从没想过这一刻会来得这样早，这样突然。我焦急地盘算着，母亲和姐姐接着电报后一定在赶回的路上。还有头一天才回开封的哥哥，接到父亲病危电报，也应在赶回的路上。我默祷父亲一定要坚持……然而，就在我这样想着时，父亲又侧起身来，头向着床下又大口大口地呕吐起来。又是在呕吐过程中，父亲的两眼呆滞失去了光泽。这次，无论我和大姐大嫂怎样撕心裂肺地大声哭叫，也未能唤回父亲那飞向天国的灵魂。

父亲真正是死不瞑目地离开了这个世界。我们几次三番也没能帮父亲合上他那执着的两眼。父亲就这样走了。

父亲！你死不瞑目。除了满腹冤屈，亲人让你挂念外，还有什么心事，让你难以释怀呢？

几十年来这个问题一直缠绕我的心头，成为一个死结。“竹头木屑，拾遗补阙。废物利用，其功如铁……”

……

几十年来，这低沉的吟唱，时时轻轻地震荡在我的耳畔，我总仿佛又看到年迈的父亲，拖着他那衰老的病躯，孤独无奈地蹒跚在家乡那寂寥空旷的阡陌中，唯有飞鸟浮云、玉兔皓月在倾听着他那满腔悲情地吟咏。

2007年2月10日

沈孜研年谱

1897 年 3 月 14 日，生于河南省荥阳县杨垌村。

1903 年，6 岁。入私塾读书。

1911 年，14 岁。考入荥阳县立第一高等小学，走读。

1914 年，17 岁。考入开封省立第一师范读书。受当时颇有名气的教育家侯某的影响，确立了教育救国的思想。受伦理教员张润苍的影响，接受了程朱理学的教育。

1919 年，22 岁。河南省第一师范毕业，回本县第一高等小学当教员，以后直到 1925 年先后在商城县、正阳县高等小学堂当教员，在西华县、辉县高等小学堂任校长。其间，在五四新文化运动的感召下，新旧思想斗争十分激烈。

1925 年，28 岁。当年暑假与至交崔划璞相约投笔从戎，拟往张家口投考西北军事干校。因到北京后崔已先期去了张家口，经好友赵憩之劝说，入北京大学读书。几个朋友共同创办了《微波》杂志，宣传新文化新思想，并经常为徐炳昶先生主办的《猛进》杂志撰写短评，抨击反动军阀和恶势力。这期间他在《猛进》杂志发表的杂文有：《要找缝钻》《行若无事，若无事行》《今后国民应取的步骤》《这就是政府的政略》《呜呼，这就是政府的袖里机关》《这算什么手段》《对于时局的希望——战争？和平?》《豫民生活的一斑》《追匪失踪》《军阀万岁！军阀皇恩无极》《郭松龄还痛快》和新诗《北河沿泥泞的道上》，还有小说《蛮花娘的故事》等。

1926 年，29 岁。奉系军阀张作霖占领北京，推行黑暗统治，北京社会秩序混乱，加之家庭经济拮据，无法继续读书，不得不中途辍学。当年秋重操教书旧业，到塘沽久大精盐和永利制碱两公司合办的员工子弟学校任教。这年初，还在《猛进》杂志发表了杂文《国人怎么对付胡子呢?》

1929年，32岁。转往北京孔德学校任教。当年秋又转入天津震中中学任教。

1930年，33岁。应聘至山东泰安省立三中任教务主任。诗作有《游岱顶感怀》《游步云桥飞瀑岩》《题澄湖佟公超兄漫画两首》《偶得》《陇海车上与某士兵谈感作两绝句》《车过归徐间望农耕》《车抵泰安境凭窗远瞩见泰山松柏森森苍翠可望口占》《呈张润苍先生》《小斋独坐》。

1931年，34岁。在泰安三中任教务主任，诗作有《山居零拾（七首)》,《九一八事变后有感（两首)》。

1932年，35岁。在泰安三中。诗作有《题照片上（两绝句)》《有感》《送校长李灿辉兄游学英国（两首)》。

1933年，36岁。转济南省立一中教书。是年暑假在山东泰山为冯玉祥军官队教授国文一个假期。诗作有《憩之兄频来函言老状感赋两章寄之》《热河失守中央仍无决策感怀两首》《寄南昌张旭光兄》。

1934年，37岁。济南一中。诗作有《九一八志感》《重阳》。

1935年，38岁。是年秋转蓬来县立中学任教务主任。诗作有《登老北山口占》，散文有《蓬莱散记》七篇。

1936年，39岁。在蓬莱县立一中。诗作有《蛋儿窝野餐复见海市》三首，《过君子洲口占》《题戏装照片》《题照片上》。散文有:《观海市记》《北王赶会记》。

1937年，40岁。抗战爆发，由鲁返豫。任本村小学校长。散文有《记狂人周某》。

1938年，41岁。任荥阳县中学校长。是年暑假，同荥阳县文化界抗日救亡协会诸同仁举办中小学教员军事训练班，并担任班主任（中共郑县、荥阳、密县工委书记、荥阳县委书记张漫萍任政训员）。

1939 年，42 岁。是年夏，担任荥阳县动员委员会秘书。同县教育馆长李耀亭合办了一个抗战剧团。亲自创作了《戚继光战倭寇》剧本。上部《战台州》，下部《战温州》。《战台州》已经上演。先生既是编剧，又当导演（由后来的安阳市豫剧团著名豫剧表演艺术家崔兰田主演。崔当时演须生，饰演戚继光），还负责为抗战剧团的演员们教以抗战为内容的文化课。是年秋末，应挚友六十八军参谋长崔刬璞之邀，去该军防地泌阳县王店村，在该军政治部任书记月余。后改任为额外秘书，为军长刘汝明办理私人函件。诗作有：《春日河滨独坐》《读刬璞参谋长兄诗有感》《夜群犬乱吠不能成寐口占七绝》《书慨七绝（三首）》《与刬璞兄谈在县往事有感》《连日运下伤兵甚多感赋七绝（两首）》《某老翁运送伤兵乞讨而回有感》《步刬璞兄〈阵前寄孜研〉原韵（两首）》。

1940 年，43 岁。是年春，由国民军六十八军返回原籍，在郑州桐萱中学教书。诗作有：《晨起河边散步得句》《风雪之夜闻前线炮声（两首）》《咏雪》《抒感》《雪夜感怀》《抒怀》《雪夜狂风有感兼怀刬兄》《晨起院中见乌鸦筑巢感作》《孟春郊原散步得句》；文章有：《先考行状》《拟先考墓碑》《代刘汝明军长拟祭宋哲元上将文》《为郑君宝仁拟募捐启》《极乐寺小学创办始末记》。

1941 年，44 岁。是年秋，郑州沦陷。返回故里，参与创办荥阳县私立高中——煦初高中。

1942 年，45 岁。任私立煦初高中教务主任。文章有：《代广武绅民拟请四区联中缓迁呈文》。

1943 年，46 岁。是年冬，辞去煦初高中职务。应邀去崔刬璞主政的国民军六十八军三十六师任师长私人秘书。诗作有：

《除岁杂感（五首）》《咏画梅》；文章有：《为李君冠英募捐启》《代拟请省府豁免吾县征购征实文》《代拟为煦初高中基金告吾荥同胞书》。

1944年，47岁。家乡沦陷，随部队流转于湖北郧西，负责师部干部家属安置事宜。诗作有：《本师后调非划兄志也，整装待发因雪阻停车原划兄之意代作三律》《元旦抒怀并寄张希贤兄》《雪霁志感》《惊闻家乡失陷》《咏某将军》；文章有：《代划璞兄致张军长测民》。

1945年，48岁。日寇投降。由部队返回原籍。

1946年，49岁。是年春，在开封社会服务处任副主任。年底辞职返乡。

1947年，50岁。是年春，任本村小学校长。暑假后又兼任荥阳县中校长。文章有：《外氏绝嗣碑》《跋楚母陈太夫人墓志》。

1948年，51岁。暑假开始接任煦初高中教务主任，半学期后，荥阳解放，学校收归公办。

1949年，52岁。是年春，煦初高中与荥阳县中合并，仍在校工作，至1952年底。文章有《又是一个大喜》。

1953年，56岁。是年春，调中牟一中教书。诗作有：《书怀》。

1954年，57岁。在中牟一中，诗作有：《人民颂》《题赠魏书秀同学》。

1955年，58岁。在中牟一中。诗作有：《清华大学副校长刘仙洲入党有感》。

1956年，59岁。在中牟一中，12月13日当选为中牟县城关镇第二届人民代表大会代表。12月16日当选为中牟县第二届人民代表大会代表、中牟县人民委员会委员。

1958年，61岁。是年二月被错划为右派分子，撤销一切职务。全家被遣返回原籍。诗作有：《赠宋慎安医师两首》；文章有：《碑林参观记》《雁塔游记》《半坡村参观记》。

1959年，62岁。在故乡从事农业劳动。诗作有：《饿乡歌》。

1960年，63岁。在故乡。自然灾害严重，诗作有：《送均儿赴汴就学》《六十四岁初度》《咏史之一始皇坑儒士》《咏史之二赠两汉经生儒士》《咏史之三哀廉颇》《咏史之四马伏波新息侯》《咏诗之五讥韩非》《咏史之六讥赵悼襄王偃与王迁》《咏史之七赞陈忠》《自嘲》《自况（四言四首）》；文章有：《荣辱子释名》《忧乐窝释居》《孝心可鉴》《西二十里铺吃饭纪实》。

1961年，64岁。参加荥阳县为落实中央关于甄别反右扩大化举办的学习班。诗作有：《有悟（两首）》《六十有五初度志念》《喜专业》《读陶诗》《驱饥神》《遣怀》《咏史之八秦皇汉武》《辛丑仲夏六月初一梦见吾父》《咏甘诸》《读东坡诗感赋二首》《喜得食腊八粥》《内子赴集鬻兔肉独坐斗室寂对煤炉戏而作此》《辛丑腊月壬申澡塘沐浴口占》；文章有：《鬻书小启》。

1962年，65岁。被戴上历史反革命帽子。这顶“帽子”政府有关部门没做任何理由说明和解释。如果说其历史上有反革命罪行，但经镇反、肃反等运动从未做敌我矛盾之结论，反右期间也未查出任何历史问题。时人猜测很可能与1961年的一场家庭变故有关。1961年，正值饿死人的灾荒年月，家里又突然失盗，生活陷入绝境。解放后即失去联络的国外亲属获悉这一情况后，寄回了一些钱物救助，便成了有海外关系的铁证。很可能这就是历史反革命的唯一证据和理由。这顶历史反革命帽子的突然飞来，使先生所有的希望全都彻底破灭了。诗作有：《年关后接力文、可均、可钦三儿学校通知书成绩都列优异喜不自禁感而赋此》《送均儿返汴就学》《杂感（三首）》《抒感》《戏作》《那拉太后与斯大林元帅》《有闲》《自适》《几案苦》《守拙》《六旬有六初度（五首）》《感世》《咏史之九王莽》《有悟》《抒怀》《还我初服》《咏史之十武三思》《有感》《先父忌辰》《题全家照片上》《雨夜枕上得句》《咏史之十一新莽》《有感》《三面红旗近又喊得特别响亮》。

1963年，6岁。在故乡。诗作有：《连接内兄由伊索匹亚来信关垂至情溢于言表》《六旬有七初度三首》《悼念亡友医士薛鼎新》《送别内弟刘广普之渝》《哀劳力》《自责》《自嘲》《枕上得三绝句悼雇农聂全与姚长水》。

1964年，67岁。在故乡。诗作有：《六旬有八避寿》。

1965年，68岁，在故乡。诗作有：《送均儿赴汴就学走后二首》《六十有九初度志实》《致内人大姐》《苦不苦歌》《后事》《人生债》《睡忘歌》《戏嘲五柳先生》。

1966年，69岁。在故乡，诗作有：《咏史之十二王景文》《咏史之十三魏玄同》《咏史之十四刘晏》《咏史之十五嘲朱温（两首）》《七十初度杂感五绝句》《书厄》；文章有：《书籍散失纪实》《我家简史》。

1967年，70岁。八月家被查抄。毕生收藏之珍贵图书被洗劫一空，并被付之一炬，珍藏齐白石真迹虾蟹图，明代民族英雄戚继光画像，宋钧瓷花瓶，也被抄走。诗作有：《无产阶级文化大革命》《七旬有一初度志感七绝句》《寄均儿》。

1969年，72岁。在故乡，文章有：《寓南洞记》。

1970年，73岁。在故乡，诗作有：《自述》；文章有：《独行录》《偶读杂志》。

1971年，74岁。在故乡。诗作有：《孙揆与马既》《娄钤辖二百五十》《感赋三章》《晨起朗背渊明〈归去来辞〉与工部〈茅屋为秋风所破歌〉荆妻出而止之》《随感》《悼贫农煤矿工人姚安》《吊云青》《皮日休》。

1972年，75岁。农历五月初十，病逝于故居。

·后记·

1957年反右时，先父最寄厚望、正读高二的学生郭从珍，因不肯诬陷自己的老师，竟也惨遭迫害，被开除学籍，断送了上大学的美好前途。先父每向我们谈及，即扼腕痛惜不已，至死念念不忘。

孰料，五十年后，整理先父诗文遗稿并使之成书——完成这一艰巨浩繁任务的，又全靠他的这一落难弟子全力支撑。世事难测，先父生前无论如何也是料想不到的。我想，随着本书的面世，他们师生二人的际遇，也将成为世人称颂的千古史话。

师兄郭从珍高中被迫失学后，虽命运多舛，屡受挫折，却始终不向命运低头。备尝艰辛磨难，没被困难压倒，真可谓铮铮铁汉。尤令人钦敬的是在困窘中坚持学习，始终不辍。其国学功底及文笔早已声播乡里。家乡多家单位慕其才学争相聘用。师兄年已七十，仍退而不休，现受聘于县政府。更有诸多私下登门讨教求助者，师兄无不细心点拨，倾力帮助。

天道酬善，师兄健康不差壮年。家庭和睦，子女均是人才。长子郭奇更是河南大学年轻教授。孙辈四人，皆聪颖好学，前途无量。先父在天有知，应含笑也。

我姐的大女儿孙晓萍闻知她姥爷在北大读书时曾在北大刊物《猛进》上发表过文章，她便数次往返北大图书馆，几经周折并幸运地查找到该刊物，查获先父发表在《猛进》刊物上的十多篇文章。有了这十几篇杂文，不仅先父一生各个时期的作品比较完整、全面，也更体现出先父一生忧国忧民的思想情怀。

在编辑先父的诗文集时，楚良、楚文风、牛劢、杨奇、陈世科、李自强诸位先生都对本书给予关心支持，并写来感人纪念文章，在这里，我向他们表示诚挚的谢意。

沈可钦

2007 年 4 月 8 日

·编辑手记·

一本书和一个愿望

宁静的冬夜，隐隐约约还能听见马路上汽车飞奔的嚓嚓声，南五环外的沈力文阿姨或许已经进入梦乡，或许还在经历着倒时差的折腾。她是一位有着何等坚定信念的人，才促使她以 82 岁的高龄，独自从美国飞回来，只为了完成这 10 多年来的一个愿望，那就是让她父亲留下的作品正式出版。而此时，书稿即将定稿付印，所以她要回来亲自见证这一结果。

大概还是 2016 年时，经朋友介绍，我与沈力文阿姨通过电话，大约 2 个月后的一天，沈阿姨来出版社与我见面详谈她的想法。后来我们又见了一面，但出版一事还是没定下来。再后来沈阿姨随女儿去了美国。2018 年底，沈阿姨从美国回来了，我接到她的电话，她很坚决地告诉我：水华，我已下定决心，我一定要把我父亲的作品出版成书，你一定要帮我！那一刻，我感到莫大的压力，出书是编辑的日常工作，但这一次却是受一位老人的重托，何况她对此事是如此重视，仿佛是她生平要完成的最后一件大事……后来我们又见了一面，定下出版合同，于是正式进入出版流程。真正着手出版工作，我发现困难重重：沈阿姨远在美国，我们沟通不是很方便：书稿没有 word 稿，只有 pdf 文件和一本《沈孜研诗文选编》印刷品，格式转换也容易出错；图片的清晰度不够；原作者已去世多年，面对一些诗文内容的疑惑，没法与作者本人核对……好在沈阿姨从来不催促我，总是说“水华，阿姨相信你，一切都拜托你！”为了她这份信任和托付，我更是不能有丝毫马虎。

在书名的定夺上，两位编注者也给我贡献了主意和思路，后来我从沈孜研先生的诗句“碧血凝为金字塔，赤心化作古长城”中得到启发，建议主书名为“赤心碧血为苍生”，得到三位老人的一致认可。在对文本的处理时，我听取了编注者之一——郭从珍老师的建议，从印刷本中选取了最能代表先生创作成就和情怀的作品；为了使诗文阅读起来更美观、整齐，我将印刷本中的夹注都放置文末作为注释了，并将沈孜研先生自己的注解都加以“先生原注”作为区分……对于这样一本古诗文，原作者的诗词造诣很高，又有两位最了解沈孜研先生、古诗文功底也很好的前辈做编注，我这个编辑能做的工作也实在有限。尽管如此，我还是尽我所能，放慢进度，仔细斟酌考量每一个细节，力求将沈老先生的作品以最好的形式呈现于世。如果说最初是为了不辜负沈阿姨的托付，那么在一遍遍审读文稿的过程中，更是带有对沈孜研先生深深的敬意，如果我有一丝的不认真和敷衍，我感觉那就是对他的大不敬。这部书稿大概从沈老先生 1972 年去世之后就由他的学生和子女着手整理，直到 2007 年编排做出印刷品，历经 30 多年，直到又一个 10 多年后的今天，辗转到我手中，近 50 年的岁月，是什么原因驱使沈家子女如此执着地要将父亲的作品出版公开于世？在审阅文稿的过程中，我似乎找到了答案，是沈老先生的风骨，是他人性中闪耀着的“人间至善”的光辉，是他在极度困难极度饥饿的时候仍然乐观的情怀，是他在最受屈辱时却思虑社稷安危、关心百姓疾苦的博大胸襟，是他归农后仍深刻思索人生、剖析自我闪耀着哲理的思想，是他贫病交加衣食无着仍亲切体验相濡以沫、天伦之乐的感情……他是这么一位可敬可爱之人，以致让我觉得做他的子女和学生，哪怕是同事，是一件多么幸福的事情。万幸，我是这本书的责编！

到今日，此书即将付印，我想它的意义已不仅仅在于让沈老先生的作品流传于世，更在于传承先生之求知、求真、求善、求美的精神，而这也正是几千年来中国传统文化的优秀基因！

一本书，一个心愿，终于完成！愿沈孜研先生在天堂展笑颜，愿生者以他为力量！

张水华

2019 年冬夜 北京